무궁화 꽃 개화작전

무궁화 꽃 개화작전

초판 1쇄 인쇄일 2019년 01월 23일
초판 1쇄 발행일 2019년 01월 30일

지은이 김봉식
펴낸이 양옥매
디자인 표지혜 송다희

펴낸곳 도서출판 책과나무
출판등록 제2012-000376
주소 서울특별시 마포구 방울내로 79 이노빌딩 302호
대표전화 02.372.1537 **팩스** 02.372.1538
이메일 booknamu2007@naver.com
홈페이지 www.booknamu.com
ISBN 979-11-5776-675-8 (03800)

이 도서의 국립중앙도서관 출판예정도서목록(CIP)은
서지정보유통지원시스템 홈페이지(http://seoji.nl.go.kr)와
국가자료종합목록시스템(http://www.nl.go.kr/kolisnet)에서 이용하
실 수 있습니다. (CIP제어번호: CIP2019002084)

무궁화 꽃 개화작전

· 김봉식 지음 ·

책과나무

이 소설은 한 재벌 총수의 이야기로 시작됩니다. 그는 과로에 지쳐 급성심근경색으로 쓰러져 병상에 누워 생사의 기로에서 투병생활을 이어가던 중 기사회생 합니다. 건강을 회복한 그는 전국 방방곳곳에서 입에 풀칠하기조차 힘겨워 하며 비참한 하루하루를 살아가고 있는 사회적 약자들을 위해 일생동안 피땀 흘려가며 축적한 재산을 쾌척하고 봉사활동을 전개합니다. 이 소설에서는 이 같은 감동적인 이야기도 있지만 이에 곁들여 한반도 8천만 시민의 초미의 관심사로 떠오르고 있는 평화적 통일 문제에 대해서도 새로운 각도에서 다루었습니다.

지금 우리는 자고 일어나면 눈을 의심하게 될 정도로 주위환경이 급속도로 변화하는 모습을 체험하고 있습니다. G5 정보통신시대의 도래가 그 대표적인 예입니다. 영화 2편을 단 1초만에 내려받을 수 있게 된 시대가 현실화된 것입니다. 이에 따라 문화, 예능, 체육 분야에서는 물론이요 정치, 경제, 사회, 국제관계에서 크고 작은 변화가 요동치고 있습니다. 그런데 아쉬운 것은 우리의 사고나 태도의 어느 부분에 있어서는 아직도 고질적인 고정관념에 얽매어 매일 급속히 일어나는 변화에 한참 뒤처져 있다는 사실입니다. 우리의 낙후된 정치현실이 그렇고, 일부 기업인의 뒤처진 경영관, 그리고 이에 따라 반사적으로 나타나는 일반의 기업에 대한 그릇된 고정관념이 또한 문제입니다. 한반도 통일 문제를 놓고 벌이는 보수와 진보세력 간의 대결양상 또한 고루한 고정관념의 틀에서 조금도 벗어나지 못하고 있는 것이 현실입니다. 필자는 이 소설에서 그러한 문제들을 작가로서의 상상의 날개를 펴서 새로운 각도에서 한 번 재조명해 보는 기회로 삼았습니다.

변화 중에는 오랫동안 수면 아래서 눈에 뜨이지 않게 진행되다가 어느 시점에 도달하면 가속력이 붙어 엄청난 결과를 가져오는 변화도 있기 때문에 용의주도한 대처방안이 마련되어 있지 않으면 예상치 못한 큰 화를 자초할 수도 있습니다. 그러므로 변화에 대처하는 우리의 자세도 앞으로 일어날 변화에 대해 안이하게 대하는 미봉책이나 종래 해오던 대로 관성적으로 처리하려는 수구적 자세, 혹은 남이 하는 대로 따라하는 모방적 방법으로는 경천동지하는 오늘날의 지각변동에 효과적으로 대처할 수 없습니다. 특히 과학기술의 혁신과 지식정보의 폭발현상으로 극단적인 사회혼란 현상이 일어나는 오늘날 우리사회에 있어서는 앞일을 미리, 그리고 멀리 내다보고 대처방안을 마련하는 전향적 자세가 절실히 요청된다고 생각합니다. 필자는 특히 그 점을 부각하려고 노력하였습니다. 독자 여러분의 가차 없는 비판과 더불어 격려와 성원을 바라 마지 않습니다.

2019년 1월 15일
서울 을지로 상지서재에서 김봉식 드림

이철갑은 그동안 그룹총수로서 70여 개 계열기업의 대형 투자 사업을 조절하고 감독 지도하느라고 눈 코 뜰 새 없이 지내는 와중에 전경련, IOC 위원, 한일기업인협의회 등의 굵직굵직한 조직의 운영을 책임지고 있는 터라 건강이 만신창이 상태에 빠져 날이 갈수록 기진맥진해 가는 것을 절감한다. 아내 현봉준 여사도 최근에 와서 그의 건강이 눈에 띄게 나빠지는 것을 보고 근심이 태산같다. 특히 그가 왼쪽 가슴 부위에 단속적인 통증을 호소하는 것을 보고, 그를 과로에서 풀어 주어야겠다고 결심하고, 그에게 둘만의 해외여행을 요청한다. 이철갑도 휴양이 필요함을 느끼고 더 이상 고집을 부리지 않고 아내의 제의를 고분고분 받아들인다. 이리하여 두 사람은 하와이로 휴가를 떠나게 된다.

전용기 안에서의 분위기는 더 없이 즐거웠다. 현봉준 여사와 오래간만에 단둘이 마주앉아 즐기는 고급명주에, 입맛 돋우는 안주, 일품요리, 승무원들의 정성 어린 서비스 등 모두가 하나도 흠 잡을 데 없는 초특급이다.

이번 여행은 사업성을 거의 배제하고 휴양과 오락 위주로 짜여 있었다. 한 가지 예외가 있다면, 그룹 차원에서 앞으로 하와이에 대규모 리조트를 건설하여 운영할 계획과 관련하여 하와이 주지사와 만찬이 잡혀 있는 것뿐이다. 만찬에는 주지사 부부와 서너 명의 주정부 간부들이 초대되었다. 그 밖에는 매일 늦잠 자고 느긋하게 일어나 골프, 낚시, 수영 등 순전히 체력단련 프로그램만 하면 된다. 이번 여행의 성격을 감안하여 사업성 행사나 일정은 일체 배제하라는 현봉준 여사의 특별지시에 따라 공항에 출영하는 인사의 수도 극도로 한정하였다. 하와이 리조트 개발과 관련하여 LA 상지지사장이 하와이 주정부와 교섭업무를 담당하고 있는 점을 감안하여 그가 LA에서 날아와 공항에 나와 이철갑 일행을 영접하는 것은 허용하였다. 약 보름간의 일정으로 출발하였지만, 현봉준 여사는 경과를 봐서 좀 더 연장할지 여부를 결정하려고 한다.

상지그룹 소유 별장 중에서도 하와이 소재 별장이 가장 규모가 크고 고급스럽고 경치가 빼어난 곳에 위치해 있다. 이 별장은 와이키키 해변에서 10여 마일 벗어나 상류사회 인사들의 별장이 군집하여 있는 격리된 구역 안에 있는데, 일층 거실 문을 열면 널찍한 화단이 있고, 그 앞에 모래사장이 펼쳐지면서 태평양의 에메랄드 빛 파도가 넘실거리는 그림 같은 곳이다. 공기는 더없이 맑고 햇빛은 하루 종일 쨍쨍, 온도는 섭씨 20도 내외의 아주 쾌적하고 온화한 환경이다. 앞마당에는 군데군데 야자수 나무가 서있고 자작나무 및 기타 열대지대의 진귀한 수목과 화초들이 집안의 정경을 가려 주고 집주인의 사생활을 보호하도록 설계되어 있다. 자작나무와 야자수 사이에는 널따란 잔디밭이 깔려 있어 배드민턴이나 기타 간단한 구기경기를 하기에 안성맞춤이다. 이철갑과 현봉준 여사는 도착한 다음날 아침 늦게 일어나 바다를 면한 화단 옆에서 맑은 공기와 해변의 정취를 만끽하면서 느긋하게 아침식사를 즐긴다. 식사 후 거실로 들어가 지방신문을 훑어보고 LA 지점장의 예방을 받고 리조트 계획의 현황과 전망에 관한 브리핑을 받는다. 오후에는 하와이에 이민 와서 정착해 살고 있는 오랜 지인 내외와 이철갑 내외가 한 팀이 되어 근처 골프장에서 한 라운드를 돌고, 저녁에는 그들 부부와 저녁식사를 함께 하며 즐거운 시간을 보낸다.

다음날은 이철갑 부부가 모처럼 오붓하게 인근 바다에서 낚시 겸 요트로 보팅을 즐기는 날이다. 아침 11시경 느긋하게 2명의 수행원과 주방장만 대동하고 선글라스에 버뮤다팬츠 차림으로 호화요트에 승선한다. 왼쪽 연안에는 바다표범들이 뭍으로 올라와 일광욕을 즐기고 있고, 오른쪽 작은 섬에서 아마추어 골퍼들이 창공에 백구를 날리거나 그린 위에서 퍼팅에 골몰하고 있는 모습이 한 폭의 그림 같다. 이날 따라 햇빛은 쨍쨍히 빛나고 공기는 맑고 싱그러우며, 아득한 지평선까지 에메랄드빛의 넘실거리는 파도로 가득찬 드넓은 태평양이 이들을 맞이한다. 어느 하나 탓할 것이 없는, 그야말로 요트 보팅을 위해서는 더할 나위 없는 완벽한 화창한 봄 날씨다. 호놀루루를 벗어나자 수행원들은 벌써 낚시에 여념이 없다. 이철갑도 부인과 함께 낚시대를 물에 담그고 동시에 일광욕을 즐긴다. 얼마 안 가서 수행원들은 그 지역의 풍부한 수자원의 일부이기도 한 도다리와 참돔을 낚아 올린다. 주방장은 그 즉시 생선을 손질하여 싱싱한 생선회와 감칠 맛이 도는 찌개를 끓여 낸다. 낚시질보다도 일광욕에 더 심취해 있던 이철갑은 정오가 되자 시장기를 느끼며 부인 현봉준 여사와 함께 식탁으로 자리를 옮긴다.

　식탁에 앉은 이철갑은 우선 그동안 격무로 쌓였던 피로를 풀 겸, 전후좌우에 파노라마처럼 펼쳐지는 대자연의 장관을 감상할 겸, 눈앞 식탁 위에 차려놓은 산해진미를 제대로 맛볼 겸 준비해 놓은 술잔에 얼음을 몇 덩어리 집어넣고 위스키를 부어 온더락(on the rock)을 만들어 마른 입을 축인다. 술이 입술에 닿는 순간 순도 높은 위스키 향이 입안 가득히 퍼지며 온몸의 근육을 이완시킨다. 갓 잡아 떠놓은 생선회가 위스키와 어울려 화학작용을 일으키며 이철갑의 입안을 풍성하고 훈훈하게 한다. 술은 슬금슬금 이철갑을 취하게 하고 사방에서 너울거리는 물결과 솔솔 불며 이철갑의 살 속에 스며드는 봄바람, 그리고 항구를 떠날 때부터 줄곧 따라붙는 갈매기들은 이철갑의 마음을 즐겁고 기쁘게 하기에 조금도 부족함이 없다. 여기에 도취된 이철갑은 다시 위스키 잔을 기울인다. 이철갑이 술을 마시면 술이 술을 마시고 술은 또다시 이철갑을 마시는 형국이다. 낮술에 거나하게 취한 이철갑을 바라보는 현봉준 여사는 속으로 "너무 과음하는 것 아냐?" 하는 생각이 들기도 했지만, 오랜만에 갖게 된 오붓한 분위기를 깨고 싶지 않아 입을 다물고 만다. 이들 부부는 참 오랜만에 오붓한 둘만의 단란한 시간을 보내고 저녁 느지막해서 별장으로 돌아온다.

　그 다음날은 저녁에 하와이 주지사 내외 및 주정부 간부들과 별장에서 회식을 하는 날이다. 이철갑 측에서는 LA 지점장 및 2~3명의 간부가 참석하기로 되어 있다. 이 회식은 LA 지점장이 상지총수 비서실과 긴밀히 연락하면서 정성을 쏟아 부어 마련된 것이다. 별장 정원 잔디밭에서 칵테일로 시작해서 별장 내 연회실에서 식사 겸 여흥 프로그램으로 구성되어 있다. 여흥프로그램은 한국의 남녀 아이돌 그룹이 출연하고 현지 홀라댄스 그룹이 출연하도록 되어 있다. 주방과 연회실 및 잔디밭 위에서는 저녁에 치러질 행사의 준비를 위해 관계자들이 하루종일 분주하게 움직인다. 오후 서너 시쯤 되어 모든 준비는 완벽하게 끝나 손님 맞을 준비만이 남아있다.

그런데, "악마는 세부적 사항 속에 숨어 있다(devils in the details)"라는 서양속담이 있듯이, 복병은 언제나 세부적 일정 속에 숨어 있다가 돌연 출현하여 상대방에게 치명상을 입히는 것이다. 다시 말해서 복병은 거창한 담론이나 육중한 사업계획 뒤에 숨어 있는 것이 아니라 매일매일 반복되어 이루어지는 작은 일정 속에 매복해 있다가 불시에 출격하여 표적을 기습 공격하고 최후의 일격을 가하는 것이다. 이철갑의 경우, 한국에서는 제왕적으로 군림하면서 근엄한 표정으로 호통 한마디만 치면 만사형통하여 모든 것이 술술 풀려 잘 굴러가는데, 현지에서는 그것이 통하지 않는다는 말이다. 모든 업무처리에는 상대가 있어서 반드시 주고받기식 협상과 타협에 의해서만 진행된다. 협상과 타협 수순이 제대로 작동되지 않으면 일은 삐거덕 소리만 내고 일보도 진척하지 못하고 만다. 이쯤 되면 이철갑의 혈압은 수직상승하고, 가슴 답답증과 예리한 칼로 찌르는 것 같은 심장의 통증은 이철갑의 숨소리를 가쁘게 만든다. 현지로 날아올 때의 호화스러운 기내음식과 숙소도착 후의 융숭한 대접은 모두 메스껍고 구역질이 나서 왈칵 토해내고 싶은 구토증으로 돌변하고, 전혀 기억 속에 담아두고 싶지 않는 저질 추억으로 전락하고 만다.

  오후 4시쯤 주지사 사무실에서 전화가 걸려와 주지사가 이철갑 총수와 통화하기를 원한다는 전갈이 왔다. 이철갑이 전화를 받으니 주지사가 말하기를 미연방정부 차원의 비상사태가 발생하여 워싱턴 D.C로 즉시 출발해야 하기 때문에 회식에 참석할 수 없게 되어 대단히 미안하다고 말한다. 이철갑으로서는 자기가 전혀 통제할 수 없는 사태가 벌어졌으므로 난감할 수밖에 없다. 그러면서도 현실을 받아들일 수밖에 없는 상황이다. 해외 현지에 도착한 지 3일 만에 짜릿하던 기분은 온데간데없이 사라지고, 또다시 그 지긋지긋한 답답하고 숨 막히는 중압감이 고개를 들고 튀어나오지 않는가. 아니 이번에는 그 강도가 서울에서 느끼던 것과는 근본적으로 판이한 종류의, 곧장 쓰러질듯한 어지럼증과 머리가 핑핑 돌아가는 것 같은 느낌을 동반한 중압감이 엄습한 것이다. 서울 집무실에서 느끼던 중압감은 큰 바위돌이 내려 누르는 정도의 것이었다면 현지에서 느끼는 중압감은 지구덩어리처럼 거대한 물체가 짓누르는 것 같다. 이철갑은 시시각각으로 조여 들어오는 가슴의 통증을 견디다 못해 비상시에 사용하려고 보관하고 있던 니트로글리세린 두 알을 꺼내 혓바닥 밑에 넣고 그 효과가 나타날 때까지 침상에 누어 기다린다. 잠시 후 약의 효험이 나타나 어지럼증이 진정되고 천장이 빙빙 돌던 증세가 가라앉는 효과가 나타난다.
  전화를 끊고 난 이철갑은 할 말을 잃고 명한 상태에서 머뭇거리다가 즉시 자세를 가다듬고 별일 없다는 태도로 저녁의 연회는 예정대로 진행할 것을 지시한다. 이철갑은 주지사 일행의 빈자리를 메우기 위해 어제 골프를 함께 친 부부와 하와이에 사는 여러 지인들을 초청하여 주지사를 위해 예정됐던 연회를 "이철갑과 하와이 거주 친지들의 해후상봉 자축파티"로 성격을 바꿔 개최하기로 하고, 조금도 기죽지 말고 더욱 화기애애하게 파티를 진행하라고 특명을 내린다.

연회는 예정된 시간에 차질 없이 진행된다. 잔디밭 위에서 은은히 흘러나오는 한국민요가락에 저녁노을이 어우러져 잔잔한 흥분마저 감도는 파티에서 칵테일이 몇 순배 돌아가니 참석자들의 얼굴에는 홍조가 돌고 대화도 유머와 해학이 듬뿍 담긴 열띠고 배꼽 쥐는 것들이다. 이런 상황이 30여 분 계속된 뒤 사회자의 안내에 따라 참석자들은 실내 연회장으로 이동하여 지정된 좌석에 자리를 잡고 계속 칵테일과 대화를 나누면서 흘러나오는 은은한 왈츠에 흥취를 돋운다. 양식으로 마련된 메뉴는 샐러드를 필두로 포도주가 나오고 메인 디시, 후식 순으로 식탁에 등장한다. 이철갑의 간단한 환영인사가 있고 나서 식사는 시작된다. 식사 중간에 하와이 본토인들의 훌라댄스, 걸그룹, 보이그룹, 국악기를 곁들인 민요 등이 연주된다. 이철갑은 식사 도중 태연한 척하면서도 주지사 일행의 불참사실에 대해 불쾌한 감정을 떨쳐버리지 못하고 이런 저런 생각에 잠긴다. 그 생각만 하면 기분이 벌레를 씹은 것같이 텁텁해져서 방금 옆 사람과 나눈 대화 내용이 머리에 들어오지 않는다. 그래서 건성으로 고개만 끄덕이며 애꿎은 술잔만 기울인다. 이철갑이 거나하게 취한 상태에서 훌라춤을 구경하고 있노라니, 그중에서 이철갑의 주의를 확 끌어당기는 앳된 가수가 눈에 들어온다. 썬탠

이 적당히 된 초콜릿색 피부에 S line 몸매, 살인적인 미소 띤 얼굴 등 어디 하나 흠잡을 데 없는 매혹적인 자태다. 온종일 마음에 걸리던 주지사에 대한 껄끄러운 감정을 일시에 날려 보내는 절세의 미모다. 이철갑은 그동안 그룹 일에 붙들려 부인과 정사를 나눈 지가 까마득한 상태다. 주지사에 대한 섭섭한 감정, 애정표시가 결여된 생활, 정도 이상의 과음, 매혹적인 자태의 젊은 가수 등의 복합요인이 이철갑의 머리 속에서 화학작용을 일으켜 이철갑으로 하여금 순간적으로 억제할 수 없는 강렬한 욕정을 느끼게 한다. 이철갑은 수행비서를 불러 귓속말로 무언가를 지시하고, 잠시 후 옆에 앉은 현봉준 여사에게 "주정부 부지사가 지금 만나자고 하여 잠시 자리를 비워야겠으니 손님대접을 부탁한다"라고 말한다. 안 그래도 현봉준은 주지사의 결례에 대하여 몹시 기분이 언짢았어도 이철갑의 눈치를 보며 말을 아끼고 있던 참에 부지사가 이철갑을 만나자고 한다는 말을 듣고 "자기들도 양심이 있으면 그래야겠지."라고 쏘아 붙이며 이철갑의 말을 곧이곧대로 듣고 "어서 다녀 오세요."라고 맞장구를 친다. 이철갑은 수행비서, 경호원 및 운전기사를 대동하고 행선지로 향한다.

인근 호텔에서 총알정사를 마친 이철갑은 일어서지를 못하고 땅바닥에 쓰러지고 만다. 여태껏 혹사당해 과부하 상태에 빠진 이철갑의 심장의 입장에서 보면, 그것이 과로에 따른 압박이든 젊고 매력적인 여성과의 정사에 따른 압박이든 충격과 자극을 주기는 마찬가지다. 마치 감내할 수 있는 한도를 초과한 짐을 등에 실은 낙타가 더 이상의 짐의 무게를 감내하지 못하고 마지막 지푸라기 하나의 무게에 짓눌려 쓰러지고 마는 이치와 같은 것이다. 소위 말하는 낙타 등의 최후 지푸라기 ⟨last straw on camel's back⟩ 현상이다. 그동안 가중되는 스트레스와 가슴을 쥐어짜는 듯한 통증을 감내해 온 이철갑의 심장은 오늘 저녁 이철갑의 젊은 여성과의 총알정사가 가져온 충격을 감내하지 못하고 제 기능을 상실하고 만 것이다. 이철갑은 정신을 가다듬고 비상용으로 지니고 있던 니트로글리세린 두 알을 꺼내 혓바닥 밑에 집어넣고 옆에서 오들오들 떨며 서있는 정사 파트너에게 호텔로비에서 대기하고 있는 자기 수행원에게 룸으로 올라와 달라는 말을 전해달라고 부탁한다. 이철갑은 겁에 질려 부리나케 달려온 경호원의 등에 업혀 별장으로 돌아가 곧장 이층 침실로 들어가 간호사의 긴급조치를 받고 일단 정신을 차리고 진정상태에 들어간다. 다행히 손님들이 모두 돌아간 상태라 이철갑을 모시는 측근들 이외에는 이 사실을 아는 이가 없다. 겁에 질린 현봉준 여사는 수행비서에게 "어찌된 일이냐"고 다급하게 묻는다. 수행비서는 "총수님이 부지사와 만나 얘기하시던 중 언성을 높이시고 말씀하시다가 쓰러지셨다"라고 대답한다. 이 일이 외부로 새어 나갈 경우 그 파장이 어떤 결과를 가져올 것인가를 너무나도 잘 아는 현봉준 여사는 측근들에게 "이 사실이 밖으로 새어 나가는 일이 있어서는 절대로 안 된다"라고 엄중한 함구령을 내린다. 이리하여 이날 밤 이철갑이 주정부 부지사와 대화를 나눈 사실이 있었는지 없었는지의 진위는 수행비서, 경호원 그리고 운전기사를 제외하고는 현봉준 여사를 포함하여 누구도 아는 사람이 없게 되어, 영구 미스터리로 하와이 땅에 묻혀버리게 된다. 현봉준 여사는 즉시 수행비서를 시켜 서울에 있는 총수비서실에 전화를 걸어 돌아갈 전용기를 즉시 보내 달라고 요청하라는 지시를 내린다.

이렇게 하여 그 바쁜 와중에서 모처럼 틈을 내어 떠나온 이철갑의 휴가 여정은 예기치 못한 돌발사태의 발생으로 도착한 지 3일 만에 막을 내리고 만다.

　호놀룰루 공항에 전용기가 도착했다는 연락을 받은 이철갑 일행은 공항을 향해 출발한다. 상지 LA 지점장이 그동안 하와이에 쌓아 놓은 인맥을 통하여 이철갑 일행이 공항에 도착하는 즉시 이철갑만은 출입국심사대를 통하지 않고 전용기 앞까지 바짝 다가가 하차하여 비행기에 탑승 하도록 미리 손을 써 놓아, 이철갑의 불편한 모습이 노출되는 것을 막을 수 있었다. 전용기 밑에서 대기 중이던 승무원들이 이철갑을 업어 비행기에 탑승시킨다. 활주로에서 이륙순서를 기다리다 이륙허가 신호를 받는 즉시 비행기는 이륙한다. 기내 분위기는 무겁고, 누구도 쉽게 입을 열려 하지 않는다. 서울 상지병원 심장전문의와 계속 연락을 취하고 있는 간호사의 목소리와 간간이 가슴의 통증과 어지러움증을 호소하는 이철갑의 신음소리만이 기내의 적막감을 깨뜨릴 뿐이다. 간호사는 전문의에게 이철갑의 입원수속을 부탁하고 전문의가 시키는 대로 이철갑을 침상에 누이고 이철갑의 왼쪽 팔에 링거를 꼽고 조제한 알약을 환자에게 들게 한다. 얼마 지나지 않아 이철갑은 곧 깊은 잠에 빠져 들며 통증과 어지러움증 호소를 그친다. 현봉준은 서울에 있는 총수 비서실에 전화를 걸어 이철갑의 변고를 대충 설명하고 만일의 사태에 대비하여 비상 경영체제에 돌입하도록 지시한다. 기내 분위기는 불시에 초상집처럼 변해 버리고 전용기는 어느덧 인천공항에 도착한다. 이철갑 일행은 전용기 밖에서 대기하고 있던 구급차에 탑승하여 최대한의 속도로 서울 상지병원 중환자실로 향해 달려간다. 상지병원 정문 앞에는 병원장, 심장전문의(주치의), 간호사가 대기하고 있다가 이철갑의 차가 도착하는 즉시 수술실로 이송한다. 이철갑의 세 자녀도 겁에 질린 모습으로 대기하고 있다가 현봉준 여사를 부축하여 수술실 밖 의자에 앉게 한다. 약 30분가량 지난 후 심장전문의가 나와 현봉준 여사에게 이철갑의 상태를 설명하고 급성 심장경색이 발생하였으므로 즉시 시술을 해야 하며 현봉준 여사의 승낙이 필요하다고 한다. 현봉준 여사는 필요한 서류에 서명하고 자녀들과 함께 병원 VIP 대기실로 이동하여 이철갑의 수술결과를 기다리며 자녀들에게 이철갑 변고발생의 자초지종을 설명한다.

° 二

상지그룹 부회장실로 돌아온 이호동은 현봉준 여사의 변고발생에 관한 설명 중 의심스러운 점이 있다고 생각하여 이철갑의 수행비서와 경호원을 사무실로 불러 엄하고 단호한 자세로 사고발생의 자초지종을 캐묻는다. 수행비서와 경호원은 이미 사태가 자신들에게 불리하게 돌아가고 있음을 감지하고 이실직고하여 사태발생의 전말을 자세히 털어

놓는다. 이철갑의 발병에 관한 전모를 소상하게 파악한 이호동은 사태의 민감성을 감안해 두 사람에게 입단속을 단단히 당부하고, 다른 사람들로 하여금 이철갑이 하와이주정부 부지사와 대화 도중 쓰러졌다는 것이 사실인 것처럼 계속 믿게 하라고 엄명을 내린다.

이호동은 병원에 전화를 걸어 주치의에게 이철갑의 수술결과를 문의한다. 주치의는 수술이 성공적으로 완료되어 이철갑이 수면상태에 있으며 하루 이틀 지나면 의식이 회복될 것이라고 말한다. 주치의는 이철갑이 몇 시간만 늦게 병원에 도착했어도 생명이 위태로울 수 있었다고 전한다. 주치의가 수술과정에서 겪은 어려움을 구체적으로 열거하지는 않았지만, 이호동은 백척간두의 경각에서 주치의를 비롯한 의료진의 혼신의 노력을 쏟아 부은 결과로 이철갑이 목숨을 구할 수 있었다고 간파한다. 그래서 이호동은 주치의에게 깊이 감사하고 향후 치료에 최선을 다해 줄 것을 간곡하게 부탁한다.

이호동은 총수 비서실장 이호진에게 전화를 걸어 총수 부재에 따른 그룹 운영상의 이상 현상이나 차질현상이 일어나는 일은 없겠느냐고 우려를 표시한다. 이호진은 원래 총수가 보름 이상 휴가로 사무실을 비운 상태이므로 철저히 대비하여 이미 만반의 대책을 마련하여 놓은 터임으로 걱정 안 해도 좋을 것이라고 답한다. 이에 이호동은 마음이 놓여 정상적인 집무모드로 돌아간다. 사실 그는 이철갑의 돌발적인 병고 발생으로 뜻밖에 그룹의 운영을 책임지게 되는 입장에 직면하여 얼떨떨하고 어리둥절하기도 하고 다소 어색하여 당황스럽고 우려되기도 하였다. 그러나 다행히 이철갑이 이런 사태의 발생을 예견하고 꾸준히 이호동을 경영수업에 돌입토록 배려하여 놓았기 때문에 돌발 사태에 따른 예기치 못한 파국은 미연에 방지할 수 있었다. 그는 상지전자 총무부장으로 재직하다 미국유학을 떠났고, 미국유학에서 돌아온 후에는 상지전자 경영기획팀 상무로 일하다가 부사장, 사장으로 초고속 승진을 했다. 그러는 동안 모든 방면에 현황과 내재하는 문제점을 소상하게 파악했고 현재는 상지전자에 관한 한 자기 자신의 손금을 들여다보듯 훤히 꿰뚫고 있다. 단지 그룹 전반적인 문제에 대하여는 아직 서투른 면이 있었다. 그래서 그는 걱정이 되어 이호진 비서실장에게 전화를 건 것이다.

이철갑은 수술을 받은 후 하루 이틀이 지나도 계속 수면상태에 빠져서 의식을 회복하지 못하고 있다. 이에 대해 의료진은 보도자료를 발표했는데, 이에 따르면 수술 중에 마취제를 과다하게 사용하여 의식회복에 다소 시간이 걸릴 뿐, 별다른 이상은 없고 2~3일 정도 지나면 반드시 의식이 돌아올 것이므로 걱정할 필요가 없다고 설명한다. 그러나 2~3일이 경과한 후에도 이철갑이 계속 깊은 잠에 빠진 채 깨어나지를 못하므로, 의료진은 이철갑의 의식을 회복시키는 데 치료의 최우선순위를 두고 배전의 노력을 집중한다.

한편, 이철갑이 이전에 심장문제로 미국 텍사스의 한 병원에서 심장치료를 받은 바 있어서 의료진은 그때 담당했던 주치의와 연락하여 내한 치료를 부탁하고 그를 상지병원으로 초빙하여 이철갑의 의식회복을 위해 함께 힘쓰도록 한다.

그동안 이철갑의 치료과정을 주의 깊게 지켜보며 마음을 졸이고 그의 조속한 건강회복을 갈망하던 가족과 친지 및 그룹 관계자들은 이철갑이 의식을 회복하지 못하고 있는 상태에 대해 우려와 불안감을 나타내기 시작한다. 미디어도 이철갑의 건강상태에 관해 이상한 낌새를 눈치 채고 깊은 관심과 의구심을 나타내며 취재에 열기를 높여 간다. 이때부터 신문방송은 이철갑의 건강에 관한 사실보도와 함께 각종 추측성 보도와 억측을 쏟아내며 근거 없는 소식을 여과 없이 보도하기 시작한다. 심지어 인터넷 뉴스와 찌라시는 "이철갑 사망"이라는 표제 하에 이철갑의 사망을 기정사실화하는 듯한 기사를 내보내기도 한다. 증권시장은 그 즉시 반응을 나타내며 크게 출렁이다가 상지그룹이 그동안 이호동 부회장의 3세 경영 체제로 경영권 이양작업을 꾸준히 진행해 온 데다가 전략기획팀을 중심으로 그룹차원의 시스템 경영이 확립되어 있는 상태라는 사실이 널리 인정되어 곧 안정을 되찾게 된다. 이호동 부회장은 만일의 돌발사태 발생에 대비하여 상지전자 내에 24시간 비상경영체제를 가동하며 이철갑의 건강상태에 관련된 각종 악성 소문과 추측성 보도를 차단하느라고 안간힘을 쓴다.

°
三

　한편 독실한 불교신자인 현봉준 여사는 매일 아침 일찍 일어나 공식 일정을 시작하기 전에 자주 찾아가는 절에 가서 백일기도를 시작하고 하루 일 백 번 부처님께 절을 하며 이철갑의 쾌유를 빈다. 절의 대현전에 안치된 부처님의 불상 앞에서 무릎을 꿇고 두 팔을 쭉 뻗어 손바닥을 폈다 접었다 하며 이철갑의 건강회복을 기원하고 일어섰다 다시 무릎 꿇기를 반복하여 백번의 절을 반복한다.

　"대자대비하시고 광대한 신통력을 가지신 나무아미타불, 관세음보살님, 80억겁년을 살아오시며 삼라만상과 인간의 생사여탈을 주관하시는 부처님, 제가 중죄를 짓고도 아직 해탈과 공덕이 없어 번뇌와 고통에서 벗어나지 못하고 고생하고 있습니다. 부디 저를 불쌍히 여기시어 저의 남편 이철갑을 병고에서 벗어나 기억력을 회복하고 건강한 몸으로 다시 정상적인 생활을 하며 부처님의 뜻에 합당한 삶을 살 수 있게 대자비를 베풀어 주시옵소서."

　이렇게 기도를 올리며 백배 절을 마친 후 미술관으로 출근하는 현봉준 여사의 허리와 다리는 천만근의 쇳덩어리를 매달아 놓은 듯 무겁고 쑤시기만 한다. 현봉준 여사는 이렇게 하루를 시작하여 오후에는 병원으로 가 남편의 침상 곁에 앉아 무감각한 남편의 두 손을 꼭 쥐고 남편의 따뜻한 체온을 느끼며 눈을 감고 부처님께 기도를 드린다. "자비로 우신 부처님 저의 남편을 긍휼히 여기사 어서 잠에서 깨어나 병상에서 훌훌 털고 일어나 건강한 몸으로 다시 정상적인 생활을 하게 하여 주소서." 현봉준 여사는 주위 사람들 보는 앞에서 눈물을 보이지 않으려고 입술을 가볍게 깨물며 무진 애를 쓴다. 그러나 그녀는 자신의 눈에 맺히는 이슬을 억제하지는 못하고 만다.

두 딸은 오후 어머니가 병문안 하는 시간에 맞춰 병원에 가서 어머니와 함께 부친의 무기력한 모습을 물끄러미 바라보며 깊은 감회에 빠지곤 한다. 그렇게 호랑이처럼 위세가 당당하고 패기 넘치던 부친이 온몸에 산소호흡기, 심전도 측정기, 링거액 등 복잡한 의료기기를 부착하고 아무 감각 없이 식물인간이 되어 병상에 누워있는 것을 보고 인생무상을 절감하며 소리 없는 눈물만 줄줄 흘린다. 이호동은 발등에 불이 떨어진 회사업무에 매달려 시간 낼 여유가 없어 일주일에 한두 번 불규칙한 시간에 병실을 찾을 수밖에 없었다. 그 대신 그룹 부회장실에 이철갑 담당 전담팀을 구성하여 그들로 하여금 이철갑의 신상변화를 시간단위로 체크하도록 하여 놓는다.

四

인터넷과 찌라시를 통해 이철갑의 사망설이 퍼진 후 상지그룹 총수 비서실과 총수 저택에서는 지각 변동이 일어나고 있다. 이른 아침부터 도떼기시장처럼 붐비며 문전성시를 이루던 총수비서실은 사람의 발길이 뜸해지고 저기압 기류가 완연히 감지된다. 직원들은 목의 힘이 빠지고 활력이 사라지고 목소리는 개미 목소리처럼 힘이 없다. 산더미처럼 밀려들던 우편물은 부회장실로 흐름줄기가 바뀌었고, 매일 점심에 현봉준여사가 이철갑회장을 위해 손수 만들어 사무실로 전달하던 찬합도 더 이상 나타나지 않는다. 그룹총수를 먼저 보게 해 달라고 애원해가며 조르던 청탁 행렬도 온데간데없이 사라지고 말았다. 서슬이 시퍼렇게 살아 긴장감과 고압 열기로 가득 차 있던 그룹 총수 집무실은 썰렁하고 냉기마저 감도는, 도깨비가 나타날 것 같은 적막한 빈방으로 전락했다. 이런 변화는 이철갑의 저택에서도 나타난다. 하루 종일 사람이 들썩이며 생기와 활기가 넘쳐흐르던 저택은 개장종료 후의 박물관이나 미술관처럼 인기척이 없고 유령의 집 같은 분위기마저 감돈다. 지하에 있는 수영장의 물은 빠져있고, 사우나실, 샤워실, 운동실, 미용실 등의 등불도 모두 꺼져 있는 상태다. 항상 졸졸 흘러나오던 음악소리도

뚝 끊기어 집 전체가 텅 빈 느낌이 든다. 단지 침실 도우미, 청소 도우미, 그리고 조리사만이 덩그렇게 빈 주거지역을 지키고 있다가 아침 일찍 사찰로 출근하여 미술관에서 집무하고 병원에 들렀다 저녁 늦게 어깨가 축 처져 퇴근하고 집에 돌아오는 현봉준 여사를 맞아들일 뿐이다.

이호동 부회장 집무실은 눈 깜짝 사이에 상전벽해의 일대 변화가 일어난다. 이철갑 총수의 돌발적인 병고발생으로 권력이동이 이호동 부회장에게로 급속하게 이전되어, 그는 불시에 태풍의 소용돌이 속으로 빨려들게 된다. 하와이에서 점화된 권력이동의 불길은 동남풍을 타고 북상하면서 세력을 강화하여 한국에 당도하자마자 상지그룹을 덮쳤다. 그런 다음 이호동 부회장의 집무실을 강타하면서 그를 변화의 용광로 속으로 빨려들게 한 것이다. 거대한 변화의 화염에 휩쓸리는 순간 이호동은 순간적으로 아찔한 상태에 빠졌다가 정신을 차려 보니 '세상이 바뀐 듯했고, 자신도 다른 사람이 된 듯했다

그의 비서실은 이호동 부회장을 면회하려는 사람들로 문전성시를 이루고 그룹 총수실로 향하던 서류더미는 이곳으로 밀려들어 경각을 다투며 신속한 처리를 해달라고 아우성이다. 비서실 밖에는 증원된 경호원들이 철통같은 경비를 펴고 있고, 이호동 부회장이 집무실 밖으로 이동할 때는 4명의 경호원이 그의 앞뒤좌우에 밀착하여 동시에 이동한다. 빌딩 외부에서 승용차로 이동할 때는 이철갑 총수가 움직일 때와 마찬가지로 4대의 승용차가 동시에 움직인다.

부회장 비서실의 조직개편도 신속하게 이루어진다. 업무의 계속성과 영속성을 확보하기 위하여 이호진 총수비서실장을 부회장 비서실장으로 전보 발령한다. 부회장실로 산더미처럼 쇄도하는 우편물과 전자우편물을 신속하고 정확하게 처리하기 위하여 종래 혼자서 처리하던 우편물 수발업무를 우편물 수발 팀으로 확대개편하고, 팀장에 이서경을 임명하고 그 밑에 한 명의 보조원을 배치하여 팀장의 지휘감독을 받도록 한다. 이들은 모든 우편물을 국내 물과 해외물로 구분하고, 이는 다시 부회장 개인물과 그룹물로 세분하여 신속하게 분류 처리하게 함으로서 대내 대외 의사소통과정에서 부회장을 보호하는 장치를 마련해 놓는다. 이밖에 일정비서, 수행비서, 경호원 약간 명을 두어 부회장의 업무처리가 순조롭게 진행되도록 한다.

°五

이철갑은 아직도 의식을 회복하지 못한 채 병상에 누워있다. 벌써 입원치료한 지가 수개월이 지났는데도 아무 차도가 나타나지 않는다. 주치의를 비롯한 의료진은 가용한 현대 첨단 의료기술을 총동원해 혼신의 힘을 기울이고 있는데도 이철갑의 병세는 호전할 기미를 보이지 않는다. 조급하고 초조한 것은 가족이나 상지그룹 경영진이 아니라 최명철 주치의를 비롯한 의료진 자신들이다. 하루가 멀다하고 찾아와 이철갑의 병세를 탐문하는 보도진들에게 오늘은 또 무어라고 둘러댈 것인가를 생각하면 이마에 진땀이 밴다. 더 고통스러운 것은 한방 의사들의 끈질긴 개입이다. 자천 타천으로 혹은 굵은 동아줄을 타고 내려와 현봉준 여사와 이호동을 설득하여 한방요법으로 이철갑의 심장병을 치료해 보자는 것이다. 원래 한방에서는 외과수술을 하지 않고 사상체질검진 등을 통해서 약물치료로 심장병을 치료할 수 있는데, 이철갑의 경우 이미 외과적 수술이 끝난 상태여서 침구치료, 레이저 침 치료 등을 시도해 볼 필요가 있다는 것이다. 특히 이철갑이 의식을 회복하지 못하고 있는 것은 서양의학의 한계를 드러내는 것이므로 한방 의료법을 과감하게 적용해 볼 필요가 있다는 것이 그들의 입장이다. 한편 이철갑의 세 자녀들의 친구들 중 기독교 신자들은 현봉준 여사의 남편을 위한 정성 어린 불공은 이해하지만, 몇 달이 지나도록 차도가 나타나지 않는 이철갑의 의식회복을 위해 하나님께 철야기도를 해 보는 것이 어떠하겠느냐고 줄기차게 권유한다. 병상에 의식 없이 누워있는 이철갑을 둘러싸고 여러 갈래의 세력이 서로 기 싸움을 벌이고 있는 것이다. 주치의 최명철은 이들의 각기 색다른 주장이 혹시 이철갑의 심장병치료에 영향을 끼치지 않을까 전전긍긍하는 상태에 빠진다.

이호동의 위상과 권한은 날이 갈수록 강화되고 격상된다. 그동안 이철갑 총수가 참석하기로 예정되어 있던 국내외 행사는 모두 이호동 부회장이 대신 참석한다. 미국 라스베가스 에서 개최되는 IT 산업전시회를 비롯하여 중국 국가주석이 주관하는 국제기업 협의회의 모임, 다보스 경제포럼, 대통령이 주관하는 국내 그룹총수들과의 회합 등, 굵직한 국내외 회의 참석이 모두 이호동 부회장의 몫으로 이관된다. 특히 상지그룹의 대중국 투자 확대를 둘러싸고 중국 정치인들과의 교류 보폭을 대폭 늘려가고 있다. 마오 샤오핑 국가주석과는 다섯 번이나 만났고, 왕양 부총리, 마카이 부총리, 후춘화 광동성 당서기 등 중앙정부 및 지방정부 관리들과의 만남이 잦다. 이호동 부회장의 책상 위에서 그의 결재를 기다리는 안건도 모두 한 건당 조 단위의 대형 프로젝트들이다. HK그룹과 사생결단의 경쟁을 벌여온 4조 단위의 대지구입 입찰경쟁, HH그룹과 매듭을 지어야 할 2조 단위의 기업합병문제, 1조5천억 단위의 하와이 리조트 건설에 소요되는 투자문제 등이 모두 이호동 부회장의 결단을 기다리고 있다. 이호동 부회장은 직함만 부회장이지 명실공히 그룹총수의 실질적 권한을 행사하고 있는 것이다. 이제 이호동 부회장은 더 이상 나약하고 순진하게 보이는 새끼 호랑이가 아니다. 송곳니는 쇠갈퀴처럼 사나운 모습을 드러내고 발톱은 날카롭게 뻗어 나와 사냥감을 일격에 낚아챌 수 있는 모양새고 목과 어깨 언저리의 근육은 힘이 넘쳐흘러 먹이를 향해 단숨에 백 마일을 돌진할 채비이고 눈빛은 파란 섬광이 번쩍이는 밀림의 포식자의 모습을 갖추어, 먹이가 나타나기만 하면 바로 튀어나올 맹호출림(猛虎出林: 사나운 호랑이가 밀림에서 튀어 나오다는 뜻)의 자태다. 필요하다면 전 세계를 3일 안에 누빌 수 있도록 전용기가 24시간 대기하고 있다. 이호동의 그룹총수직 인수도 일부에서 강력하게 제기하고 있지만, 이철갑이 비록 식물인간이긴 하나 아직 호흡을 유지하고 있고, 오랜 유교전통에 젖어있는 그룹문화를 감안해 이 시점에서 총수직을 인수한다는 것은 이호동으로서는 현명하지도 못하고 심리적 부담도 적지 않아 뒤로 미루기로 한다. 이철갑의 파란만장한 한 세대가 저물고 생기 가득찬 이호동의 새로운 세대가 힘차게 출범하게 된 상지그룹의 권력이동은 이렇게 마무리된다. 이로써 상지그룹의 권력이동은 한 치의 차질 없이 안정된 모습으로 완결되며, 오직 형식적인 절차만 남아있다.

六

이호동 상지그룹 부회장은 부친 이철갑 총수와 여러 가지 면에서 색다른 점이 있다. 우선 그는 독신으로 아파트에서 혼자 살고 있다. 수년 전 이혼하고 일남이녀의 양육권도 전처에게 준 그는 한 명의 상주 가정부와 가사도우미 및 집사를 두고 생활하고 있다. 그도 부친처럼 황태자급 신분으로 금수저를 물고 태어난 것은 사실이지만 부친과 같은 철저한 황태자 수업을 받은 적도 없고, 일본과 미국에서 받은 자유주의적 교육은 그로 하여금 철저한 개인주의 및 자유분방한 기질의 소유자로 되게 하였다. 그리하여 권위주의적이고 카리스마적 분위기가 압도하는 기업문화 속에서도 그는 자기 특유의 생활영역을 확보하고 있고 또 그렇게 하려고 노력하고 있다.

상지그룹의 지휘권을 장악한 후에도 그의 이러한 개인적 특성은 곳곳에서 나타난다. 우선 자기가 움직일 때에 수행하는 경호원 수도 될수록 최소화하고, 밖에서 이동할 때에 선도하는 경호차와 뒤에 따라 붙는 빈 차도 없애 버리고 만일의 경우에 대비하여 경호차 한 대만 뒤따르게 한다. 부친은 주로 수행비서에 의지하여 업무를 처리하는 편이었으나 이호동 부회장은 수행비서는 대동하되 젊은 세대답게 주로 스마트폰에 의지하여 원격조종하며 업무를 처리하는 경우가 많다.

이철갑 총수는 수영을 좋아했는데 이호동 부회장은 축구를 좋아한다. 사실 그는 지인들과 조기축구회를 조직하여 매일아침 일찍 조기축구회에 참석하는 것을 필두로 하루의 일정을 시작한다. 패기와 정력이 넘쳐흐르는 젊은 이호동 부회장은 외부행사에 참석하는 기회가 많은 탓도 있지만 혈기왕성한 젊은 기업인이라는 점 때문에 사무실에 갇혀 있기를 거부하는 성격이다. 자연히 그가 사무실에서 집무하는 시간은 그리 많지 않고, 대부분의 업무는 스마트폰을 이용한 원격조정으로 업무처리하기를 선호한다. 이른 아침 조기 축구회를 필두로 연설회, 토론회, 회식, 파티, 칵테일을 겸한 심야 간담회 등 온종일 눈코 뜰 새 없이 바쁜 외부활동을 전개하다 보면 자신의 집무실에 머무는 시간은 제한될 수밖에 없다.

이호동 부회장의 독특한 기질은 아무래도 그의 경영관 내지 시국관에서 잘 나타난다. 우선 그는 "신뢰"를 중요시하고 이를 기회 있을 때마다 강조한다. 개인이나 조직, 사회, 또는 국가 간 관계에 있어서 소홀히 해서는 안 될 요소가 "신뢰"라는 것이다. 노사 간의 갈등, 시민단체 간의 불화, 소비자와 생산자 간의 불신, 정당 대 정당 간의 대립, 국민과 정부 및 정치인 간의 충돌 등이 모두 "신뢰"가 부족하거나 결여된 사실 때문에 발생한다는 것이다. 국가와 국가가 서로 믿지 못하고 헐뜯고 충돌하는 것 역시 "신뢰"의 붕괴에 그 원인이 있다는 것이다. 그래서 이호동 부회장은 항상 "신뢰"의 구축을 최우선으로 하고 있다.

그 다음 "정치적 안정"을 중요시한다. 정치가 안정을 못 찾고 불안해지면 정치인들이 포퓰리즘을 표방하게 되고 인기주의에 영합하여 특정 사회계층의 부당한 압력에 굴복하고 그 집단의 꼭두각시로 전락하여 정치적 지도력을 상실하고 만다는 것이다. 바로 이러한 이유 때문에 대한민국의 국회가 식물국회, 잠자는 국회로 전락하고 말았다는 것이다. 이 점은 바로 자기 부친 이철갑 총수가 "한국의 정치는 4류이고 정치인은 5류"라고 하던 말과 일맥상통한다고 볼 수 있다. 결국 정치적 안정이 없이는 경제발전, 사회 안정, 소득분배의 균등화, 청년취업의 증대 등 모든 문제가 공염불이 되고 만다는 것이다.

셋째로, "경제의 활성화"이다. 정치의 불안정을 극복하고 "정치적 안정"을 확보하는 가장 효력 있는 처방전과 확실한 첩경은 경제를 활성화시키는 것이다. 또한 소득의 불균등한 분배를 시정하고 실업률, 그 중에서도 특히 대학졸업자의 실업률을 낮추고 기업의 경쟁력을 강화시키는 열쇠가 바로 경제를 활성화시키는 데 있다. 그런데, 경제 활성화가 일부 소수계층이나 특권층에만 혜택을 주는 방식의 활성화는 곤란하다는 것이다. 바다 물이 차면 모든 배가 다 같이 떠오르듯이 남녀노소, 인종, 종교, 지방을 가리지 않고 모든 계층에게 골고루 이익과 혜택이 돌아가는 방향으로의 경제 활성화가 이루어져야 한다는 것이다. 그의 이런 말을 듣고 있노라면 그가 기업의 총수가 아니라 교회 안에서 설교를 하고 있는 목사 같다는 착각을 하게 된다.

넷째로, 그는 "과학기술의 사회화"를 강조한다. 과학기술의 발전으로 현대의 경제와 사회발전이 가능하게 되었고 인류의 생활이 개선되고 편리하게 된 긍정적인 면을 부인할 수 없다. 상지그룹만 해도 첨단기술을 적용한 스마트폰, TV, 디스프레이 패널 등의 제조로 세계시장을 제패한 것이 사실이다. 이는 그의 부친 이철갑 총수의 "일등 하지 않고는 못 배기는" 기질 덕분에 상지그룹을 초일류그룹의 반열에 올라앉게 되었다. 하지만, 이호동 부회장은 초일류기업의 위치를 유지하기 위해서 과학기술의 혁신에 따른 온갖 부작용을 도외시해서는 안 된다고 본다. 다시 말해서 과학기술의 발전 및 활용은 국민생활을 향상시키면서 그 부작용은 최소화시키는 방향으로 이루어져야 한다는 것이다. 과학기술의 응용이 실업률을 가중시키고 사회갈등을 조장하며 계층 간의 증오감을 부추기는 모양, 혹은 사회악의 발생과 파렴치 범죄발생의 빈도를 높이는 방향으로 이루어져서는 안 되며, 또 이를 보고도 못 본체 해서는 더욱 안 된다고 본다. 그러한 바탕 위에서 초일류기업을 유지한다는 것은 무의미하다는 주장이다. 기업은 "과학기술의 사회화"를 통해 "기업의 사회적 책임"을 다할 때 비로소 소비자의 신뢰, 납품 업자들의 신뢰, 노동자들의 신뢰, 국민의 신뢰를 얻어 명실상부한 초일류기업의 옥좌에 오를 수 있다는 것이다.

이호동 부회장은 그룹 내부적으로는 차량행차의 간소화, 집무일정의 단순화를 기하고 외부적으로는 참신한 경영관 및 시국관으로 무장한 토대 위에서 적극적이고 활기찬 대외활동의 반경을 넓혀 나간다. 특히 정치인들이나 사회지도층과 자주 만나 자기의 경영관 및 시국관을 적극 홍보하고, 중국에 대한 확대투자, 인도에 대한 신규투자, 하와이 리조트 개발 투자 등 대형 투자사업계획과 관련된 법안들이 국회에서 낮잠을 자고 있는데 대한 타개책을 강구하느라고 매일 심혈을 기울이며 뛰고 있다.

한편 이철갑이 누워있는 병실은 여전히 적막감이 감돈다. 이철갑은 여전히 온몸에 각종 의료기기를 부착하고 깊은 잠에서 깨어나지를 못하고 누워있고 방 한 구석에 있는 소파에 앉아있는 간병원은 꾸벅꾸벅 졸고 있다. 이철갑이 이곳에 들어온 지도 벌써 삼 개월이 지났는데 이철갑의 신상에는 조금도 차도가 없다. 최명철 주치의는 이윤식 병원장과 힘을 합하여 한의사들의 집요한 간여를 물리쳐 이제는 조용한 편이지만, 언론사 기자들의 이철갑의 건강상태에 대한 관심과 취재경쟁은 여전히 뜨겁다. 오늘은 최명철 주치의가 보도자료를 만들어 기자들에게 배포한다. 보도자료에 의하면 "이철갑이 비록 의식은 회복하지 못하고 있으나 심장의 박동과 호흡은 정상화되어 생명에는 전혀 지장이 없는 상태이며, 현재 의식회복을 위한 치료가 집중되고 있으므로 머지 않아 깨어날 것"이라는 내용이다. 동 보도자료는 그 즉시 전파를 타고 국내외 신문방송에 보도된다.

°七

　김봉주는 황혼이혼을 하고 서울시내 한복판에 있는 오피스텔에서 독신생활을 하고 있는 퇴직교수이다. 그는 종래의 일정대로 아침에 일찍 일어나 TV 뉴스를 보는 도중 이철갑에 관한 소식을 듣는다. "이철갑 총수는 생명을 유지하고는 있으나 아직 의식을 회복하지 못하고 있다"는 것이다. 김봉주의 생각으로는 이철갑의 신분이면 최첨단 의료기술과 전 지구적인 우수 의료진을 물색 동원하여 치료를 받았을 텐데, 아직도 의식을 회복하지 못한 상태라니 믿어지지가 않았다. 하기야 최첨단 신제품 전자기기도 조립과정에서 고장을 일으키는 경우가 종종 발생하고, 그것을 수리하는 과정에서 정규방식으로 수리가 안 될 경우 고무망치로 두드리면 작동이 된다고 하지 않던가. "첨단기술로 치료가 안 될 경우 원시적인 방법을 적용해 봐라!"라는 생각이 김봉주 머리에 불쑥 떠올랐다. 그렇다. 첨단 의료기술로 이철갑의 깊은 잠을 못 깨우면 원시적인 방법인 "발끝치기"의 적용으로 그를 깨울 수 있지 않겠는가? 김봉주는 매일 아침 스트레칭을 하고나서 반드시 "발끝치기"를 이

백 번씩 한다. 그렇게 한 지가 벌써 15년 가까이 되었고, 그것을 하고 나면 머리가 개운해지는 느낌이 든다. 의식을 회복하지 못하는 환자에게 "발끝치기"는 그를 흔들어 깨우는 효과가 있지 않을까? 생각이 여기에 미치자 그는 즉시 이철갑 주치의에게 "발끝치기"를 권해 볼까 생각한다. 다음 순간 그는 그 생각을 접고 만다. 이철갑의 의료진이 한의사들의 한방 치료법도 거부한다는 신문방송 보도가 있었는데 "발끝치기" 같은 원시적 요법을 그들이 수용할 리가 만무했기 때문이다. 그 순간 김봉주의 머리에는 또다른 생각이 떠오른다. 바로 트레마토드에 관한 일화다.

트레마토드(trematode) 라고 하는 기생충은 면양의 간장 속에 들어가야만 재생산이 가능한데, 트레마토드가 면양의 간장 속으로 들어가기 위해서는 개미의 도움을 받아야 한다. 즉 트레마토드가 개미의 뇌에 침입하면 개미는 정신이 몽롱한 상태에 빠져 면양이 잘 뜯어먹는 풀 가지 위에 올라가 쉬게 된다. 이때 면양이 와서 그 풀을 뜯어 먹으면 트레마토드는 면양의 체내에 쉽게 들어가 간으로 진입하여 거기서 알을 낳고 새끼를 친다고 한다. 김봉주는 생각하기를 "발끝치기" 운동을 이철갑 총수에게 적용하려면 그의 주변에 있는 누군가의 도움을 받아야만 그것이 가능한데, 누구의 도움을 받는 것이 가장 효과적일 것이냐를 고심하던 그는 이호동 부회장이 바로 그러한 인물이라고 단정하고, 다짜고짜로 그에게 편지를 쓴다.

이호동 부회장님

안녕하십니까.

이철강 총수님께서 아직 의식을 회복하지 못한 상태에서 병상에 누워 계시다는 소식을 접하고 안타까운 마음에서 이 서신을 드리게 되었습니다.

제가 소개드리고 싶은 것은 "발끝치기" 운동입니다. 앉은 자세나 누운 자세에서 두 다리를 쭉 뻗고 두 발끝(엄지발가락 복숭아 뼈 부위)을 서로 충돌케 하는 동작을 반복하는 것입니다. 이 운동은 특히 두뇌를 자극하여 맑은 정신과 명쾌한 생각을 갖게 하는 데 효험이 큽니다. 총수님처럼 의식이 회복되지 않은 분들에게 특별히 적용해 볼 만한 좋은 방법이라고 생각합니다. 물론 환자 본인이 스스로 실행할 수 있으면 좋겠지만 총수님의 경우는 제삼자가 도와주어야 할 겁니다. 이미 실행하고 계시다면 비록 단시일 내에 별 효과가 없다고 하여 포기하지 마시고 계속 꾸준히 실행하시기 바랍니다. 혹시 실행해 보지 않으셨다면 지금 즉시 실행하시기를 권합니다. 80이 넘은 저는 십 오 년 넘게 이 운동을 계속하여 병원 한번 간 적 없이 건강을 잘 유지하고 있습니다. 며칠 전 TV 방송에서도 이 운동을 소개하는 것을 보았습니다. 첨단의료기술도 좋지만, 그것이 한계점에 이르러 소기의 효과를 나타내지 못 할 때는 "발끝치기" 운동과 같은 원시적인 방법도 한번 시도해 볼 필요가 있다고 생각합니다. 좋은 효과가 있어서 총수님의 건강이 하루속히 회복되기를 기원합니다.

건승하시기를 빌며.

김봉주의 편지는 상지그룹 부회장 비서실에 도착하여 산더미 같은 우편물 더미에 섞여 문서수발 팀장 이서경의 책상에 전달된다. 그것은 부회장 "개인 물"로 분류된 우편물 더미 속에 파묻혀 담당자의 처분을 기다린다. 이서경은 부회장을 쓸모없는 우편물로부터 보호하고 그의 시간을 절약하게 하기 위하여 이호동 부회장 앞으로 오는 "개인물"을 다시 악성 우편물, 광고성 우편물, 쓸모없는 우편물 등으로 세분하여 자기 선에서 대폭 거른 후에 부회장이 꼭 봐야 할 가치가 있다고 판단되는 우편물만 추려서 부회장 책상 위에 갖다 놓는다. 이렇게 철저한 여과과정을 거쳐 이호동 부회장의 책상 위에 전달 된 우편물이라도 이호동 부회장이 뜯어본다는 보장은 없다. 이부회장이 집무실에 들르는 경우는 그리 많지 않기 때문에 우편물이 그의 주목을 끌려면 얼마나 더 오래 기다려야 하는지 아무도 모른다. 김봉주의 편지는 이서경에 의해 "쓸모없는 우편물"로 세분되어 이호동 부회장의 책상에도 미치지 못 한 채 쓰레기 통으로 들어가 폐기되고 만다.

°八

현봉준 여사를 비롯한 이호동 부회장, 이주현 사장, 이경주 사장 등 네 사람이 모처럼 성심미술관 현봉준여사의 사무실에서 만난다. 모임의 목적은 이철갑 총수의 앞으로 나타날 수도 있는 변고에 대비하여 상속문제를 논의하기 위해서다. 상속문제는 집안에서도 언급하기조차 꺼리는 민감한 것이므로 이 자리에서도 누구나 발언하기를 조심스러워한다. 그럼에도 불구하고 이호동 부회장은 이미 전략본부 내 법무팀으로 하여금 상속문제에 관련된 모든 것을 금기나 제한 없이 철저히 조사하라는 지시를 내린 바 있다. 그 결과를 보고 받은 이호동 부회장은 이를 요약하여 가족들에게 밝힌다. 첫째, 피상속인(이철갑)의 유언이 있느냐 여부. 둘째, 유산상속의 비율. 셋째, 유산상속세의 비율. 넷째, 상속세 납부기한. 다섯째, 상속세 조달방법. 그러고 나서 이들 문제점에 대해 하나하나 설명해 나간다.

첫째, 피상속인(이철갑)의 유언이 마련되어 있느냐의 문제에 대하여, 이호동 부회장은 어머니 현봉준 여사에게 물어본다. 현봉준 여사는 입을 다물고 고개를 좌우로 흔들며 말하기를 꺼린다. 이호동 부회장은 더 이상 묻지 않고 다음 문제로 넘어간다.

둘째, 유산상속의 비율에 관하여 이호동 부회장은 법무팀에서 밝혀낸 것을 말한다. 배우자인 현봉준 여사는 세 자녀보다 1.5 배 더 많은 유산상속을 받게 된다.

셋째, 상속세의 세율은 30억 원 이상일 경우 세율은 50%이다. 이철갑 총수의 가족의 경우, 이철갑의 자산이 20조 원 이상으로 산정되는 만큼 50%의 세율이 적용된다.

넷째, 상속세는 피상속인(이철갑)이 사망하고 난 후 6개월 이내에 납부해야 한다. 이 경우 납부해야 할 상속세가 10조 원에 가까우므로 이를 6개월 이내에 납부한다는 것은 현실적으로 불가능하다. 이호동 부회장은 법무팀을 시켜 상속세를 3년에 걸쳐 분납할 수 있는지 여부를 알아보라고 지시했으나 돌아온 답은 부정적이었다.

다섯째, 상속세의 조달방법은 피상속인(이철갑)의 자산을 처분하거나 상속인(현봉준, 이호동, 이주현, 이경주의 자산을 처분하여 마련할 수밖에 없다. 상속세를 법정기한 내에 납부하기 위해서는 재산을 처분할 수밖에 없고 재산은 대부분 주식 형태로 되어 있어 주식을 처분해야 되는데, 이렇게 되면 제 값을 못 받고 헐값에 재산을 처분하게 되므로 피상속인(이철갑)의 자산을 한 푼도 못 건지고 마는 위험이 도사리고 있다.

이들 문제점에 관한 설명을 듣고 난 현봉준 여사의 얼굴에는 불편한 기색이 뚜렷이 드러난다. 남편은 밤잠을 설쳐가며 고된 해외여행을 마다 않고 일생을 노심초사해가며 과로를 감내하고, 살이 에이고 뼈를 깎고 피를 말리는 인고의 세월을 보내왔다. 심지어는 하와이 주지사의 상궤를 벗어난 무례를 감수하고 부주지사와의 언쟁도 사양하지 않고 정면으로 맞대응하면서까지 버티다가, 짓누르는 심장의 압력과 통증을 견디지 못해 쓰러지며 모아놓은 것이 남편의 피 맺힌 재산이다. 이를 아끼는 마음에서, 그리고 앞으로 일어날 수 있는 비상사태에 대처하려는 자식들의 심정은 충분히 이해하면서도, 아직 남편의 목숨이 붙어 있는 상황에서 유산상속을 논하며 왈가왈부한다는 것 자체가 현봉준 여사로서는 못마땅했던 것이다, 또한 그녀는 남편에 대한 미안한 생각과 남편이 불쌍하다는 생각마저 들어 자녀들에게 서운하고 언짢은 표정을 나타내게 된 것이다. 지금 그녀의 심정으로는 남편을 살려내기 위해 무슨 짓이든 다 하고 싶은 절박한 심정이며, 심지어 남편만 살려낼 수 있다면 악마와 손잡는 것도 마다하지 않을 것 같다. 그녀는 자식들을 올바로 가르치지 못한 자신의 불찰을 통감하며 앞으로 가정 안에서 남편이 비운 자리를 자기가 메우고 집안의 중심축을 다잡아야 하겠다는 다짐을 하며 자신의 품었던 심정을 숨김없이 피력한다.

"아버지가 비록 의식은 회복하지 못하고 있지만 숨이 끊어진 것도 아닌데 자식들이 이처럼 모여 앉아 상속문제를 거론하고 있으니 맘이 아프다. 아버지가 사경을 헤매고 있는데, 그까짓 재산이 20조 원이면 어떻고 200조 원이면 어떻단 말이냐. 아버지가 살아나지 못하면 그것은 한낱 휴지조각에 불과하다. 나는 아버지만 살려낼 수 있다면 모든 것을 다 버리고 심지어 악마와도 서슴치 않고 손을 잡을 것이다."

이 말을 듣는 순간 이호동은 졸지에 아버님에 대한 불경스러웠던 자신의 태도가 민망하고 부끄러워 몸 둘 바를 몰라 한다. 자기는 이제껏 경제적인 합리성과 효율성, 능률성만 생각했었지 부모님의 감정이나 효순, 순종 따위는 안중에도 없었다. 그동안 자기가 밖으로 돌아다니며 뭇 사람들에게 "신뢰"를 부르짖은 것이 모두 알맹이 없는 빈말이 되고 만 것 같아 난감하고 곤혹스러워진다. 집안에서 부모님으로부터

"신뢰"를 못 받으면서 어떻게 남들로부터 "신뢰"를 받을 수 있단 말인가? 생각이 여기에 미치자 이호동 부회장은 자기의 원만하지 못한 생각과 반듯하지 못한 태도를 후회하며 어머니에게 즉시 사죄를 구한다. 두 딸은 황급히 어머니에게 다가가 어머니의 두 손을 꼭 붙잡고 자신들의 모자랐던 생각을 사과하고 상심한 어머니의 마음을 위로하느라 여념이 없다. 현봉준 여사는 남편에 대한 자신의 성심이 부족했던 점을 다시 한 번 반성하며, 내일부터 절에 가서 백일기도를 다시 시작하기로 맘을 굳히고 자리에서 일어선다. 이리하여 모처럼 마련됐던 가족회의는 아무 성과 없이 산회되고 만다.

현봉준 여사는 새로운 각오와 굳은 결심으로 백일기도에 임한다. 눈 뜨자마자 새벽부터 절로 향하는 그녀의 발걸음은 몹시 가볍고 경쾌해 보인다. 그녀는 어쩐지 이번에는 좋은 성과가 반드시 있을 것 같은 강한 예감에 사로잡힌다. 비가 오나 눈이 오나 더운 날이나 추운 날이나 게을리 하지 않고 무릎과 팔꿈치에 못이 박혀도 지치지 않고 기도하기를 어언 90일이 지난다. 앞으로 10일만 더 하면 백일기도가 마무리된다. 하루의 기도가 끝나고 사무실에 들러 용무를 마친 그녀는 또 병원으로 향한다. 병원에 도착하여 남편의 병실에 들어가니 남편은 여전히 깊은 잠에 빠져 있다. 침대 옆으로 다가가 침대 위에 걸터앉아 남편의 손을 두 손으로 잡고 남편의 체온을 느끼며 또 기도드린다. "자비로우신 부처님, 제 남편의 의식을 회복시켜 주세요. 지금 당장 벌떡 일어나게 해 주세요. 건강을 회복시켜 주세요. 정상적인 생활을 할 수 있게 도와주세요. 간절히 기도드립니다." 눈을 떠보니 남편의 손이 조금씩 움직이기 시작한다. 하도 뜻밖이고 믿어지지 않는 일이 벌어져 그녀는 소스라쳐 놀라며, 주무르던 남편의 손을 놓고 벽에 걸린 수화기를 들고 주치의를 다급하게 부른다. 주치의와 의료진이 급히 달려와 진맥하고 진찰하더니 의식이 돌아오고 있다고 말한다. 이 소식은 즉시 세 자녀에게 전달되고, 그들은 날아오듯이 병실에 들이닥친다. 모두 이철갑 총수의 손을 붙잡고 기뻐 어찌할 바를 몰라 한다. 그들은 옆에 서있는 의료진에게 고개 숙여 감사하고, 동시에 아버지가 이처럼 의식이 돌아오게 된 것은 어머니의 기도 덕분이라고 어머니를 치켜세운다. 현봉준은 그 정도도 부처님의 은덕이라고 굳게 믿으며 나머지 백일기도를 완결하는 데 모든 정력을 쏟아 붓기로 결심한다. 이호동 부회장은 부친에 대한 강렬한 연민의 정을 느끼며, 아무리 그룹의 업무가 바빠도 꼭 하루에 한 번씩 병실에 들러 아버지를 보살펴야 하겠다는 각오를 다진다. 뿐만 아니라 이번 일을 계기로 부모님의 "신뢰"를 회복하고 상지그룹 부회장실을 "신뢰" 전파의 총본부로 삼고 자기는 "신뢰" 전파의 전도사 노릇을 하겠다고 결심한다. 그 다음 날 아침 신문 방송은 "이철갑 총수 의식 회복"이라는 제목을 톱뉴스로 장식하고, 그는 손가락만 움직일 뿐 아직 눈은 뜨지 못하고 있다는 사실도 함께 보도한다.

김봉주는 이제까지 해 온 것처럼 아침 일찍 일어나 세면과 스트레칭을 하고 TV를 켜고 뉴스에 초점을 맞춘다. 뉴스에서 이철갑 총수의 건강상태에 관한 소식이 흘러나온다. 뉴스에 따르면 "이철갑 총수가 어제 저녁부터 눈은 아직 뜨지 못하고 있으나 손가락을 움직이기 시작하였다"라는 것이다. 김봉주는 "이철갑 총수가 심근경색으로 쓰러졌다는 보도가 있은 지 벌써 6개월 이상이 되었는데, 아직까지 의식을 완전 회복하지 못하고 있다?"라고 의아하게 생각하며, 뭔가 다른 좋은 치료방법은 없는 것일까를 골똘히 생각하기 시작한다. 첨단과학기술도 한계가 있지 않은가? 그렇다면 그에 대한 대칭치료법은 없는 것일까? 그래서 김봉주는 첨단기술로 치료가 안 된다면 신앙의 힘을 빌려 보는 것이 어떨까 하는 생각이 들어 구약성서 시편 27편과 91편을 생각해 낸다. 김봉주는 즉시 컴퓨터 워드를 켜 놓고 이호동 부회장에게 또 편지를 쓴다. 지난번 쓴 편지는 필시 이호동 부회장의 책상에 도달하기 전에 상지그룹 내의 통신체계상 채질 과정에서 어떤 계층에서 정지되어 쓰레기통 신세가 되었을지 모르므로 이번에는 이호동 부회장을 수신자로 지목한 내용증명으로 발송하기로 한다.

이호동 부회장님

안녕하십니까?

지난번 "발끝치기" 운동을 소개했던 사람입니다. 이철갑 송수님의 병환에 대하여 첨단의 료기술의 시술로 최선을 다 하였은즉, 이제 남은 일은 자녀분들의 효성 어린 기도와 격려의 힘으로 이 송수님의 투병의지를 강화시키는 것이 어떨까 해서 이 편지를 드립니다.

이 송수님의 건강회복을 기원하는 기도문을 보내 드립니다. 바라건대 세 분 자녀들께서 기도문을 집무실 책상 유리갈피 밑에 넣어놓고 매일 집무시작 하시기 전에 한 번씩 정성 어린 마음으로 낭독하시기 바랍니다. 세 자녀분들의 부친의 건강회복을 기원하는 간절한 기도의 목소리가 합세하여 노특급 나비효과를 일으켜 굵고 힘찬 성령의 빗줄기로 승화되어 이 송수님의 머릿속과 가슴속에 줄기차게 쏟아져 내려 그 힘으로 이 송수님이 번쩍 정신을 차리고 일어나시기를 바랍니다. 이보다 더 큰 효가 따로 없으리라 생각합니다. 부디 이 서신이 이 부회장님 수중에 잘 도달되어 소기의 효과가 나타나기를 바랍니다.

건승하시기를 바라며.

기도문 (1)

지존자의 은밀한 곳에 거하는 이철갑 할아버지는 전능하신 자의 그늘 아래 거 하리로다.

그가 여호와를 가리켜 말하기를 여호와는 나의 피난처요 나의 요새요 나의 의뢰하는 하나님이라 하리니

이는 여호와가 그를 새 사냥꾼의 올무에서와 극한 염병에서 건지실

것임이로다.

여호와가 그를 그 깃으로 덮으시리니 내가 여호와의 날개 아래 피하리로다.

천인이 그의 곁에서 만인이 그의 우편에서 엎드러지나 이 재앙이 그에게 가까이 못하리로다.

여호와가 그를 위하여 그 사자들을 명하사 그의 모든 길에서 그를 지키게 하심이라.

그가 여호와를 사랑한 즉 여호와가 그를 건지리라. 그가 여호와 이름을 안즉 여호와가 그를 높이리라.

그가 장수하므로 여호와를 만족케 하며 그의 구원으로 보이리라.

예수님 이름으로 기도 드립니다. 아멘.   − 시편 91편

기도문 (2)

여호와는 이철갑 할아버지의 빛이요 구원이시니 그가 누구를 두려워 하리오. 여호와는 그의 생명의 능력이시니 그가 누구를 무서워 하리오.

그의 대적 원수 된 행악자가 그의 살을 먹으려고 그에게로 왔다가 실족하여 넘어졌도다.

군대가 그를 대적하여 진 칠지라도 그의 마음이 두렵지 아니하며 전쟁이 일어나 그를 치려 할지라도 그가 오히려 안연하리로다.

그가 여호와께 청하였던 한 가지 일 곧 그것을 구하리니 곧 그가 생전에 여호와의 집에 거하여 여호와의 아름다움을 앙망하며 그 전에

서 사모하게 하실 것이라.

여호와께서 환난 날에 그를 초막 속에 비밀히 지키시고 장막 은밀한 곳에 숨기시며 바위 위에 높이 두시리로다.

이제 그의 머리가 원수 위에 들리리니 그가 그 장막에서 즐거운 제사를 드리겠고 노래하여 여호와를 찬송하리로다.

살아 계시는 참 좋으신 주 아버지 하나님 감사를 드립니다. 아멘.

— 시편 27편

김봉주가 발송한 내용증명 우편물은 상지그룹 비서실 문서수발팀장 이서경 책상 위에 도착한다. 우편물을 뜯어 본 이서경은 이를 "쓸모없는 우편물" 더미에 넣어 폐기처분하려던 순간, 기도문이 있고 기도문 중에는 이철갑 총수의 이름이 나타나서 그냥 쓰레기통에 넣기에는 어쩐지 찜찜한 생각이 들었다. 이호동 부회장으로 하여금 판단해서 처리하도록 할 생각으로 그 우편물을 이호동 부회장 책상 위에 갖다 놓는다. 김봉주가 쓴 우편물은 용케도 이호동 부회장의 책상 위에까지 도달한다.

이호동 부회장은 오랜만에 집무실에 들러 밀린 결재서류를 처리하고 쌓여있는 우편물 더미를 헤쳐 본다. 김봉주가 발송한 내용증명 서신을 대충 읽어보고는 "별난 사람이 별난 편지도 다 보냈군" 생각하며 쓰레기통에 넣으려다 부친의 존함이 편지에 언급되었음으로 그것을 그냥 쓰레기통에 넣는 부친에 대한 불경스러운 생각이 들어 미결함 속에 집어넣고 다른 우편물에 눈을 돌린다. 그러면서도 그는 편지 속에 써있는 "발끝치기"와 "세 자녀분들의 부친의 건강회복을 기원하는 간절한 기도의 목소리가 합세하여 초특급 나비효과를 일으켜 굵고 힘찬 성령의 빗줄기로 승화되어 이 총수님의 머릿속과 가슴속에 폭포수처럼 줄기차게 쏟아져 내려 그 힘으로 이 총수님이 번쩍 정신을 차리고 일어나시기를 바랍니다."라는 구절이 이호동 부회장의 뇌리에 각인되어 잊혀지지 않는다. 그러나 김봉주의 편지는 이번에도 이호동 부회장의 적절한 주목을 받지 못하고 미결함 속에 파묻혀 먼지만 쌓여가는 신세가 되고 만다.

°十

이호동 부회장은 매일 한 번씩 병원에 들러 부친의 신상을 자세히 살펴본다. 의식 없이 누워있는 부친의 손을 잡고 있으면 그동안 느끼지 못했던 부친에 대한 따뜻한 마음이 솟아오르고, 섣부르게 상속문제를 거론하며 어머니의 마음을 아프게 했던 자신의 경솔한 행동을 깊이 뉘우치게 된다. 이제야 비로소 어머니가 "아버지의 의식회복을 위해서라면 악마와도 손을 잡을 것이다"라고 한 절박한 심정을 이해할 수 있을 것 같다. 그는 자기도 이제부터는 부친의 의식회복을 위해서라면 무슨 일이든 가리지 않고 나서야겠다고 다짐한다. 그때 그의 뇌리에는 문득 "발끝치기"가 떠오른다. 아버지의 발끝을 서로 부딪치면 뇌를 자극하여 의식회복에 도움이 되지 않을까 하는 생각이 든다. 그는 부친의 두 발을 잡고 조심스레 서로 부딪쳐 본다. 몇 번 부딪쳐 보니 어쩐지 효과가 있을 것 같은 생각이 든다. 그는 아버지가 지금 어떤 형태이든지 뇌에 자극을 필요로 하는 것 같다는 느낌을 갖는다. 약 5분 정도 계속 부딪쳐 본 그는 그것을 매일 계속 해야겠다는 생각을 갖는다. 그 다음 날부터 그는 병원에 가면 우선 아버지의 두 발을 잡고 "발끝치기"부터 시작한다. 이렇게 하기를 한 달쯤 지난 시점에, "발끝치기"가 효험이 있어서인지, 아버지의 손놀림은 더 활발해지고 이제는 발도 반응을 보여 움직이기 시작한다. 이호동은 감격과 희열에 들떠, 앞으로 더욱 열심히 "발끝치기"를 계속해야 하겠다는 생각을 하고, "발끝치기"가 언급된 그 편지가 새삼 궁금해져서 다시 읽어 봐야겠다고 생각하며 병원을 나선다.

집무실에 돌아온 이호동은 미결서류함에서 먼지에 묻혀있는 김봉주의 편지를 꺼내 다시 자세히 읽어 본 후, 인사담당 비서로 하여금 김봉주의 신상에 관한 기초조사를 지시한다. 2~3일 지난 후 김봉주에 관한 기초조사 결과를 받아 훑어본 이호동은 편지에 적혀 있는 김봉주의 전화번호로 전화를 걸어 한번 만나 보기를 원한다는 말을 전한다. 김봉주는 이호동의 요청을 기꺼이 받아들여 다음 날 오후 이호동 부회장 집무실 옆에 있는 내빈접견실에 도착하여 이호동과 마주 앉는다.

이호동   일부러 와 주셔서 고맙고 반갑습니다.

김봉주   불러 주셔서 고맙습니다.

이호동   주신 편지에 대하여 감사하고 회답이 늦어져서 미안합니다.

김봉주   천만의 말씀입니다. 이렇게 불러 주셔서 감사합니다. 총수
         님의 병세는 좀 차도가 있으신지요?

이호동   조금씩 호전되어 가고 있습니다. 보내주신 기도문은 잘 읽
         어 보았습니다. 그것을 집필하시느라 수고가 많으셨습니다.

김봉주   아닙니다. 그것은 제가 창작해 낸 것이 아니고, 구약성경 시
         편에 있는 말씀을 베껴 쓴 것 뿐입니다. 기도문 (1)은 시편
         27편 말씀이고 기도문 (2)는 시편 91편 말씀입니다.

이호동   저는 기독교인이 아니어서 그런데, 그 기도문과 저의 아버
         님의 병환과 무슨 관계가 있는 것입니까?

김봉주   (김봉주는 패러다임의 변경 즉, Paradaigm Shift를 말할까 하다가 그
         개념은 자신이 쓴 저서에서도 자세히 설명하고 있지만 하도 자주 인용
         돼온 개념으로 상대방이 식상해 할까 보아 생각을 바꿔 초현실주의에
         관해 말하기로 한다.) 초현실주의를 알고 계신지요?

이호동   들어본 적은 있지만, 자세히는 모릅니다.

김봉주   저 역시 깊이는 모릅니다만, 제가 드린 기도문과 아버님의
         병환과의 관계를 초현실주의를 빌려 설명 드리겠습니다.
         초현실주의는 이성의 지배를 받지 않는 공상, 환상의 세계
         를 중요시하는 20세기 초 등장한 미술사조라고 합니다. 마
         음의 순수한 작용을 이성의 방해를 받지 않고 또는 윤리적
         선입견을 갖지 않고 표현하려는 의도를 가지고 있다는 것이

지요. 초현실주의는 어떤 물체를 본래 있던 곳에서 떼어내는 것을 가리킨다고 합니다. 낯익은 물체라도 그것이 놓여 있는 본래의 일상적인 질서에서 떼어내 그것을 뜻하지 않은 장소에 놓으면 보는 사람에게 심리적인 충격을 주게 된다고 합니다. 그 결과 합리적인 의식을 초월한 세계가 전개되지요. 이러한 원리에 의해서 초현실주의자 들은 경이와 신비에 가득 찬, 꿈속에서만 볼 수 있는 화면을 구성했는데 초현실주의에 의하면 이런 그림이 보는 사람의 마음속 깊이 잠재해 있는 무의식의 세계를 해방시킬 수 있다는 것입니다.(이상은 한옥마을 안에 설치된 야외 전시관에서 따온 말)

너무 추상적인 말만 한 것 같아 좀 더 구체적인 예를 하나 들어 보지요. 요즘 국방과학 분야에서는 레이저 빔을 개발하여 침입하는 적의 탄도 미사일을 요격하는 무기로 실전배치할 수 있는 단계에 이르렀다고 합니다. 종래의 관념으로는 침입한 탄도 미사일을 요격하려면 그보다 더 빠른 미사일에 탄두를 장착하여 발사해야 공격해 오는 탄도 미사일을 요격할 수 있었습니다. 이때 사용되는 탄두 한 발의 비용이 5천만 원 이상이라고 합니다. 그런데 레이저 빔은 실탄이 없이도 탄도 미사일을 요격할 수 있을 뿐만 아니라 그 비용도 한 번 발사하는 데 1천 원밖에 들지 않는다고 합니다. 실탄을 장착하지 않고 비용도 싸게 침입해오는 적의 탄도 미사일을 요격한다, 이것이 초현실주의적 현상이 아니고 무엇이겠습니까.

초현실주의에서 말하는 "어떤 물체를 본래 있던 곳에서 떼어내서 생각한다"라고 말하는 것은 "고정관념을 타파하고 거기에 억매여 생각하지 마라"라는 뜻입니다. 전통적인 가치나 감정, 편견 등에 사로잡혀서는 독창적인 아이디어가 나올 수 없습니다. 고정관념에서 벗어나서 사물을 거꾸로 생각하는 태도가 창의성 개발에 필요합니다. 앞에서 말한 레이저 탄두의 경우도 "미사일은 반드시 포탄을 넣고 발사해야 침입하는 비행물체를 요격할 수 있다"라고 하는 고정관념에 억매이면 새로운 요격수단으로서의 레이저 탄두는 발견될 수가 없는 것이지요.

그러니까 초현실주의에 의하면, 아버님의 병환도 본래의 현실의존주의, 이성 만능주의, 윤리적 선입견주의 등에서 벗어나 새로운 사고의 지평선상에 놓고 보면 새로운 충격을 받아 전혀 새로운 모습, 경이와 신비에 가득 찬 꿈속에서만 볼 수 있는 새로운 치유방법을 발견할 수 있다는 것이지요.

제가 보기에 아버님의 병환은 현실주의, 이성주의, 과학지상주의에 기초한 현대의술에 지나치게 의존한 나머지 그 치유가 늦어질 뿐만 아니라, 현대의술은 아버님에 경우 그 효능이 소진되었다고 생각합니다. 아버님의 경우 지금 필요한 것은, 그를 현대의술의 굴레에서 뚝 떼어내 초현실주의적인 각도에서 치료를 다시 시작해야 한다고 봅니다.

제가 보내 드린 기도문이 그 중 한 가지 방법입니다. 시편은 다윗이 슬픔과 좌절, 죄와 번뇌를 딛고 일어나 적과 싸워 이

길 수 있도록 힘과 투지, 용기를 주신 하나님께 감사와 찬송을 드린 시 구절입니다. 아버님은 병마와 외롭고 힘겨운 싸움을 하고 계십니다. 그분께 지금 필요한 것은 용기와 투지와 끈기입니다. 시편에 나온 다윗의 시 구절이 그것을 제공할 것입니다.

그런데 그는 지금 의식이 회복되지 못한 상태에 있습니다. 외부에서 그것을 불어 넣어 드려야죠. 그것이 누구겠습니까. 당연히 사모님과 세 분 자제분들이죠. 그래서 기도문을 보내 드린 것입니다.

일찍이 토마스 쿤이라고 하는 학자는 말했지요. 북경에서 나비가 날갯짓을 하면 그것이 바람을 일으켜 기압골을 자극하고 그 기압골은 대기를 자극하여 뉴욕 하늘에 먹구름을 형성해 그것이 비가 되어 센트럴파크에 쏟아진다고 말입니다. 현봉준 여사와 세 자제분들이 합심하여 드리는 기도는 초특급 나비효과를 일으켜 굵고 힘찬 성령의 빗줄기로 승화되어 총수님의 머릿속과 가슴속에 폭포수처럼 줄기차게 쏟아져 내려 그 힘으로 총수님이 번쩍 정신을 차리고 일어나시게 될 것이 틀림 없다고 생각합니다.

이호동　왜 꼭 기독교 성서에 있는 시편이어야 합니까?

김봉주　제가 반드시 시편이어야 한다고 주장한 적 없습니다. 불교 법전도 좋고 유대교 경전도 좋다고 생각합니다. 단지 제가 알고 있는 것이 시편이라서 보내 드린 것이지 반드시 시편이라야 한다고 고집 부릴 생각은 없습니다. 중국의 등소평도 일찍이 "흰 고양이면 어떻고 검은 고양이면 어떠냐. 쥐만 잡으면 되지"라고 하며 개혁개방 정책을 과감하게 펴서 오늘날 중국을 저처럼 발전시키지 않았습니까. 총수님의 병환이 치유되는 데 도움이 된다면 어떤 것이든 관계없다고 봅니다. 그런데, 어머님의 종교는 무엇입니까?

이호동   절에 나가십니다.

김봉주   그러면 어머님께서는 제가 드린 기도문에 대해 거부감을 느끼시겠네요.

이호동   아닙니다. 제의 어머님께서도 아버님 의식만 회복될 수 있다면 "악마와도 손잡을 수 있다"고 하십니다.

김봉주   천만 다행이네요. 제가 드린 기도문을 어머니께서 받아 주신다면, 그것은 "악마와 손잡는 것"이 아니라 "하나님과 손잡는 것"이지요.

이호동은 김봉주와 만나 간단히 차나 한 잔 하며 10여 분 정도 얘기나 나눌 생각이었는데, 예상 외로 두 시간을 훌쩍 넘겼다. 이들 둘은 초면에 만나 그렇게 긴 시간을 화기애애하고 열띤 토론으로 장식하고 헤어진다.

。十一

　이호동은 김봉주와 헤어지고 나서 자기 집무실소파에 파묻혀 방금 김봉주와 나눈 대화를 반추하며 깊은 사색에 빠진다. 도대체 김봉주라는 이는 어떤 사람인가? 외모로 보나 비서실에서 넘겨받은 신상조사결과를 보더라도 허튼소리를 할 사람은 아닌 것 같은데, 그가 하는 말은 선뜻 수긍이 안 가는 면이 많다. 이호동도 미국에서 일류 명문 대학에서 수학할 때 초현실주의, 창조적인 사고, 나비효과, 레이저빔 등에 관해 들어 알고 있지만, 그런 개념들을 아버님의 병환에 연결시켜 생각해 본 적은 없다. 시편, 다윗, 초현실주의, 사물을 본래의 위치에서 떼어내 생각한다, 나비효과, 경이와 신비에 찬 꿈속의 화면, 새로운 충격, 등소평의 검은 고양이 흰 고양이, 이런 여러 복잡한 개념들이 그의 두뇌 속에서 빙빙 떠돌며 머리를 어지럽힌다. 한참 후 마음의 평정을 찾은 그는 자기 나름대로 생각을 정리한다. 문제의 핵심은 아버님의 의식을 회복시키는 것이다. 이호동은 아버님의 의식회복을 위한 것이라면 무엇이든지 다 할 수 있다고 결심을 굳힌다. 그도 요즘 어머니 못지않게 아버지의 의식회복을 절실하게 열망하고 악마와 악수라도 할 각오를 다진다. 사물을 떼어내서 생각할 수도 있고 고정관념에서 탈피할 수도 있으며 흰 고양이 검은 고양이를 구분하지 않고 치료행위를 할 수도 있다. 필요하다면 김봉주가 써준 다윗의 시(기도문)도 매일 읽을 수 있다. 그러면 한시 바삐 어머님께 연락 해야지 생각하며 어머니에게 전화를 걸어 그날 저녁 가족회의를 열어 줄 것을 부탁한다.

그날 저녁 현봉준 여사 집무실에는 이호동과 두 딸이 찾아왔다. 무슨 급한 일이 생겨서 가족회의를 열게 되었는지 의아해 하는 현봉준 여사와 두 여동생에게 이호동은 자초지종을 말하고, 사실 그는 한동안 매일 한 번씩 병원에 들러 아버지께 "발끝치기"를 시행해 왔는데, 아직 눈에 띄게 큰 효과는 나타나지는 않았지만 그렇다고 부작용이 나타나지도 않았다, 좀 더 오래 시행하면 긍정적인 결과가 있지 않을까 하는 강한 느낌이 든다고 그들에게 말한다. 그러고 나서 김봉주가 준 기도문을 내놓으며, 각자 그것을 집무실 책상 유리판 밑에 넣어두고 매일 집무시작 전에 한 번 씩 낭독하고 집무를 시작하라고 김봉주가 주문했다고 전한다. 기도문을 읽어 보고 나서 두 딸은 이구동성으로 "아버지 좋게 되라고 하라는데 못할 게 뭐 있느냐"라고 응답한다. 이호동이 어머니의 얼굴을 쳐다보며 답을 기다리니 현봉준 여사는 "나는 진작부터 아버지 의식만 회복될 수 있다면 악마와도 손을 잡는다고 하지 않았느냐"라고 말하며 이 일에 자기가 걸림돌이 되지 않을 것임을 분명히 밝힌다. 이호동은 이 일을 추진하면서 어머니의 반응에 은근히 신경을 써온 터라, 안도의 한숨을 쉬며, "그럼 내일 아침부터 즉시 시작 합시다."라며 회의를 산회한다. 그 다음날 아침, 이들 네 사람의 집무실에서는 다윗의 기도문을 낭독하는 목소리가 들린다.

°十二

　이호동은 대기만성형의 인품이다. 그릇이 커서 물이 찰 때까지는 시간이 오래 걸리지만, 일단 그릇에 물이 차고 나면 무서운 추진력과 파괴력을 발휘하는 성격의 소유자이다. 그에게 초현실주의 바이러스가 미치지 못하였을 때는 나약하고 무기력한 모습마저 나타냈지만, 일단 그의 두뇌에 그 바이러스가 감염된 이상, 그의 생각과 행동이 이전과 여전히 같을 수는 없게 되었다. 이후 모든 것을 현실에서 뚝 떼어내고 고정관념에서 벗어나 거꾸로 사물을 대하며 새로운 각도에서 접근하려는 태도가 그의 일상생활에서 여실히 드러났다. 그는 아침마다 기도문을 착실하게 꼬박꼬박 낭독하고 매일 틈을 내서 병원에 들러 이철갑의 두 발을 쥐고 "발끝치기"를 계속해 오고 있는데, 어느 날 갑자기 초조한 마음을 느끼게 된다. 혹시 우리들의 성의가 부족한 것은 아닌지? 좀 더 빠른 효과를 낼 수 있는 방법은 없는 것인지? 다윗의 기도문을 아버지가 듣지 못하는 곳에서 낭독하는 것보다 아버님이 직접 들을 수 있는 장소에서 온 식구가 함께 모여 낭독하는 것이 더 효과적이 아닐는지? 이런 생각이 불현듯 떠오른다. 그래서 어머니와 두 여동생에게 전화를 걸어 다음날부터 어머니가 미술관 일을 마치고 병원에 들르는 시간에 맞춰 모두 아버지 병실에 모여 기도문을 함께 낭독하는 게 어떻겠는가를 타진한다. 모두들 다 동의해서 다음날 오후 6시부터 온 가족이 이철갑 총수의 병실에 모여 기도문을 합동으로 낭독한다. 그렇게 한 지 십여 일이 지난 어느 날 오후, 기도문을 낭독하는 도중, 이철갑의 손과 발이 눈에 띄게 흔들흔들 움직인다. 그것을 보고 모두들 놀라 침대로 바짝 다가가 이철갑의 손과 발을 쥐고 "아버지 우리 목소리 들리세요?" 하고 묻는다. 이철갑은 대답 없이 계속 손과 발만 움직인다. 기쁨과 흥분에 들뜬 이호동은 김봉주에게 전화를 걸어 방금 벌어진 상황을 설명하고 "실례지만 내일 오후 6시부터 병원으로 와 자기들과 합세하여 기도문 낭독에 참여할 수 있으신지요?" 하고 묻는다. 김봉주는 기꺼이 참여하겠다고 말하고 다음날부터 기도문 낭독회에 함께한다.

　김봉주가 병실에 도착하니 벌서 모두 모여서 자기를 기다리고 있고, 이호동은 이철갑의 두 발을 쥐고 서투른 동작으로 "발끝치기"를 시행하고 있다. 김봉주는 우선 이호동을 물리치고 자기가 이철갑의 두발을 쥐고 "발끝치기"의 시범을 보인다. 이호동은 하나, 둘, 셋 하고 세며 딱, 딱, 딱 세 번을 치는 형식인 데 반하여, 김봉주는 하나, 둘, 셋 하고 세는 동안 딱딱, 딱딱, 딱딱한다. 그러니까 김봉주는 하나를 세는 동안 이호동보다 두 배를 더 치는 셈이다. 이렇게 하기를 50회 하니, 발끝을 친 횟수는 모두 100번이 된 것이다. 그리고 나서 김봉주는 다음날부터 "발끝치기"는 자기에게 맡겨 달라고 부탁한다. 이런 식으로 이들은 매일 오후 6시에 모여 "발끝치기"와 기도문 낭독을 번갈아 가며 시행한다. 이철갑의 손과 발의 흔들리는 횟수도 매일 증가하는 추세다. 그것을 본 이호동은 새롭게 굳은 결심을 하고 두 주먹을 불끈 쥔다.

다음주 일요일은 모처럼 손자손녀들까지 합세하여 기도문을 낭독하기로 한다. 손자손녀들이 할아버지를 본 지가 퍽 오래되었을 뿐만 아니라 기도의 힘을 더 키우기 위해 이호동의 제의로 그렇게 하게 된 것이다. 이호동의 자녀를 비롯하여 이주현, 이경주의 자녀들도 다 모였다. 김봉주는 이들 앞에 서서 기도문 (1) 과 기도문 (2)를 선창하고 다른 사람들이 복창하도록 하였다. 김봉주의 선창에 따라 복창하는 이들의 목소리는 우렁차고 힘이 있게 들렸다. 모두가 목청을 돋우어 정성을 다하여 할아버지의 의식회복을 간절하게 바라는 마음으로 복창하였다. 김봉주가 기도문 (2)의 마지막 구절을 선창하니 이들도 따라서 "살아 계시는 참 좋으신 주 아버지 하나님 감사를 드립니다. 아멘." 하고 복창하는 순간, 갑자기 어디에선가 베토벤의 심포니 9(환희)의 우렁찬 코러스 소리가 요란하게 진동한다. "라라라라 라라라라 라라라라 라라라! 라라라라 라라라라 라라라라 라라라!" 다들 깜짝 놀라 눈을 둥그렇게 뜨고 어안이 벙벙하여 서로의 얼굴만 물끄러미 쳐다본다. 그런데, 이게 웬일인가! 이철갑이 눈을 번쩍 뜬 것이 아닌가! 다들 와르르 침대로 몰려가 이철갑의 손과 발을 쥐고 눈물이 글썽하여 어쩔 줄을 모른다. 이철갑은 자다 방금 일어난 사람 모양으로 무표정하게 이 사람 저 사람의 얼굴만 번갈아 가며 물끄러미 쳐다본다. 이 소식을 전해 들은 병원장, 주치의 및 의료진들도 즉시 달려와 환자의 용태를 체크한다. 주치의는 이호동에게 다가가서 말한다.

최명진   이제 안심하셔도 되겠습니다. 그동안 마음고생이 많으셨습니다.

이호동   모두가 최선생님과 의료진 여러분의 노고 덕분이라고 생각합니다. 그런데 앞으로 어떻게 대처해야 할까요?

최명진   앞으로 2~3일간 주의 깊게 살펴보아야 할 것 같습니다. 대부분의 우 오랫동안 의식을 상실했던 분들이 실어증에 빠지기 때문입니다.

이호동   영양섭취는 어떻게 해야 되나요?

최명진   우선 미음으로 시작해서 점진적으로 정규식사로 돌아가면 됩니다.

이호동   앞으로 얼마나 더 입원치료를 해야 하나요?

최명진   그 문제는 보다 더 철저한 검진을 하고 난 후 결정하도록 하겠습니다.

이호동   앞으로 더욱 큰 폐를 끼쳐야 되겠습니다. 잘 부탁드립니다.

한편 김봉주는 현봉준 여사 앞으로 다가가 말을 건다.

김봉주   그동안 정말 애 많이 쓰셨습니다.

현봉준   뭘요, 제가 한 게 뭐 있나요?

김봉주   불교 신도로서 다윗의 기도문을 받아드리기 어려웠을 텐데요?

현봉준   아닙니다. 제가 악마와 손잡은 것도 아니고 하나님과 손잡았는데요, 뭐.

김봉주   여사님의 해량이 총수님을 구하셨습니다.

현봉준   도와 주셔서 고맙습니다.

세 자녀와 손자 손녀들은 서로 껴한고 기뻐 어쩔 줄 모른다. 이들은 시간 가는 줄도 모르고 깨어난 할아버지 앞에서 얘기꽃을 피우며 할아버지의 병실을 떠나려 하지 않다가 이철갑의 피로한 것 같은 표정을 보고서야 마지못해 병실 문을 나선다.

나중에 알려진 사실이지만, 이호동은 그날 저녁에 나타난 기적 같은 이벤트를 설계하고 각색하기 위해 김봉주와 긴밀히 상의해 가며 주도면밀하게 준비를 한다. 간호사마저 발길을 끊은 오밤중에 음향전문가의 도움을 받아 웅장하고도 입체감이 물씬 느껴지게끔 병실 여러 곳에 스피커를 숨겨놓고 베토벤의 심포니 9번 녹음 CD를 장착하여 놓는다. 사실, 이 단계에 와서는 이호동은 김봉주보다도 더 철저한 초현실주의자가 된다. 김봉주에 의해 다윗의 바이러스에 감염된 이래 이호동은 다윗의 열렬한 신봉자요 전도사가 되고, 그 바탕 위에서 이호동은 부친의 의식회복을 위해 총력을 기울인다. 부친의 의식회복을 위해서라면 악마하고도 손을 잡는다는 심정으로 그는 다윗과 손을 잡았고 초현실주의를 받아들이고 거꾸로도 생각하고 사물을 떼어놓고도 생각하고 심지어는 음향전문가와도 손을 잡고 그 이벤트를 준비한 것이다. 그처럼 심혈을 기울여 준비한 이벤트가 성공적으로 마무리되자 그는 무한한 희열과 뿌듯한 감정에 사로잡힌다. 이철갑의 의식이 회복되고 그 이벤트에 참가했던 사람들이 병실 문을 빠져 나갈 때, 먼발치에서 전 과정을 지켜보던 김봉주 역시 흐뭇한 감정을 감추지 못한다. 그와 이호동은 서로의 눈이 마주치는 순간 의미심장한 미소를 교환하며 서로 약속이나 한 듯 엄지손가락을 높이 쳐들고 낮고 힘찬 목소리로 "Yes!" 하고 부르짖는다.

°十三

이철갑은 의식을 회복한 후 초기에는 눈의 초점이 흐리고 사물의 분별력이 취약해 보였으나 의료진의 줄기찬 물리요법, 정서요법, 식이요법을 병용한 치료의 결과로 깨어 있는 시간이 점차 길어지고 가족을 만날 때는 눈으로 아는 체를 하게끔 된다. 현봉준 여사와 세 자녀는 매일 교대로 병실에 들러 이철갑의 손과 발을 주무르며 이철갑에게 말을 걸고 그에게 말을 하도록 유도한다. 이렇게 하기를 한 달이 지난 어느 날 이철갑은 현봉준 여사에게 입을 열고 물을 달라고 요청한다. 현봉준 여사는 황급히 주치의를 불러 이철갑에게 물을 줘도 되느냐고 묻는다. 주치의와 의료진이 달려와서 이철갑에게 물을 제공하고, 주치의가 이철갑에게 "제가 누군지 알아보시겠습니까?"라고 물으니 이철갑은 "의사 선생 아니시오?"라고 묻는다. 여기에서 주치의는 이철갑의 "온전한 의식회복과 실어증 탈피"를 선언하고, 2~3주일간 안정을 취한 후 가벼운 재활운동을 시작할 것이라고 말한다. 이철갑은 2~3주가 지난 후부터 물리치료사의 도움으로 물리치료도 받고 가벼운 스트레칭을 시작한다. 의료진과 이철갑의 가족은 모두 위험한 고비를 넘긴 데 대해 안도의 한숨을 쉬며 기뻐한다.

　오늘은 이철갑이 퇴원하는 날이다. 의료진과 간호사들의 환송을 받으며 휠체어를 타고 병원문 밖에 나온 이철갑은 대기하고 있던 승용차에 몸을 싣고 자택으로 향한다. 자택 대문 앞에는 경비원, 경호원, 가정부, 가사도움이, 침실도움이, 미용사 등이 모두 대기하고 있다 이철갑을 보고 박수치며 반갑게 맞이한다. 이철갑이 집안으로 들어서니 그가 즐기던 은은한 한국 민요가 흘러나오고 여기저기 화사한 화분이 놓여 있어, 이철갑이 입원해 있는 동안 빈집처럼 공허하던 집안이 이전처럼 명랑하고 생기가 넘치는 안식처로 다시 돌아온 것이다. 잠시 응접실 소파에 앉아 휴식을 취한 이철갑은 현봉준 여사의 도움을 받아 휠체어를 타고 집안 유람에 나선다. 지하로 내려가 그렇게 애용하던 수영장을 비롯하여 운동실, 사우나실, 샤워룸, 미용실을 차례로 보고, 낯익은 미용사를 보고 고개를 끄떡인다. 다시 운동실에 들러 당장 내일부터 시작할 물리치료 및 재활운동을 생각하며 운동기구를 자세히 살펴본다. 그는 2층으로 올라가 독서실에 들러 잠시 머물다 가벼운 감회에 잠기며 "참 오랜만이다. 제 집보다 좋은 곳이 어디 있나!"라는 생각을 한다.

다음날부터 이철갑은 물리치료사의 도움을 받아 착실하게 물리치료와 재활운동에 임한다. 거기에는 이호동의 특별 부탁으로 "발끝치기" 운동도 포함 시킨다. 이철갑이 퇴원하고 난 후 세 자녀는 이전처럼 매일 부친을 찾아가 그 앞에서 기도문을 낭독하는 일은 그만 뒀어도, 각자 집무실에서 매일 집무시작 전에 혼자 기도문을 낭독하는 일은 일과의 일부로 생각하여 계속 하고 있다. 현봉준 여사도 여전히 아침 일찍 절에 가서 불공을 드렸다. 이런저런 일들이 합동하여 시너지 효과를 일으켜 이철갑의 건강은 눈에 띄게 호전된다.

　　그동안 이철갑은 현봉준 여사로부터 이호동의 "발끝치기" 운동과 베토벤의 교향곡 이벤트 등에 관한 얘기를 들었고, 거기에는 김봉주라는 사람이 일정 부분 역할을 했다는 사실도 들어서 알게 된다. 이철갑은 "사람이 신세를 졌으면 고마운 줄을 알아야지."라며 "밥이나 한 끼 같이 하고 싶으니 부르시오." 한다. 현봉준 여사로부터 저녁초대를 받은 김봉주는 이철갑의 집에 나타난다. 가사도우미의 안내를 받아 1층 온돌방에 안내된 김봉주는 잠시 후 들어온 이철갑과 이조시대의 작은 소반을 사이에 두고 마주 앉는다. 단둘만의 저녁식사를 하며 김봉주의 신상과 요즘 하는 일에 관해 자세히 물어본 이철갑은 말을 이어 질문한다.

이철갑　김선생의 소원은 무엇이오?
김봉주　저의 지금 소원은 이 총수님의 건강이 빨리 회복되어 정상적인 활동을 하실 수 있게 되는 것입니다.

이철갑   그밖에 다른 소원은 없소?

김봉주   네, 하나 더 있습니다.

이철갑   그것이 무엇이오?

김봉주   제가 이전에 미국에서 학생으로 공부할 때는 미국사람들이
         한국에도 이런 TV, 냉장고, 자동차가 있느냐고 묻더군요.
         이제는 이 총수님께서 그것을 다 해결해 주셔서 더 이상 그
         런 질문은 못하더군요. 그런데 요즘 외국에 나가면 아직도
         저에게 하나 물어 보는 게 있습니다.

이철갑   그것이 무엇이오?

김봉주   당신네 나라에도 빌 게이츠 같이 큰 자선단체를 운영하는 사
         람이 있냐는 것입니다. 저의 소원은 이 총수님께서 이제는
         상지그룹 일은 아드님께 일임하시고 빌 게이츠보다 더 큰 자
         선단체를 만들어 전 세계 방방곡곡에서 고생하는 사람들을
         위해 힘써 주시는 것을 보는 것입니다.

이철갑   그거 소원치고는 특이한데, 한번 생각해 봅시다.

그날 저녁 두 사람의 회식은 끝났고 이렇게 하여 둘의 새로운 인연이
시작된다.

　건강에 어느 정도 자신감이 든 이철갑은 어느날 저녁 현봉준 여사와 저녁식사 후 온돌방에 마주앉아 차를 마시며 대화를 나눈다.

　이철갑: 내 건강도 그렇고 그룹일도 오래 방치할 수도 없고 하니, 이제는 경영권을 호동이한테 넘겨줘야겠어.

　현봉준　참 잘 생각하셨어요.

　이철갑　그래도 아무것도 안 하고 놀 수는 없으니, 자선사업이나 해볼까 하는데 당신 생각은 어떻소?

　현봉준　좋은 생각이네요.

　이철갑　나는 건강문제가 있으니 당신이 책임지고 맡아 해 주구려.

　현봉준　나도 나이가 있고 해서 미술관 일을 다른 사람에게 맡기고 당신과 여행이나 다닐까 하던 참인데, 모두 다 젊은 사람들한테 맡기세요.

　이철갑　그러면 그렇게 합시다.

　이철갑은 현봉준 여사에게 자녀들을 다 모이도록 부탁한다. 그 다음

날 저녁 세 자녀는 부모님 집으로 모인다. 아버지가 건강을 회복하고 오랜만에 부친 집에서 모여 하는 가족회의라 모두들 신바람이 난 분위기다. 그칠 줄 모르는 대화를 이어가며 식사를 마치고 난 전 가족은 이철갑을 중심으로 응접실 소파에 둘러 앉아 이철갑의 입에서 무슨 얘기가 나올가 궁금해 하는 기색이 짙다. 이윽고 이철갑이 말문을 연다.

이철갑 내가 이제는 일선에서 물러나려고 하니 상지그룹 총수직은
        호동이가 맡아다오.

모두들 예견되었던 일이라 별로 놀라는 기색이 없이 당연한 것으로 받아들인다.

이호동 감사합니다. 아버지. 잘하겠습니다.
이철갑 상지그룹 부회장직은 경주가 맡아서 수고해 다오.

모두들 의아하게 생각하는 눈치다. 그 자리는 서열상 주현이가 맡아야 하지 않겠는가? 이경주는 얼떨결에 "감사합니다, 아버지. 잘하겠습니다." 했다.

아버지의 뜻밖의 선언을 듣는 순간 이주현은 약간 당황해 하는 눈치다. 그러면서도 설마 아버지가 나를 이유 없이 박대하시지는 않겠지 하는 자신감이 몸에서 배어 나온다.

이철갑   내가 이번에 내 전 재산을 털어서 자선단체를 하나 만들려고
        한다. 그러니 주현이 네가 그 일을 맡아서 해 주어야겠다.

이 말에 이주현뿐만 아니라 온 집안 식구가 깜짝 놀란다. 그렇게 많
은 재산을 자선사업에 기부하다니. 특히 세 자녀는 그 재산을 상속받기
위해 국세청에 알아보기도 하고 가족회의도 열었었는데. 자기들의 생
각이 크게 빗나간 것 같아 곤혹스러운 느낌마저 든다. 그러나 어쩌랴.
결정권자의 결단인 걸. 순종할 수밖에. 마침내 이주현은 입을 열어
 "아버지의 뜻을 받들어 일 잘하겠습니다."한다.
이렇게 하여 상지그룹 총수는 이호동, 부회장 겸 상지모직 사장은 이
경주, 앞으로 태어날 자선단체의 장 겸 고려호텔 사장은 이주현으로 최
종 인사가 확정되어 상지그룹의 새로운 경영체제가 정리된다.

이철갑은 자선단체의 설립사실을 김봉주에게도 알린다. 김봉주는 그
소식을 듣고 기쁜 나머지 이철갑 회장에게 답신을 보내기 위해 컴퓨터
를 켜서 다음과 같이 글을 써 내려간다.

총수님 안녕하십니까.
저는 사회복지분야의 실무경험이 전혀 없는, 그저 천박한 학문적인 관심만 조금 갖고 있는
문외한입니다. 총수님의 복지재단설립에 관한 통보를 받고 큰 감동을 받았다는 말씀을 드리고
싶고, 또 그런 결단을 소생에게로 알려 주신 데 대해 진심으로 감사를 드립니다.

송수님의 이번 용단은, 우리 사회가 그동안 한숨에 경제도약을 성취하고 그 여세를 몰아 사회전반에 걸친 선진화 대열을 일구어 내는 과정에서 미처 챙기지 못했고 또 가장 화급한 사회문제로 지목되어오던, 복지문제에 대해 송수님께서 내리신 깊은 성찰의 소중한 결실이라고 생각합니다. 회장님께서 모처럼 어려운 결단을 내리셨으니 세상은 더욱 밝아질 것이고 생활은 더욱 명랑해질 것입니다.

송수님의 "처자식만 빼고 모두 바꿔라."고 하신 준엄한 개혁의 선봉장의 위치에서 "힘들고 고생하는 아이들아, 다 내게로 오라."고 하시는, 자비로운 싼타클로스 위치로의 역할전환은 우리나라의 국격을 한층 더 높은 단계로 격상시키는 계기가 될 것이 틀림없습니다. 특히 송수님께서 항상 강조해 오신 "초일류" 정신은 비단 기업경영분야에서뿐만 아니라 사회복지분야에서도 영원히 꺼지지 않는 불길로 승화되어 활활 타오를 것이라 믿습니다.

송수님의 이번 결단으로 빈곤에 시달리는 수많은 이웃들이 더 이상 기죽지 않고 씩씩하고 명랑하게 살아갈 수 있는 생활의 토대가 마련되어 참으로 다행스럽습니다. 앞으로 이들이 재활의 기쁨을 얻고 송수님의 선행을 본받아 제2, 제3의 사회복지재단을 설립하여 불우한 이웃을 돕고 우리사회를 가 일층 선진화 시키는 일에 역군이 될 것을 믿어 의심치 않습니다.

송수님의 건승을 빕니다.

十五

　오늘은 상지그룹의 경영권 이양식이 거행되는 날이다. 원래 임원회의에서는 시내의 실내 운동장을 빌려 성대하게 거행하자는 의견이 제시되었으나 이호동 부회장이 간소하게 치르는 것이 좋겠다고 하는 의견을 제시함에 따라 상지그룹 강당에서 치르기로 한다. 강당은 오색찬란한 만국기와 풍선으로 아담하게 단장되어 있다. 상지그룹 산하기업의 임직원들로 입추의 여지없이 모여든 강당의 상단에는 정부의 소관부처 장관과 내외귀빈이 자리 잡고 있고, 그 뒤로는 "신뢰를 키우는 상지"라고 쓴 대형 현수막이 걸려있다. 이윽고 국민의례를 시작으로 이취임식이 진행된다. 상지그룹의 약사가 낭독되고 신임 총수의 이력이 소개된다. 뒤이어 국내외 저명인사들의 축전이 소개되고 나서 정부소관부처 장관을 필두로 귀빈들의 축사가 이어진다. 그 후 총수직을 떠나는 이철갑의 이임사가 뒤따른다. 소개받은 이철갑은 경호원의 부축을 받으며 연단 앞으로 나와 서서 이임연설을 시작한다.

　여러분, 안녕하십니까!
　여러분들을 다시는 못 볼 줄 알았는데, 이처럼 다시 보게 되어 기쁩니다. 사실은 내가 하늘나라로 여행을 떠나려고 했는데, 하늘나라에서 비자를 내주지 않아서 되돌아오고 말았습니다. 이유인즉 내가 마무리 지어야 할 일이 아직 많이 남아 있는데 여행은 무슨 여행이냐는 것입니다. 내가 IOC 위원이라서 이 세상 어디에 가더라도 무비자로 무사통과 대우를 받는 신분인데, 하늘나라에서는 그것이 통하지 않더군요. 그래서 여행을 포기하고 말았죠.

오늘 내가 이 자리에 나타났다고 여러분 겁먹지는 마십시오. 내가 여러분들을 또 괴롭히기 위해서 온 것이 아니고 이호동 부회장에게 상지 그룹 지휘봉을 넘겨주기 위해서 온 것입니다. 내가 진작부터 그것을 넘겨주어야겠다고 생각했는데 부회장이 내 눈에 차지 않는 부분이 남아 있어서 그것이 보완될 때까지 좀 기다린 것뿐입니다. 이번에 자세히 보니 기대 이상으로 일 처리를 참 잘한다고 생각되어 맘에 꼭 들었습니다. 그러면 됐지 더 이상 기다릴 필요가 뭐있나요? 옛말에 '청출어람 승어람(靑出于藍 胜于藍: 제자가 스승보다 낫다)'이라는 말이 있습니다. 내가 단언하건대 부회장은 나를 뛰어넘을 자질과 기량을 갖추었다고 생각합니다. 여러분 신임 총수를 힘껏 밀어 주십시오!

누가 말한 것처럼 '변화라는 단어를 빼고는 모든 것이 다 변한다'는 것이 세상만사의 상궤라고 생각합니다. 이 와중에서 만사는 신진대사 하여 끊임없이 전진하는 것이 대자연의 이치올시다. 중국 속담에도 '장강의 뒷물결이 앞물결을 밀다(长江后浪腿前浪)'라는 말이 있습니다. 그처럼 이제 우리 상지그룹도 대자연의 원리에 따라 결단을 내릴 시기가 도래했다고 생각합니다. 이제는 나도 좀 쉬어야 하겠습니다. 그래서 나는 오늘 이 자리에서 이호동 부회장에게 상지그룹의 지휘봉을 인계하려고 합니다. 우리 모두 이호동 총수의 건투를 바라는 뜻에서 힘찬 박수를 보냅시다.

어느 장군이 한 말이 생각납니다. '노병은 죽지 않고 사라질 뿐이다.'라는 말입니다. 나도 꼭 같은 말을 이 자리에서 하고 싶습니다. '노기업인은 죽지 않고 옆으로 비켜설 뿐이다.'라고요. 여러분 건강하십시오! 안녕히 계십시오!"

장내는 우레와 같은 박수소리와 터질 것 같은 함성에 매몰되어 흥분의 도가니로 빠져 들어간다. 한 쪽에서 이철갑! 이철갑! 이철갑! 외치는 소리가 들리더니, 온 장내가 거기에 맞추어 이철갑! 이철갑! 이철갑! 하며 연창한다. 가슴이 뭉클한 감동적인 분위기가 한참 지속된다. 장내 분위기가 조용해지자 이호동 신임총수가 연단에 들어선다. 순간 장내는 숨죽인 듯 조용해지고 이호동 신임총수가 목청을 가다듬고 말문을 연다.

"여러분, 안녕하십니까!

저는 이 세상에서 가장 행복한 사람이라고 생각합니다. 이 자리에 좌정하신 귀빈들로부터 축사 말씀을 들어서 행복합니다. 세계 도처에 계신 저명인사들로부터 축하 메시지를 받아서 행복합니다. 장내에 참석하셔서 축하해 주시는 여러분이 있어서 행복합니다. 세계에서 제일 인기 있는 기업의 총수님으로부터 지휘봉 인계를 받아서 행복합니다. 이들 모든 것보다도 저를 더 행복하게 하는 것은 제 부모님이 이 자리에 참석하셔서 자식인 저를 축하해 주고 계시다는 사실입니다. 저는 부모란 항상 옆에 있어서 자식을 보살펴 주는 존재로 생각했고, 또 그것을 당연한 것으로 알고 있었습니다. 그러나 저는 지난 일 년여 동안 부모는 반드시 옆에 있는 존재가 아니고, 언제든 내 곁을 떠날 수도 있다는 것을 절실하게 체험했습니다. 아버님이 생사의 기로에서 의식 없이 병상에 누워 계시는 것을 볼 때마다 저는 피가 마르고 애간장이 타는 느낌을 받았습니다. 그 아버님이 건강을 회복하시어 이 자리에 참석하셔서 축하해 주시니, 이것이 꿈인지 생시인지 구분이 안 가는 느낌입니다. 제가 이 자리를 빌려 아버님께 간청의 말씀을 드리려고 합니다. 다시는 하늘나라로 여행을 떠나 저 위에서 우리를 내려다보시면서 감시하려 하지 마시고 항상 우리 곁에 계시면서 수시로 격려와 훈계를 해 주십시오. 저는 이 순간이 더 없이 행복합니다. 아버지 감사합니다!

저는 아버님의 투병기간 중 현모양처가 어떤 존재인지를 새롭게 체험했습니다. 저의 아버님의 건강 회복을 위해 절에 가셔서 백일기도를 두 번, 도합 6개월간을 꼬박 절로 출퇴근하시며 무릎과 팔꿈치가 닳도록 부처님께 절을 하시면서 아버님의 건강회복을 애원하신 분이 이 자리에 계십니다. 그분은 그러면서도 자식들의 잘못된 행위에 대해서는 가차 없이 엄한 훈계와 질책의 채찍을 아끼지 않으셨습니다. 저는 바로 이것이 현모양처의 표본이구나 하고 생각하게 되었습니다. 여러분! 현모양처의 표본이신 저의 어머님을 소개합니다. 박수로 격려해 주십시오!

　우리 속담에 '볼썽 있는 나무는 떡잎부터 다르다'는 말이 있습니다. 상지그룹 역시 창설자에 의해서 태어날 때부터 거목의 DNA를 내재하고 있었습니다. 그것이 '신경영'이라고 하는 거름의 자양분을 빨아먹고 이처럼 큰 거목으로 자라 오늘날 수십만 명의 생활의 터전과 안식처로 성장하였습니다. 이처럼 2대에 걸쳐 가꿔지고 키워져온 이 소중한 거목의 뿌리가 더 깊게 내리고, 그 줄기와 가지 및 잎사귀가 더 번창하고 더 튼튼하고 더 짙푸르게 자라 한국의 명물일 뿐만 아니라 전 세계의 명물로 확고하게 자리매김하도록 제 혼신의 노력을 다 바칠 각오입니다. 선대의 유지와 유업이 헛되지 않게 잘 보존하고 간수하여 자손만대에 고스란히 전수되도록 최선을 다하려고 합니다.

　물론 '축성보다 수성이 더 어렵다'라는 말을 저는 잘 알고 있고, 그렇기 때문에 매우 조심스럽습니다. 그렇다고 해서 좌고우면하며, 할 일을 미루거나 회피할 생각은 추호도 없습니다. 선대의 유지와 유업을 공고히 지키고 키워 나가기 위해서도 '신뢰'를 바탕으로 하는 경영이 필요하다고 생각합니다. '신뢰'는 거창한 이념이나 먼 지역에서나 볼 수 있는 환상적인 성질의 신기루가 아니라 우리의 기초생활단위인 가정에서부터 느끼고 체험할 수 있는 구체적이고도 확실한 실체입니다. 부모, 형제, 자매 간에 '신뢰'가 허물어지면 가정이 파괴되고 맙니다. 노사 간에 '신뢰'가 결여되면 조직이 파괴됩니다. 협력업체와 발주업체간의 '신뢰'가 사라지면 기업의 경쟁력이 없어집니다. 소비자가 기업의 상품을 '신뢰'할 때 기업은 비로소 생존할 수 있습니다. 국민이 정치인이나 정부를 '신뢰'하지 못하는데 어떻게 정치적 안정을 이룰 수 있겠습니까? 국제사회의 '신뢰'를 받지 못하는 나라가 어떻게 선진국이라고 자처할 수 있겠습니까? 정치가 '신뢰'를 못 받으면 3류에서 4류로 추락합니다. 정치인이 '신뢰'를 못 받으면 4류에서 5류로 추락합니다. 기업이 '신뢰'를 못 받으면 2류에서 3류로 전락합니다. 기업인이 '신뢰'를 못 받으면 3류에서 4류로 전락합니다. 저는 제 집무실을 '신뢰' 전파의 총본부로 삼고 제가 '신뢰' 전파의 전도사 노릇을 하며 '신뢰'를 꾸준하게 창도해 나가려고 합니다. '신뢰'는 저 혼자만의 힘으로 이룰 수 있는 게 아닙니다. 여러분의 적극적인 참여와 성원이 뒷받침되어야만 가능합니다. 여러분! 저를 밀어 주십시오! 신뢰를 키우는 상지의 목표를 달성하기 위해 여러분! 저화함께 힘차고 과감한 발걸음을 내디딥시다! 감사합니다!"

  이호동의 총수수락 연설이 끝나자 장내는 환호성과 박수소리로 뒤덮임과 동시에 단상에는 트럼펫, 바이올린, 피아노, 첼로의 4중주와 함께 소프라노 및 알토가 출연하여 베토벤의 교향곡 9번을 힘차고 우렁차게 제창한다. 장내는 불시에 숙연하고 감동적인 분위기로 빨려 들어가고, 특히 트럼펫의 날카롭고 예리한 고음은 뭇 사람의 흥금을 자극하기에 충분하다. 이렇게 해서 상지그룹의 거대한 선단은 평화적인 경영권 이양을 마치고, 새로운 선장의 영도 하에 "신뢰"의 돛을 높이 달고 우렁찬 "합창"의 교향곡에 맞추어 거센 풍랑을 헤치며 푸른 대양과 희망찬 미래를 향해 힘찬 항진의 고동을 울린다.

°十六

　이주현은 김봉주에게 전화를 걸어 이철갑이 자선단체를 설립하기로 하였고, 자기가 그 운영을 책임지게 되었음을 알리고, 자선단체의 설립과 운영에 관하여 좋은 생각이 있으면 자문해 달라고 부탁한다. 김봉주는 즉시 자기의 생각을 문서화하여 e-mail로 보내주겠다고 약속하며 전화를 끝낸다. 그는 즉시 컴퓨터 앞으로 가서 워드를 열고 이주현이 방금 자기에게 말한 자선단체에 관한 자신의 생각을 기술해 내려간다. 정리된 그의 생각은 다음과 같다.

　이주현 사장님,

　전화로 말씀하신 건에 관하여 다음과 같은 저의 소고를 적어 드리니 준비하시는 일에 참고가 되었으면 합니다.

　자선단체 설립에 관한 소고

　1. 재단의 운영은 교황이 한국 방문 시 보여주었던 검소한 태도를 벤치마킹하여 이루어 졌

으면 합니다.

2. 사무처는 자선단체에 오래 몸 담아온 신망 있는 분을 중심으로 구성 되었으면 합니다.

3. 예산의 편성 및 집행은 "종자돈은 건드리지 않는다"라는 원칙에서 이루어 지기를 바랍니다.

- 김영주 드림

한편 이주현은 부친으로부터 자선단체 설립 운영의 명령을 받은 즉시 설립 준비 작업에 착수하여 주무관청의 허가를 받고 설립등록 및 설립신고의 모든 절차를 진행하느라고 바쁜 나날을 보낸다. 재단법인 설립절차를 마치고 난 이주현은 이사와 사무처 직원의 인선에 들어가 삼고초려의 어려운 과정을 거치며 최종인사안을 만들어 이철갑의 재가를 얻어 확정한다. 신임 사무처장의 도움을 받아 사무처직원과 사무소, 사무설비 등, 사무집행에 필요한 모든 준비를 마치고, 재단법인의 발족식을 거행하는 날만 기다린다.

°十七

　오늘은 재단법인 "이철갑 복지 재단"이 정식으로 출범하는 날이다. 고려호텔 대연회실에 마련된 식장은 프란체스코 교황의 검소함이 그대로 배어나는 검소하고 수수한 분위기이다. 장식이라고는 단상 위에 걸린 "재단법인 이철갑 복지재단 출정식"이라는 현수막이 하나뿐이다. 이주현 총재가 발족식에 참석하기 위해 호텔에 도착한다. 그런데 그녀가 타고 온 차는 "이철갑 복지재단" 로고가 선명하게 새겨진 기아자동차 레이가 아닌가. 또 그녀가 입고 있는 의상도 "이철갑 복지재단" 로고가 새겨진 유니폼에 역시 로고가 적힌 모자를 쓰고 있다. 그녀가 타고 온 차는 호텔 정문 옆에 주차되어 있는 4대의 콩알 같은 레이 승용차 옆에 주차한다. 모두 이철갑 복지재단 로고가 새겨진 5대의 앙증맞고 깜직한 레이차가 늘어서 대기하고 있다.

　식장에는 신문 방송국 기자들의 취재 열기로 한껏 들떠 있는 분위기다. 단 하에는 일반 내빈이 자리 잡고 있고, 단상에는 주무부처 장관과 이사로 초빙된 분들이 자리 잡고 있다. 이윽고 이철갑이 경호원의 부축을 받으며 입장하고, 뒤를 따라 현봉준 여사가 입장하여 자리에 앉는

다. 식순에 따라 국민의례가 있은 다음, 재단법인 이철갑 복지재단의
사무처장이 설립 취지와 경과보고를 한다.

1. 설립취지

   빈곤층의 재활을 통한 빈곤퇴치

2. 재단명칭

   재단법인 이철갑 복지재단

3. 경과보고

   (1) 재단기금 조성: 이철갑 총수 개인재산 20조 원 출연

   (2) 주무부처 설립허가 취득

   (3) 재단법인 설립등록 필

   (4) 재단법인 설립신고 필

4. 재단법인 이철갑 복지재단의 구조

   명예총재: 이철갑

   총재: 이주현

   이사:

   (1) 당연직 종신이사: 이철갑, 현봉준, 이호동, 이주현, 이경주

   (2) 선출직 외부이사:

   김치윤(한국 천주교 대주교)

   이성호(한국 기독교 연합회 회장)

   홍진명(한국 원불교 총무원장)

   오진성(한국 불교 조계종 총무원장)

   장문한(한국 신문 방송 기자협회 회장)

5. 사무처장
김희곤(전 한국 자선단체 협의회 회장)

이상 재단법인 이철갑 복지재단의 설립취지 및 경과를 말씀드렸습니다.

사무처장의 경과보고가 끝나자 장내는 술렁인다. 20조 원이라는 출연금의 규모도 크고 추대한 외부이사들의 면모가 출중하기 때문이다. 모두 입을 벌리고 놀라워하며 "역시 이철갑 총수의 남에게 지기 싫어하는 기질, 일등을 하지 않고서는 못 배기는 기질이 여실히 드러나는군!" 이라고 이구동성으로 중얼거린다. 경과보고가 끝나고 나자 주무부처장관과 내빈의 축사가 이어지고 나서, 명예회장 이철갑이 격려의 말을 하기 위해 연단에 서서 입을 연다.

"여러분 안녕하십니까!

오늘 저의 복지재단의 발족을 축하해 주시기 위해 이 자리에 왕림하신 여러분께 진심으로 감사드립니다. 그동안 우리는 건설이다, 생산이다, 수출이다 하며 있는 힘을 다 쏟아 부으며 뛰어왔습니다. 아직도 우리 사회는 경제성장, 인플레이션, 국제경쟁력강화, 전쟁, 평화, 남북통일 같은 커다란 문제에 대해서만 신경을 쓰고 논의를 집중하고 있습니다. 저도 그것은 마땅한 정책노선이라고 보고 또 그러한 노력 때문에 우리는 오늘날과 같은 놀라운 경제발전을 이루어 선진국 대열에 진입할 수 있었다고 생각합니다. 그런데, 이제는 사회의 다른 방면의 문제에도 관심을 갖고 해결의 노력을 기울여야 할 때가 왔다고 생각합니다. 그것은 바로 빈곤퇴치의 문제입니다.

빈곤문제는 날이 갈수록 난마처럼 심각하고 복잡하게 얽혀만 가고 있는데, 대부분의 사람들은 이 문제를 그리 심각하게 생각하지 않고 미적지근하고 수수방관하는 태도를 보이고 있어서 안타깝습니다. 내가 아니라도 누가 해결해 주겠지, 하는 소극적인 생각에 사로잡혀 체념하고 눈을 거들떠보려고도 안 합니다. 그저 나만 잘 먹고 잘 입고 잘 살면 된다는 사람들이 너무나 많습니다. 어떤 이는 한 발 더 나아가 브랜드 명품 옷을 입는다, 고급 아파트에 산다, 크루즈 여행을 간다 하는 등의 사치성 항목에 돈을 낭비하면서도 빈곤문제에 대해서는 나 몰라라 합니다. 자기가 번 돈을 자기 마음대로 쓰는 것을 나무랄 수는 없지만, 그런 것들이 꼭 필요한가요? 빈곤문제는 우리 생활의 뒷전으로 밀려나 대중의 무관심의 대상이 되고 말았습니다. 오늘날 세계 도처에서 발생하고 있는 각종 악성 질병과 테러 행위 및 모든 사회불안이 빈곤과 직접 연결되어 있다는 것이 전문가들의 연구결과로 나타나고 있습니다. 특히 오늘날처럼 글로벌화된 시대에 있어서는 한곳에서 일어난 사건은 즉시 다른 여러 나라로 퍼져 나갑니다. 에볼라 발생이 그 대표적인 사례입니다. 에볼라 발생 지역에 정결한 식수나 충분한 먹거리만 있더라도 그런 괴질은 발생하지 않았을 것입니다.

나는 상지그룹을 나 개인의 개인 기업으로 생각한 적이 추호도 없습니다. 이 기업을 어떻게 하면 더 발전시켜 후세대에 좋은 먹을거리를 제공할 수 있겠느냐? 어떻게 하면 돈을 많이 벌어서 빈곤한 사람들의 경제적 부담을 덜어 줄 수 있겠느냐? 나는 항상 이런 각도에서 기업을 운영하였고 돈을 모았습니다. 그렇게 하기 위해 나는 혼신의 노력을 다해 물불을 가리지 않고 뛰었습니다. 최근 내가 심장이 터져 쓰러져서 생사의 기로에서 헤매다 일어난 것도 그러한 목적을 달성하려다 그렇게 된 것입니다. 다행히 천우신조로 다시 일어나게 되었으니, 이제는 다른 일은 다 손 놓고 나의 여생을 빈곤퇴치 문제에만 전념하겠다는 생각에서 이번에 그동안 내가 벌어 놓은 전 재산을 복지재단에 출연하게 된 것입니다.

저는 록펠러를 존경합니다. 55세에 그는 불치병으로 1년 이상 살지 못한다는 사형선고를 받았습니다. 그리고 최후 검진을 위해 휠체어를 타고 갈 때, 병원 로비에 실린 액자의 글이 눈에 들어왔습니다. 주는 자가 받는 자보다 복이 있다. 그 글을 보는 순간 마음속에 전율이 생기고 눈물이 났습니다. 선한 기운이 온몸을 감싸는 가운데 그는 눈을 지그시 감고 생각에 잠겼습니다. 조금 후 시끄러운 소리에 정신을 차리게 되었는데 입원비 문제로 다투는 소리였습니다. 병원 측은 병원비가 없어 입원이 안 된다고 하고 환자 어머니는 입원시켜 달라고 울면서 사정을 하고 있었습니다. 록펠러는 곧 비서를 시켜 병원비를 지불하고 누가 지불했는지 모르게 했습니다. 얼마 후 은밀히 도운 소녀가 기적적으로 회복이 되자 그 모습을 조용히 지켜보던 록펠러는 얼마나 기뻤던지 나중에는 자서전에서 그 순간을 이렇게 표현했습니다. '저는 살면서 이렇게 행복한 삶이 있는지 몰랐습니다'라고요. 그때 그는 나눔의 삶을 작정합니다. 그와 동시에 신기하게 그의 병도 사라졌습니다. 그 뒤 그는 98세까지 살며 선한 일에 힘썼습니다. 나중에 그는 회고합니다. '인생 전반기 55년은 쫓기며 살았지만 후반기 43년은 행복하게 살았습니다'라고요. 여러분! 저는 록펠러처럼 살기로 작정했습니다. 헐벗고 굶주리고 돈이 없어 병원치료비를 못내는 딱한 사람들을 도와가며 살 것입니다. 저도 앞으로 98세 이상 살 겁니다. 전반 반평생은 쫓기며 살아왔지만 후반 반평생은 록펠러처럼 행복하게 살려고 합니다. 자신 있습니다, 여러분!

'가난은 나라도 못 막는다'는 말이 있습니다. 빈곤퇴치가 말하기는 쉬워도 그 문제를 풀기는 어렵습니다. 제가 내놓은 기금도 빈곤문제의 난해성에 비하면 새발에 피 정도밖에 안 됩니다. 이처럼 저의 한정된 재원의 범위 내에서 빈곤문제를 해결해야 하므로, 부득이 문제해결의 우선순위를 정할 수밖에 없다고 생각합니다. 옛말에 '1년을 생각하면 농사를 짓고 10년을 생각하면 나무를 심고 백년을 생각하면 인재를 양성하라'라는 말이 있지 않습니까? 저는 '발등에 불 끄는 식'으로 빈곤문제를 풀어가고 싶지 않습니다. 보다 근본적이고 원대한 미래를 바라보며 풀어 나가려고 합니다. 또한 '어려운 사람에게 생선을 줄 것이 아니라 낚시하는 법을 가르쳐 줘라'라는 말도 있습니다. 이것이 나의 빈곤문제를 대결하는 기본자세가 될 것입니다. 땜질처방이 아니라 문제를 발본색원 한다는 각오로 임하겠습니다. 밥은 한 술 한 술 떠먹는 것이지 단번에 밥 한 그릇을 다 먹으려면 체하여 위가 탈이 납니다. 길은 한 발한 발 내딛는 것이지 단번에 십리를 뛰려다가는 발이 삐고 다리가 부러질지 모릅니다. 시작이 반이라고 우리가 오늘 복지사업의 대장정의 일보를 내딛었으니 벌써 절반의 성공은 거둔 것이나 다름없습니다. 우리들의 앞날에 반드시 좋은 성과가 기다리고 있으리라 믿습니다. 저를 비롯해 이 일을 맡은 우리 직원들이 열심히 뛸 터이니 국민 여러분들께서도 적극 밀어 주시고 격려하여 주시기 바랍니다. 감사합니다!"

이어서 이주현 총재의 답사가 이어진다.

"여러분, 안녕하십니까!

오늘 우리 이철갑 복지재단의 출정식을 축하해 주시기 위해 왕림해 주신 여러분께 심심한 감사를 드립니다. 방금 명예총재님의 뼈에 사무치는 말씀을 듣고 감격하기도 하고 또 새로운 각오도 하였습니다. 우리 재단의 나갈 방향에 대해서 제가 첨가할 여지가 없도록 명예총재님께서 이미 명쾌하게 말씀하여 주셨으므로 저는 단지 명예총재님의 원대한 구상을 실현하기 위한 방침을 말씀드리도록 하겠습니다. 먼저 우리 복지재단은 김수환 추기경님, 성철 스님, 한경직 목사님, 울지마 톤즈의 이태석 신부님께서 어려운 사람들을 도우셨던 고귀하고 숭고하신 정신을 그대로 이어 받아들이는 토대 위에서 빈곤퇴치활동을 전개해 나갈 것입니다. 또한 모든 복지사업은 투명하고 공개, 공정, 공평한 모양으로 운영될 것임을 약속드립니다. 사실 그러한 취지에서 오늘 소개해 드린 외부이사님들을 추대하게 된 것입니다. 이분들께서 저희들의 복지활동을 감독하고 지도하고 격려해 주실 것입니다.

저의 명예총재님께서도 말씀하셨듯이 빈곤퇴치는 나라도 감당하기 어려운 거대하고 복잡한 문제라고 생각합니다. 그렇기에 이 문제는 우리 복지재단 단독의 노력만으로 해결될 수는 없는 성질의 것입니다. 국민 여러분의 적극적인 참여와 성원이 절실히 요청되는 이유입니다. 도와주십시오! 감사합니다."

이주현 총재의 답사가 끝나자 김봉주가 무대에 올라가 마이크를 쥐고 노래를 부르기 시작한다. Apink의 'no no no'를 능숙하게 부른다. 그가 이 노래를 부르는 이유는 노래 가사가 전하는 위로의 메시지 때문이다. 당신이 내게 빛이 되어 주었으니 당신이 슬플 때 나도 함께하겠다는, 언제나 힘이 돼 주겠다는 이 노래의 가사는 이주현 총재가 장차 하고자 하는 복지재단 사업 취지를 잘 보여 주고 있었다.

김봉주가 1절을 부르고 나니, 갑자기 무대 뒤에서 화려하고 발랄하게 차려 입은 Apink의 여섯 명이 뛰어 나와 김봉주의 노래에 합세하여 춤추며 무대 위에서 뛰어놀며 합창한다.이들의 짧고 산뜻한 퍼포먼스가 장내를 한껏 고무시키고 가벼운 흥분을 일으킨다. 이렇게 해서 이철갑 복지재단의 출정식은 막을 내리고 참석자들은 모두 흩어진다. 이주현 총재는 김봉주 앞으로 다가가 "내 사무실에서 차 한 잔 같이 하시죠." 라고 김봉주를 초대하여, 이들 둘은 이주현의 집무실에서 마주앉아 대화를 나눈다.

김봉주   재단의 기금규모에 깜짝 놀랐습니다. 총수님께서 그렇게 많

          이 사재를 출연하실 줄은 미처 몰랐습니다.

이주현   아버님의 성격이 원래 그러하시니까요.

김봉주   외부이사들의 면면을 보고도 놀랐습니다.

이주현   그건 김 교수님께서 주문하신 게 아닌가요?

김봉주   그래도 그렇게까지 외부이사들의 품격을 높일 줄은 몰랐습

          니다.

이주현   그보다도 교수님께서 고문역할을 맡아 주셔야겠습니다.

김봉식   감사합니다. 그런데 한 가지 조건이 있습니다.

이주현   그게 뭔가요?

김봉주   이 세상에 공짜는 없다고 하지 않습니까!?

인주현   아, 그 문제라면 걱정 안 하셔도 됩니다. 보수는 얼마든지

          많이 드릴 테니까요.

김봉주   바로 총재님의 그러한 생각이 문제입니다.

이주현   어째서요?

김봉주   저는 보수를 원하지만, 저의 보수는 1년에 1만 원 이상이면

          고문직 을 거절하겠습니다.

    이주현은 그동안 김봉주의 생각과 행동을 간접적으로나마 살펴보아

김봉주의 성격을 대충 이해하는 터라, 더 이상 이 문제를 놓고 왈가왈

부하다가는 부작용이 생길 것 같았다.

    이주현   알겠습니다. 김 교수님의 소원대로 해 드리겠습니다.

두 사람의 대화는 이렇게 웃으며 화기애애한 가운데 끝난다. 이후 이주현은 어디에 가서 무엇을 하든 이철갑 복지재단 로고가 새겨진 기아자동차 레이를 타고 다니고, 누구를 만나든지 이철갑 복지재단의 로고가 새겨진 유니폼과 모자를 착용하고 대한다. 그녀는 때와 장소, 지위고하를 가리지 않고 그렇게 하여 뭇 사람들의 주목과 칭송의 대상이 된다. 이주현은 명실공히 이철갑 복지재단의 전도사 노릇을 톡톡히 하고 있다.

十八

현봉준 여사는 이철갑이 생사의 기로에서 소생하여 상지그룹의 무거운 짐을 내려놓고 자기 재산을 모두 출연하여 복지재단을 발족한 데 대해 한없이 고맙고 행복한 맘이 들어 부처님께 감사를 드린다. 현봉준 여사 역시 성신미술관 관장직을 능력 있는 젊은 엘리트에게 물려주고 자신은 명예관장직을 맡으며 뒤로 물러선다. 이철갑은 총수직이라는 바윗돌의 중압감과 천문학적 숫자의 재산이라는 굴레에서 풀려나니 몸이 날아갈듯 개운해지고 짓눌렸던 심장이 중압감에서 벗어나 새로운 에너지가 분출되는 느낌을 갖는다. 이제 이들 부부는 속 썩일 일이 모두 사라지고 거리끼고 거추장스러운 일도 없는 터라 장기 휴식을 취하며 재충전의 기회를 갖기 위해 둘이 하와이로 여행을 떠나기로 한다.

　하와이에 도착한 이들은 수영복 차림으로 별장 뒤 해변가 백사장에 앉아 대자연의 아름다운 풍경을 만끽한다. 모든 걱정근심을 내려놓고 아무 꺼리길 것 없는 자유로운 위치에서 대자연의 모습을 바라보니 이전에는 미처 느껴보지 못했던 새로운 경험을 하게 된다. 짙푸른 바다 물결과 그 철럭이는 소리, 산들산들 불어오는 시원한 바닷바람, 꺽꺽 우짖는 갈매기 울음소리, 먼 지평선에서 흰 연기를 토해내며 항진하는 화물선들, 부드러운 모래사장의 따끈따끈한 촉감 등등. 이런 것들은 일에 쫓겨 주마간산으로 여행하던 시절에는 미처 느껴보지 못했던 현상이다. 이철갑 부부는 대자연의 신비로움과 아름다움을 실컷 음미하며, 바로 이런 것이 사는 것이요 행복이란 것이로구나를 절실하게 깨닫는다.

　하와이에 도착한 지 일주일이 지난 어느 날, 이전에 골프를 함께 쳤던 친지에게 전화가 걸려와 받으니 이철갑의 쾌유와 두 부부의 하와이 왕림을 축하하는 만찬회를 열고 싶으니 참석해 달라고 한다. 이철갑 부부는 기꺼이 이를 수락하고 지정된 날 지정된 시간에 연회장에 도착한다. 벌써 20여 명의 친지들이 모여 이철갑 내외를 박수로 맞아들인다. 칵테일을 시작으로 식사가 시작되자 미희들이 무대에 나와 훌라춤을 추기 시작한다. 이철갑은 물끄러미 춤추는 미희들을 쳐다보는데, 그 중에서 제일 젊고 잘 생겼다고 느꼈던 미희의 얼굴이 돌연 너구리 얼굴로 변하지 않는가. 눈을 다른 곳으로 돌렸다가 또 그녀를 보니, 이번에는 그녀 얼굴이 말 대가리로 변하는 것이 아닌가. 눈을 다른 곳으로 잠시 돌렸다가 또 춤추는 미희들을 보니 이번에는 미희들 모두의 얼굴이 가지각색의 동물 얼굴로 변해서 춤을 추고 있다. 그때, 저녁 연회에 초대해 준 친지가 자기 부인과 함께 홀라춤을 추러 나가면서 이철갑 내외보고 같이 춤추자고 초대한다. 이철갑은 춤은 잘 못 추지만 기분전환을 위해 현봉준 여사를 안내해서 무대 앞으로 나가 서투른 폭스트롯을 추며 현봉준 여사를 리드한다. 현봉준 여사도 처음에는 좀 어색해서 주춤거리다가 장내 분위기를 생각하여 이철갑이 리드하는 대로 발을 내디디며 따라간다. 춤을 추다 보니 두 부부는 서로 어깨를 감싸고 서로의 따뜻한 체온을 감지하며 계속 춤을 추며 나간다. 중간 중간 이철갑은 현봉준 여사의 얼굴을 훔쳐 본다. 이철갑은 현봉준 여사가 때로는 30대의 젊은 여성으로 보이기도 하고 때로는 늙은 할머니로 보이기도 하는 기시감을 느낀다. 다시 부인의 얼굴을 훔쳐 보니 현봉준 여사의 머리가 은색이 도는 초로의 곱게 늙어가는 본연의 모습으로 보인다. 이철갑은 속으로 '아! 세월이 참 많이도 흘렀구나. 사랑하는 내 아내의 그처럼 아름답던 모습은 어디 가고 벌써 노년기에 접어들었으니. 애처롭기도 하고 안쓰럽기도 하다는 생각이 이철갑의 마음속을 엄습한다. 그동안 일에 바빠 제대로 살펴주지 못했던 미안한 마음에 이철갑은 현봉준 여사의 몸을 살며시 끌어당기며 말없이 마음으로부터 고마움을 표시한다. 현봉준 여사 역시 남편이 건강을 회복하여 이처럼 둘이서 이런 곳에서 즐거운 시간을 보낼 수 있다니, 꿈에도 생각지 못했던 일이라 흡족한 마음에서 이철갑의 몸을 세게 끌어당기며 폭스트롯의 스텝을 밟아 나간다. 이렇게 이들은 회사 일, 미술관 일, 심지어는 복지재단 일까지도다 잊어버리고 시간 가는 줄 모르고 밤새 둘이서 춤추고 친지들과 한담을 나누며 그 밤을 지새운다.

˚十九

서울 시내 중심가 오성빌딩 2층에 자리 잡은 이철갑 복지재단의 운영 책임을 떠맡은 이주현은 재단의 조직정비와 사업계획수립에 여념이 없는 나날을 보내며 모든 정력과 노력을 쏟아 붓는다. 이주현은 우선 제한된 복지재단 예산으로 복지활동의 범위와 활동의 대상을 선정하는 작업에 착수한다. "가난은 나라도 못 막는다"라고 하지 않던가? 나라만 못 막는 것이 아니라 유엔이 나서도 가난을 못 막는다. 현재 세계인구 중 10억 명 이상이 하루에 1천5백 원 미만의 돈으로 연명하며 가난을 면치 못하고 있다. 이런 만성적인 가난문제를 해결하려고 유엔이나 세계은행 같은 국제기구가 팔을 걷어붙이고 달려들고 있지만 빈곤문제는 좀처럼 살아지지 않고 있는 실정이다. 물론 유엔이나 세계은행을 필두로 한 국제기구의 노력이 수포로 돌아간 것은 아니다. 통계에 의하면 과거 25년간 유엔 등 국제기구나 단체의 빈곤퇴치 운동의 결과로 20억 명 이상의 극빈자들이 25년 사이에 10억 명 정도로 줄어든 놀라운 성과를 이루어냈다. 또 이번에 중국의 주도로 추진되고 있는 AIIB 은행의 설립계획도 개도국에 저렴한 자금을 대여하여 그 돈으로 사회간접자본을 형성하여 경제성장을 이루어 그 지역의 빈곤문제를 해결해 보자는 것이 근본 취지다. 이렇게 어려운 문제를 이철갑 복지재단은 어떤 방법으로 접근해야 할까? 한정된 예산으로 어떤 범위 안에서 어떤 대상의 복지활동을 전개하는 것이 합당한가? 이런 문제에 대한 올바른 진단을 내려야 이주현은 그 다음 단계로 작업을 진행해 나갈 수 있다고 생각한다.

이철갑 복지재단의 한정된 예산문제도 있고, 또 현재 뜻 있는 여러 개인이나 단체들이 국내외에서 여러 가지 복지활동을 전개하고 있는 점 등을 감안해서 이철갑 복지재단에서는 여기 저기 마구잡이로 손을 댈 것이 아니라 오로지 국내의 복지활동, 그 중에서도 어떤 한 분야를 골라 집중적으로 지원하는 활동이 보다 효과적일 것이라고 이주현은 생각한다. 다만, 현재 한반도 평화정착이라는 국제정세의 출현과 더불어 남북 간의 대화 및 교류협력이 협의되고 있는 상황을 고려하여 대북지원은 별도로 진행하기로 한다.

이주현은 언젠가 TV에서 12살짜리 여자 아이가 추운 겨울에 온기가 없는 판잣집 쪽방에서 8살 된 남동생과 6살 된 여동생을 이불에 싸안고 주린 배를 달래가며 초롱초롱한 눈망울로 쳐다보는 동생들을 안쓰러운 눈길로 바라보는 광경을 떠올린다. 그 애들 엄마는 폐암으로 죽었고, 건설현장에서 막노동 하던 아빠는 얼마 전 작업 현장에서 추락사고로 죽었다. 그 후 소녀는 갑자기 가장노릇을 하지 않을 수 없는 난처한 처지에 놓이게 되었는데 이주현은 이 사연을 인상 깊게 보았다. 그리고 현재 우리 사회에는 독거노인도 많고 노숙자, 고아, 지체장애자 등, 요구호자들이 많이 있는 것이 사실이지만, 이들 세 남매처럼 불쌍하고 시급하게 구호를 필요로 하는 사람들이 따로 있을까 싶었다. 창창한 앞길을 갖고 있는 이 아이들 앞에는 왜 실의와 허탈과 낙담만이 가로 놓여 있단 말인가? 어떻게 하면 이 애들을 그 수렁에서 끌어내 희망과 용기를 갖고 힘찬 걸음으로 내일을 향해 나아가도록 할 수 있을까? 누구도 인생의 출발선상에서 뒤처지거나 남보다 열악한 조건하에서 출발하여 낙오하게 해서는 안 된다. 적어도 인생의 출발만은 동일 선상에서 뛰어나가게 해 주어야 한다고 이주현은 생각한다.

"투자 대 이윤의 비율"이라는 관점에 있어서도 사람에 대한 투자는 다른 어떤 사업에 대한 투자보다도 실속이 있고, 그중에서도 특히 어린이들에 대한 투자는 다른 어떤 계층에 대한 투자보다도 수익을 많이 낼 수 있다. 성년이나 노년층에 대한 투자보다 어린 연령층에 대한 투자가 이득을 많이 낼 수 있다는 말이다. 아이들이 어릴 때 제대로 보호를 받지 못하고 영양실조나 질병에 노출되는 것이 장래의 심리적, 육체적 건강과 학업의 성취도 및 소득창출 능력에 얼마나 큰 악영향을 미치게 되는지를 생각해 보면 몸이 오싹한 느낌을 갖게 된다. 이주현은 이런 일련의 생각을 골똘히 한 끝에 소년소녀가장에 대한 지원사업을 집중적으로 전개하기로 결심한다.

소년소녀가장이란 적어도 법률상으로는 18세 미만의 아동이 생계에

책임을 지고 있는 세대, 18세 미만의 아동으로만 구성된 세대, 18세 미만의 아동이 부양능력이 없거나 부양능력이 미약한 부모와 동거하는 세대 등을 말한다. 통계에 의하면 현재 우리나라에는 3천여 명의 소년소녀 가족이 있는데, 이 중 소년소녀 세대주가 2천여 명, 세대원이 1천여 명, 도합 3천여 명 가량의 소년소녀가족이 존재한다. 이들에게는 정부에서 주부식비, 연료비, 피복비, 장제비 등이 지급되고 학용품비, 교통비, 교육비, 영양급식비, 부교재 및 교양도서비 등의 교육보호비가 지급되기도 한다. 그러나 이 금액은 실수요에는 턱 없이 부족한 액수이다.

더 큰 문제는 이 아이들이 거주할 주택이 마땅치 않다는 것이다. 어떤 아이들은 판잣집 쪽방에서 새우잠을 자며 지내고, 어떤 아이들은 공공임대 아파트에서 방세를 못 내 쫓겨날 위기에 처해 있다. 집은 아이들의 꿈이 자라는 공간이라고 하는데, 소년소녀 가족에게는 그러한 삶의 공간이 전혀 없다는 것이 문제다. 그래서 이주현은 소년소녀 가장과 식구들이 들어가 살 수 있는 아파트를 지어 주기로 마음먹는다. "어린이 아파트"라고 이름 붙인 이 아파트는 1가족 2명형부터 5명형까지 100세대가 입주 가능한 10층짜리 아파트이다. 여기에는 강당, 식당, 휴게실, 운동실, 보건실 등이 갖추어져 있고, 카운슬러와 의무사가 배치되어 소년소녀들의 정신건강과 신체건강을 보살펴 준다. 일단 여기에 선발되어 들어가면 성년이 되어 직장을 찾아 자립하여 나갈 때까지 무료로 거주할 수 있다. 또한 전문학교나 대학에 진학하는 사람은 졸업할 때까지 거주할 수 있고 일정액의 등록금 지원도 받게 된다. 이주현은 우선 서울에 아파트 한 채를 지어 놓고, 지역사회복지관 및 구청가 정복지과의 지원을 받아 입주대상자를 엄선하여 입주시키고 시범 운영을 하며 문제점을 찾아내 개선책을 세워 나가려고 한다. 앞으로 순차적으로 이런 시설을 전국으로 확대하여, 각 도의 주요 도시 두 곳을 골라 한 채씩 건립하여 운영할 예정인데, 그때쯤 되면 전국에 있는 대부분의 소년소녀 가족들이 삶의 보금자리를 찾게 될 것이다.

일부 복지재단은 거창한 조직규모에다 복잡하고 까다로운 절차를 잔뜩 만들어 놓고 예산의 대부분을 인건비와 불요불급한 부차적 활동에 소진해온 과거의 폐단을 고려하여, 이철갑 복지재단은 될수록 재단의 임직원수를 최소화하고, 남는 예산을 실수요자들에게 보다 많은 혜택이 돌아가도록 배려한다.

"어린이 아파트"가 서울에서 준공되어 제1차 소년소녀 가족 100가구가 입주하는 날이 돌아왔다. 이주현은 아침 일찍부터 분주하다. 아침 10시에 "어린이 아파트" 입주식이 거행되기 때문이다. 입주식에서 이주현이 딱히 할 일은 없지만 새로 맞이하는 손님, 아니 새 식구들을 한시라도 빨리 만나보고 싶은 심정에서 다른 일은 손에 잡히지 않는다. 그 애들은 이주현에게 있어서 어느 VIP보다 소중하고 대견한 존재들이다. 그들은 오늘 그녀와 인연을 맺으면, 단순히 일정기간 동안 생활의 도움을 받는 소년소녀들이 아니라, 좋든 싫든 일생동안 그녀와 희로애락을 공유하며 살아갈 동반자들이 되는 것이라고 그녀는 생각한다. 그녀는 앞으로 그들의 순탄한 장래와 성공을 위해서 염려하고 도와주어야겠다고 다짐한다.

오전 10시, 아파트 입주식이 거행된다. 강당에 모인 어린 입주자들은 사전에 받아든 자기 방의 열쇠를 받아 들고 얼굴에 함박 웃음꽃을 가득 피운다. 국민의례, 아파트 사감의 환영의 말씀, 아파트 집사의 생활규칙 발표가 있은 후 이주현의 축사가 이어진다.

이주현   여러분, 이렇게 만나보게 되어 참 반갑습니다. 오늘 여러분들을 여 기에 모시기 위해 나를 비롯하여 온 직원들이 얼마나 열심히 애썼는지 아세요. 밤낮 가리지 않고 열심히 일했습니다. 막상 만나보니 여러분 하나하나가 밝고 명랑하고 예쁜 데 감동했습니다. 여러분 내가 한 가지 물어 봅시다. 이 세상에서 제일 아름다운 것이 무엇인지 아세요?

어린이들 (꽃잎 같은 입을 열어 이구동성으로 소리쳐 대답한다.) 꽃이요!!!

이주현   네 맞아요, 또 한 가지만 물어 봅시다. 꽃보다 더 아름다운 것이 무엇이죠?

(몇몇의 애들이 눈을 휘둥그렇게 뜨며 옆 아이들의 입만 쳐다본다. 그 중에서 나이 든 아이가 쭈뼛쭈뼛 자신 없는 모습으로 말한다.)

어린이   사람이요!

이주현   네, 맞아요. 사람이 꽃보다 몇 배 더 아름답습니다. 조물주가 그렇게 사람을 창조했어요. 여기 있는 여러분 하나하나는 조물주가 그렇게 아름답게 창조했습니다. 조물주가 여러분들을 아름답게 만들었는데. 다른 사람들이 여러분들을 마구 대하면 되겠어요?

어린이들　안 돼요!

이주현　여러분 조물주가 누군지 아세요?

어린이들　몰라요!

이주현　조물주는 사람과 만물을 창조하신 하나님이에요.

꽃도 하나님이 만들었어요. 그래서 꽃을 잘 가꾸려면 물도 제때 주고 영양분도 때를 맞춰 주고 온도도 적당히 조절하며 잘 보살펴야 꽃이 더 아름답게 되겠지요?

어린이들　네!

이주현　앞으로는 내가 여러분들의 엄마가 되어 잘 돌볼 거예요.

우리들은 여러분들을 아름다운 꽃보다 더 정성을 들여 돌볼 겁니다.

이제부터 우리는 한 식구입니다. 그러니 여러분은 여기서 사는 동안 서로 사랑하고 서로 돕고 서로 양보하면서 살아 가야 합니다.

어린이들　네!

이주현　내가 여러분들의 뭐라고 했죠?

어린이들　엄마요!

이주현　그럼, 여러분들! 나보고 큰 소리로 엄마, 하고 불러 볼래요?

아이들　엄마!

이주현　더 큰 소리로 한 번 더 불러 볼래요?

어린이들　엄마!

이주현　네, 여러분들은 지금부터 내 아들 딸 들이에요, 알겠죠?

어린이들   네!

이주현   특히 여러분들은 몸 아프지 말고 건강하게 잘 자라야 합니다.

어린들   네!

이주현   그리고 여러분은 큰 희망과 꿈을 갖고 씩씩하고 굳세게 살아가야 합니다. 알았지요!

어린이들   네!

이주현   여러분은 어려서부터 꿈을 갖고 살아야 합니다. 이다음에 커서 이웃을 위해 좋은 일을 하겠다는 꿈, 위대한 사람이 되어 우리 사회를 위해 많은 봉사를 하겠다는 꿈, 나라를 위해 큰일을 하겠다는 꿈을 갖고 살아야 합니다. 여러분들 다 그런 꿈을 가질 수 있지요?

어린이들   네!

이주현   여기 있는 직원들이 앞으로 나를 도와 여러분들을 돌봐 줄 겁니다. 이분들께 큰 박수 한번 쳐 줄까요?

애들이 고사리 같은 손으로 크게 박수를 친다.

이주현의 인사말이 끝나자 꿈나무 어린이들의 명창들이 나와 민요, 동요, 율동, 악기연주가 계속되며 어린 입주자들의 마음을 사로잡고 사기를 한껏 고무시킨다. 하나하나의 공연이 진행될 때마다 소년소녀들은 초롱초롱한 눈망울을 무대 위에서 진행되는 순서에 고정시키고 또렷이 지켜본다. 그들의 얼굴은 신기하고 즐겁고 흥미진진한 모습을 유감없이 드러낸다. 재미있는 순서가 진행될 때마다 그들은 고사리 같은 두 손을 연이어 마주치며 박수 소리를 요란하게 낸다. 이 광경을 지켜보는 이주현의 마음은 더 없이 큰 행복과 큰 희열에 사로잡힌다. "그렇지! 돈은 벌어서 이렇게 써야지! 앞으로 돈을 더 열심히 더 많이 벌어 이 애들을 더 적극적으로 돌봐 주어야지!" 하는 생각을 갖는다. 그래서 틈만 나면 계절 따라 동대문 시장에 가서 애들 옷과 신발 그리고 학용품 등을 대량 구입하여 애들에게 나눠 준다.

북한파트는 한반도의 평화정착에 따라 새로운 전기를 맞는다. 연개소문은 여러 차례의 숙청과정을 거치면서 체제 안정과 통치기반을 공고히 함에 따라 통치에 자신감을 갖고 개혁개방 정책을 과감하게 펼쳐 나간다. 러시아와 중국은 앞 다투어 가며 연개소문을 국빈초청 하고, 연개소문은 실로 오래간만에 이들 두 나라를 방문하여 정상회담을 갖는 것을 필두로 적극적인 순방외교를 이어 나간다. 이에 따라 남북 간에는 긴장상태가 완화되고 대화 협력의 시대가 활짝 펼쳐진다. 북한은 핵무기를 포기하고 이산가족상봉의 상설화에 동의한다. 그 대가로 남한은 5.24조치의 해제, 금강산관광 재개, 대북 식량 및 비료지원 사업의 이행 등, 점차적인 유화정책을 확대해 나간다. 여기에서 한 발 더 나아가 남북은 남북정상회담을 열기로 합의하고, 그동안 남한의 대통령이 두 번씩이나 방북한 것을 감안하여 이번에는 연개소문이 서울을 방문하는 통 큰 결단을 내린다. 이에 따라 남북한 당국자들은 서울에서 처음 열리게 될 남북정상회담 준비에 들어간다. 마침내 한반도에는 기나긴 엄동설한이 지나가고 화창한 봄날이 찾아와 일찍이 경험해 보지 못한 화평성대가 정착된다.

이러한 새로운 정세의 전개 속에서 이주현은 북한파트의 특수성을 고려하여 북한의 의료문제에 정통한 SKY대학교 의과대학 신베드로 교수를 북한파트 책임자로 초빙한다. 사실 신 교수의 영입은 그리 쉽지 않은 일이었으나 이주현의 삼고초려하는 집요한 노력 끝에 성사된 것이다. 그를 앞세워 평양에 이철갑의료센터를 건설하여 활발한 의료봉사활동을 전개한다. 이와 함께 이주현은 평양 중심가에 고구려 호텔 평양분점을 세워놓고 한반도 평화정착에 따른 외국 관광객 쇄도에 대비한 대대적인 판촉활동을 전개한다.

°二十

　어린이 아파트 건설 사업은 계획대로 차질 없이 진행되어 제2차 어린이 아파트가 인천에 건설되어 소년소녀가장들이 입주해 살고 있고 제3차 어린이 아파트는 대전에, 제4차 어린이 아파트는 전주에, 제5차 어린이 아파트는 광주에, 제6차 어린이 아파트는 춘천에, 제7차 어린이 아파트는 대구에, 그리고 제8차 어린이 아파트는 부산에 건설되어 소년소녀가장들이 모두 입주하여 어린가족들이 안전하고 즐거운 생활을 하게 된다. 이로써 제1단계 사업은 성공리에 마무리되고 이주현은 다음 단계 사업을 착수하기 전에 한 박자 쉬어 가기로 한다.

이주현은 어린이 아파트 하나하나가 준공되고 새로운 어린이 가족들이 입주할 때마다 빠짐 없이 입주식에 참석하여 입주시설의 실태를 꼼꼼히 점검하고 입주자들을 격려해 주고 있다. 아파트 수가 늘어나고 입주자 수가 많아질수록 이주현의 주의력의 범위가 확대되어 어린이들을 소홀히 대할 가능성도 다소 있다. 그러나 이주현은 어린이 집이 하나일 때나 여덟 개로 늘어난 지금이나 다름없이 어린이들의 생활을 꼼꼼히 챙기고 있다.

한번은 그녀가 광주 어린이집에 들렀을 때 우연히 한 자매와 마주친 적이 있다. 언니의 이름은 오진실이고 나이는 13살, 동생의 이름은 오진주이고 11살이다. 이들 자매는 편의점에서 일하던 엄마가 폐암으로 죽어 택시운전을 하던 아빠와 살다가 아빠마저 교통사고로 죽어 의지할 데 없는 상태에서 지역사회 복지기관의 추천을 받아 입주한 애들이다. 이들 자매는 이목구비가 번듯하게 생긴데다가 초롱초롱하고 반짝거리는 눈빛이 한눈에 사람의 주의를 끌게 매력적으로 생겼다. 이주현은 첫눈에 이들에게 반해 이들의 방에 들러 자세한 내력과 어린이집에 입주하게 된 전후사정을 자세히 알아보고 이들의 매력에 끌려 이들을 수양딸로 삼기로 마음먹는다. 그동안 이주현은 남편과의 이혼으로 마음 한구석이 허전했는데, 이 애들로 그 빈곳을 메우고픈 바람과 또 이들의 장래를 책임지고 싶은 강렬한 열정이 용솟음쳐 나오는 것을 억제할 수 없었다. 그래서 이주현은 아파트 사감의 사무실에 들러 전후사정을 설명하고 그 애들을 서울로 데리고 가서 자기가 직접 돌보고 싶다는 말을 한다. 사감도 흔쾌히 동의하여 이주현은 그들을 자기 집에 데려와 직접 돌봐주고 뒷바라지하는 데 정성을 쏟는다. 물론 주위에 진실이와 진주처럼 어려운 환경에서 고생하는 아이들이 많이 있는데, 이들만 꼭 집어내어 수양딸로 삼는 것이 미안하고 마음에 걸리기도 하였으나, 그렇다고 모든 어려운 애들을 다 수양딸이나 수양아들로 삼을 수는 없지 않은가. 이주현은 그런 미안한 생각은 뒤로 하고 그들을 자기 친딸처럼 잘 키우는 데만 열중하기로 마음먹는다.

진실이와 진주가 이주현의 집에 들어온 첫날 이들은 새로 직면한 낯선 환경에 적이 당황한다. 구중궁궐 같은 집에 화려하게 꾸민 거실이며 TV, 냉장고, 세탁기에다 각자 독방을 갖게 되고 각자의 방에는 컴퓨터까지 설치되어 있다. 진실이와 진주는 잔뜩 주눅이 들고 기가 죽어 어리둥절해 하며 거실 한구석에 둘이 쪼그리고 앉아 눈만 이리저리 두리번거린다. 이게 모두 꿈을 꾸는 것은 아닌지? 이렇게 잠깐 있다가 깨어나 다시 싸늘한 판잣집 쪽방으로 되돌아가는 것은 아닌지? 제발 꿈이더라도 오래 깨어나지 말았으면 하고 별의별 생각을 다 하고 있는 중이다. 그때 삽살개 한 마리가 이들에게 다가와 꼬리를 흔들며 아양을 떤다. 이들은 정신없이 삽사리를 쓰다듬고 껴안아 보기도 하며 어쩔 줄 모르고 기뻐한다. 이주현이 다가가 삽사리의 이름이 "요시"라고 소개하며 "요시"가 앞으로 너희들의 좋은 친구가 될 것이라고 한다. 그 말을 듣는 순간 애들은 겨우 경계심을 풀고 자연스러운 모습으로 돌아간다. 이주현은 애들을 불러 각자의 방에서 목욕을 시키고 새로운 옷으로 갈아입히고 식당에 데려다 밥을 먹게 한다. 이들은 벙어리 모양으로 말을 못하고 겨우 물어보는 말에만 모기소리로 대답하며 수줍어한다. 이렇게 며칠이 지나서야 이들의 얼굴은 점차 화색이 돌고 명랑해지며 가끔 웃음도 터뜨리게 된다. 이주현의 친아들도 이들을 극진하게 대하고 친자매처럼 친절하게 돌봐 준다. 사실 항상 조용하고 저기류 상태이던 이주현의 집 분위기가 진실이와 진주가 들어온 이후 집안 분위기가 눈에 띄게 활기차고 명랑해진다. 이주현이나 그녀의 친아들도 이런 변화된 집안 분위기를 환영하고 반기게 된다.

새로 생긴 수양엄마의 애틋한 사랑을 받으며 그녀와 한집에서 같이 살게 된 것이 진실이와 진주는 얼마나 행복하고 마음 든든한지 몰랐다. 이 같은 기쁨을 감추지 못하는 진실이와 진주를 볼 때마다 이주현 또한 여태까지 경험해 보지 못했던 희열과 보람을 맛보게 된다. 특히 그들이 자기를 "엄마"라고 부를 때 짜릿하고 마음이 저려오는 느낌을 금할 수 없어 "오! 귀여운 내 새끼들"이라는 탄성이 절로 나온다. 그 애들을 집에 데려와 같이 생활하면서부터 이주현은 하루 종일 마음이 경쾌하고 뿌듯한 느낌을 갖는다. 집무실에서 일을 하다가도 그 애들 생각만 하면 절로 웃음이 나와 일하던 손을 놓고 멍한 생각을 하다가, 어떻게 해야 그 애들을 일류로 키울 수 있을까 하는 생각을 갖게 된다.

진실이와 진주가 비교적 짧은 기간 동안에 새로운 환경에 잘 적응할 수 있다고 하더라도 이들의 마음 깊은 속에 도사리고 있는 삶에 대한 두려움, 상처 받은 피해의식, 앞날을 예측할 수 없는 불안감 등을 떨쳐 버릴 수가 없어 고민하는 모습을 옆에서 지켜보는 이주현은 안쓰럽기만 하다. 그렇게 철석 같이 믿었던 엄마 아빠가 불시에 다 떠나 고아가 된 그들이 생각하는 것은 새로 생긴 엄마나 집이나 주위 사람들도 언젠가는 하나둘씩 그들 곁을 모두 떠나는 것 아닐까, 그렇게 되면 어떻게 살까 등이다. 이런 그들의 불안한 마음을 붙들어 주고 영원히 그들의 곁을 떠나지 않고 그들을 지켜줄 수 있는 절대적인 존재가 그들에게는 절대로 필요하다는 것을 이주현은 절실히 깨닫는다. 그리하여 이주현은 집 근처에 있는 교회를 하나 골라 일요일마다 그들을 데리고 가 예배를 드리고 종교생활을 하게 한다.

°二十一

사업을 하다 보면 초기에는 예상치 못한 문제나 시행착오가 발생하기 마련이다. "x이 있는 곳에 파리가 뀐다"라는 말이 있듯이 돈이 있는 곳에 온갖 잡사람들이 모여들어 소란을 피우고 말썽을 부리는 것은 흔히 볼 수 있는 현상이다. 그것이 자선사업을 하는 복지재단일 경우 더욱 심하다. 복지재단이 나눠주는 돈은 공짜 돈으로 오해하고 어중이떠중이가 다 모여들어 온갖 추태를 부리는 일이 드물지 않게 발생한다.

하루는 60대의 허울 좋은 남자가 직원들의 제지를 물리치고 이주현의 사무실에 들어와 그녀에게 뜬금없이 명함 한 장을 불쑥 꺼내 제시하며 자금지원을 요청한다.

낯선 남자 나 이런 사람인데요, 저의 단체에서 자금이 좀 필요해서 도와 주십사하고 찾아뵙게 되었습니다.

이주현 (명함을 받아 보니 ○○○ 퇴직□□ 친목회 부회장 김xx이라고 적혀 있다.) 아, 그런 문제라면 우리 재단 담당자를 만나 의논해 보십시오.

낯선 남자 담당자가 뭘 압니까. 총재님께서 직접 결정해 주시지요.

이때 이주현은 휴대전화를 꺼내들고 어디엔가 전화를 건다.

이주현 여보세요, 거기 서울시 경찰청이죠? 나 이철갑 복지재단 총재 되는 사람인데요, 지금 청장님과 통화를 하고 싶은데요. 아, 청장님 안녕하십니까. 저 이철갑 복지재단 총재입니다. 다름이 아니라 지금 제 사무실에 손님이 한분 오셔서요. 바꿔 드릴 테니 말씀 좀 나눠 보시지요.

이주현이 낯선 남자에게 전화를 바꿔 주려고 돌아보니 어느새 낯선 남자는 슬그머니 사라지고 없다. 이후에도 이런 일이 종종 발생했는데, 그때마다 이주현은 이렇게 대처했다. 또 그럴 때마다 돈을 요구하던 이는 어느새 사라졌고, 경찰청장과 통화 중이던 휴대전화에서는

"이 번호는 없는 번호입니다"라는 녹음된 음성이 흘러나온다.

또 한번은 일본 스모선수처럼 건장한 30대 남자가 휠체어를 타고는 목발을 짚은 지체장애인 십여 명을 대동하고 복지재단에 나타났다. 그는 지체장애인들은 복도에 대기 시켜놓고 자기는 부하 두 명과 함께 이주현의 사무실에 난입하여 주인이 앉으라는 말도 하기 전에 소파에 털썩 주저앉아 험상궂은 얼굴로 이주현을 응시하며 시비를 건다. 소위 해결사라는 작자다.

해결사　총재님, 저 복도에서 대기하고 있는 춥고 배고픈 사람들 좀 도와주시죠! 소년소녀가장만 사람입니까? 장애인은 사정이 더 절박합니다.

이주현　여기는 그런 식으로 돕는 곳이 아닙니다. 장애인 지원센터로 가 보시죠.

해결사　보자 하니 안 되겠군. 여보시오! 당신이 총재야?! 고구려호텔 사장이야?! 당신 목에다 밧줄을 매서 길 바닥에 질질 끌고 다녀야 알겠어?!

심상치 않은 분위기를 느낀 이주현은 해결사가 어떻게 나오든 상관 안 하고 하던 일만 계속 한다. 해결사는 자기의 말을 무시하고 대꾸도 하지 않는 이주현의 태도가 불쾌한 듯 더 큰 소리로 떠든다.

해결사　여보시오! 사람 말이 말 같지 않아! 손님이 왔으면 대접이 있어야 하지 않아?!

해결사는 담배를 꺼내 물고 팍팍 피우며 안달을 한다. 그때 이주현의 눈은 호랑이 눈에서 뿜어 나오는 광채로 레이저 광선처럼 날카로운 빛을 발산하고, 얼굴은 얼음장같이 차갑고 독한 오기가 넘쳐흐르는 살인적인 자태를 나타낸다. 그녀는 어금니를 꽉 물고 두 다리에 힘을 잔뜩 주고 앉아 단호한 태도를 보이며 끈기 있게 버틴다. 어디로 보나 호락호락 넘어갈 단순한 여자가 아니라는 것을 느끼게 한다. 그런 위압감에 압도당한 해결사는 기가 질리고 질식할 듯 숨을 몰아쉬며 비실비실 일어서 부하들과 같이 사무실을 빠져나간다. 그러고는 복도에서 대기하던 지체장애인들을 데리고 어디론가 사라진다. 이 장면을 옆에서 지켜보던 직원들은 근심 어린 표정으로,

직원들 총재님 경호원을 대기시킬까요?
이주현 필요 없어. 이런 것이 겁나면 대한민국에서 살질 말아야지.

이 일이 있고나서부터 이주현은 "세종로호랑이"라는 별명을 얻게 되고, 이 소문이 널리 퍼지자 다시는 조폭이나 해결사 들이 이철갑 복지재단 근처에 얼씬거리지 못하게 된다.

이주현에게 그처럼 호랑이의 사나운 면만 있는 게 아니다. 마음속에는 여리고 부드러우면서 역지사지(易地思之: 상대편의 처지에서 생각해 봄)의 온화한 면을 듬뿍 안고 있기도 하다. 우선 그녀가 결혼상대로 고른

103

배우자는 권세가나 재벌 집안의 귀공자가 아니라 극히 평범하고 선량한 일반 가정의 모범적 직장인이다. 한번은 한 택시 기사가 실수로 고구려호텔 출입문을 차로 들이받아 4억 원이 넘는 피해 변상금을 물게되었다. 택시기사가 고의로 그런 사고를 저지른 것이 아니라 실수로 한것이고, 직원을 시켜 택시기사의 집안형편을 알아본 결과 가정사정이몹시 어려워 그만한 변상금을 지불할 처지가 못 되었다. 이를 알게 된이주현은 그 변상금을 면제해 주도록 한다.

이처럼 이주현은 강온 양면을 두루 갖춘 균형 잡힌 여장부다. 비리나부정한 일 또는 행위에 대해서는 추상같은 엄한 태도를 보이지만, 힘없고 불쌍한 사람들의 딱한 사정을 대할 때는 온정과 선심을 베풀 줄 아는 따뜻한 여자다.

°二十二

조직정비와 사업계획이 매듭지어지고 제8차 소년소녀 가족들이 입주하고 난 후 어느 날, 이주현은 그동안 자기가 벌여온 복지사업에 대한김봉주의 반응 과 평가를 들어보기 위해 김봉주를 전화로 불러 점심약속을 한다. 이들은 정오에 고구려호텔 식당 특실에서 마주 앉는다.

이주현 오래간만입니다. 그동안 바쁘셨죠?

김봉주 네, 좀 분주하게 지냈습니다. 복지재단 사업은 잘 진행됩니까?

이주현 예, 덕분에 별 차질 없이 진행되고 있습니다.

이주현 칵테일 한잔 하시죠.

김봉주 총재님이 하시면 저도 한잔 하겠습니다.

이주현 저도 한잔 할 겁니다.

이주현은 웨이터를 불러 칵테일 주문을 받도록 한다.

웨이터 무엇을 드시겠습니까?

김봉주 올리브를 얹은 마티니 한 잔 주세요.

웨이터는 똑같은 질문을 이주현에게도 한다.

이주현 나도 같은 것으로 주세요.

이주현은 마티니를 조금씩 마시며, 그동안 자기가 집행해온 복지재단의 사업내용과 해결사를 비롯한 어중이떠중이들의 황당한 행동을 비교적 자세하게 설명한다. 그러고는 자기가 진실이와 진주에게 매력을 느껴 수양딸로 삼아 자기 집에 데려다 같이 생활하고 있다는 얘기도 한다.

이주현의 설명을 들으며 김봉주는 그녀의 폭넓은 시야와 체계적인 분석력을 바탕으로 한 주도면밀하고 빈틈없는 사업 설계와 추진능력에 깊은 감명을 받는다. 역시 대기업에서 실지훈련을 쌓으며 경영수업을 받은 인재는 어딘가 남다른 면이 있다는 것을 실감한다. 김봉주는 특히 이주현이 두 명의 수양딸을 삼게 되었다는 말에 감명을 받는다.

김봉주 그동안 고생 많이 하셨군요. 말씀을 듣고 보니 돈을 벌기도 어렵지만 돈을 쓰기는 더욱 어려운 것 같습니다.

이주현 제가 한 일 중에서 뭐 미진한 부분은 없는지요?

김봉주 일을 하도 완벽하게 처리하셔서 바늘 들어갈 틈이 없는 것 같네요. 특히 수양딸 자매를 두게 된 것을 축하하며, 아주 좋은 일을 하셨다고 생각합니다.

이주현 감사합니다. 그 애들 생각만 하면 아주 신바람이 납니다. 앞으로 그 애들을 일류로 키울 생각입니다.

김봉주 일류로 키우신다면, 한국에서 일류인가요, 아니면 세계에서 일류인가요?

이주현 물론 세계에서 일류로 키워야 하겠죠. 지금은 지구촌 시대이니까요. 혹시 가능하시다면 김 교수님께서 이 일을 도와주셨으면 합니다.

김봉주 그런 일이라면 사양하지 않겠습니다. 제가 한번 구체적인 계획을 마련해 볼까요?

이주현 좋습니다. 기다리겠습니다.

˚二十三

　김봉주는 어떤 일을 하다가 아이디어가 달리면 하던 일을 내려놓고 남산을 산책하며 이런저런 생각을 하면서 남산골 민속마을에 있는 스트리트 뮤지엄에 들른다. 거기서 가끔 새로운 영감이나 착상을 얻기 때문이다. 얼마 전에는 초현실주의에 관한 작품이 전시되어 있었는데, 최근에는 디터 람스(Dieter Rams)에 관한 소개와 그의 디자인에 관한 착상 및 작품이 전시되어 있어 김봉주의 관심을 끈다. 그는 스트리트 뮤지엄에 들어가 그 내용을 자세히 살펴본다.

　안내문의 설명에 의하면 디터 람스는 1932년 5월 20일 독일 비스바덴에서 태어나, 브라운사의 수석 디자이너를 지낸 대표적인 독일의 산업 디자이너이다. 그는 SK4Record Player(1956), T시리즈, 라디오, 606 Universal Shelving System을 디자인하고 1961년 T100 World Reciever와 브라운관, 첫 번째 테이프 리코더 TG60 을 디자인하였으며, 1988년 은퇴할 때까지 브라운사에서 오디오 시스템뿐만 아니라 라이터, 계산기, 텔레비전, 시계 등 500여 개의 제품을 디자인했다. 그의 디자인은 미니멀리즘(minimalism: 최소한 표현주의)을 추구하고 제품의 실용성, 편리성, 단순함, 견고함을 추구한다. 독일 디자인 르네상스의 핵심인물로 뽑히고 있다. 그의 제품은 뉴욕현대미술관에 전시되어 있다.

적게 디자인할수록 더 좋다(Less is better)라는 것이 그가 지향하는 목표다. 이 말은 곧 미니멀리즘의 고전이 되었다. 애플의 최고 디자인 경영자(CDO)인 조나단 아이브(Jonathan Ive)는 "애플 디자인은 디터 람스의 디자인을 참고한 것"이라고 이야 한 바 있다. 아이폰, 아이팟 등 애플의 히트 상품들은 디터 람스가 디자인한 제품에서 영감을 받은 것이라고 한다.

시대를 뛰어넘어 디터 람스의 디자인은 애플의 조나단 아이브(Jonathan Ive), 후구사와 나오토(Fukusawa Naoto), 제스퍼 모리슨(Jasper Morrison) 등 현재 활동하고 있는 많은 디자이너에게 영향을 미쳤다. 또한, 디터 람스 가 자신의 디자인팀과 공유했던 "좋은 디자인을 위한 10계명(Ten principles of good design)"은 디자인계뿐만 아니라 많은 이들에게 교과서처럼 받아들여지고 있다. 그 10계명은 다음과 같다.

1. Good design is innovative: 좋은 디자인은 혁신적이다.
2. Good design makes a product useful: 좋은 디자인은 제품을 유용하게 한다.
3. Good design is aesthetic: 좋은 디자인은 아름답다.
4. Good design makes a product understandable: 좋은 디자인은 이해하기 쉽다.

5. Good design is honest: 좋은 디자인은 정직하다.

6. Good design is unobtrusive: 좋은 디자인은 불필요한 관심을 끌지 않는다.

7. Good design is long-lasting: 좋은 디자인은 오래 지속된다.

8. Good design is thorough down to the last detail: 좋은 디자인은 마지막 디테일까지 철저하다.

9. Good design is environmentally friendly: 좋은 디자인은 환경 친화적이다.

10. Good design is as little design as possible: 좋은 디자인은 최소한으로 디자인한다.

이것을 읽어 보고 김봉주는 생각한다. 제품을 만들어 내고 포장해 내는 것을 디자인이라고 한다면, 사람을 만들어 내고 포장하는 것 역시 디자인이라고 할 수 있다. 그런데 사람을 제품과 동일선상에 놓고 디자인한다고 일컫는 것은 비인도주의적인 느낌이 들기 때문에 사람의 경우는 디자인한다고 하지 아니하고 교육한다고 할 뿐이다. 따지고 보면 사용하는 용어만 다를 뿐이지 그 내용에 있어서는 디자인이나 교육이나 다를 바가 없다. 그래서 김봉주는 앞으로 진실이와 진주의 교육에 있어서 디터 람스의 좋은 디자인을 위한 10계명을 준용하기로 마음먹고 이것에 근거해서 좋은 교육의 10계명을 만들어 본다. 그리고 나서 며칠 후 이주현을 만나 그것이 포함된 서류 한 통을 건넨다. 서류에는 무궁화 꽃 개화 작전에 관한 세부내용이 적혀 있다.

무궁화 꽃 개화 작전

목표:

세계 초일류급 인재양성(UN사무총장 반기문, 세계은행 총재 김용, 국제해
사기구 사무총장 임기택 등에 버금가는 인물)

수단:

1. 세계언어(영어 및 중국어 등)의 능통한 구사
2. 수학의 정복
3. 좋은 교육 10계명의 실시
4. 세계일류 명문대학 진학

좋은 교육 십계명:

1. 좋은 교육은 혁신적인 인간을 양성할 수 있어야 한다. 항상 현실
   에 안주하고 구태의연한 생활을 따분하게 이어가는 사람이 되게
   해서는 안 될 것이다.
2. 유용한 인간, 즉 쓸모 있는 인간이 되게 해야 한다. 항상 남에게
   의존하고 한정된 자원을 축내기만 하는 밥벌레를 길러내는 교육
   이 되어서는 안 될 것이다.
3. 아름다운 인간이 되도록 도와주어야 할 것이다. 아름다움이란
   얼굴이나 단장하고 명품 옷을 걸치는 데서 나타나는 것이 아니라
   마음속에서 절로 울어나는 것이다.
4. 이해하기 쉬운 인간이 되도록 해야 한다. 생각이나 행동거지가

원활하지 못하여 난해한 인간을 만들어 내서는 안 된다.

5. 정직한 사람을 배출해야 한다. 부정행위나 범법행위를 식은 죽 먹듯 하는 범법자를 양산해서는 안 된다.

6. 불필요하게 남의 관심을 끌려고 아등바등하는 사람을 길러내는 것이어서는 안 된다. 그런 사람 치고 좋은 사람이 없다.

7. 인간의 심성은 가마솥 모양으로 오래 끓고 열기가 오래 지속되어 야지 금세 뜨거웠다 금세 싸늘하게 식어 버리는 냄비 근성이 되어서는 안 된다.

8. 한 번 일에 손을 댔다 하면 철두철미하고 착실하게 끝매김을 할 줄 아는 능력자를 양성하는 교육이어야 할 것이다. 어영부영하는 엉터리를 양산하는 것이어서는 안 된다.

9. 환경파괴로 오늘날 인간이 겪고 있는 각종 재난을 생각해 보자. 절대로 환경을 파괴하는 일은 못 하도록 철저하게 가르쳐야 할 것이다.

10. 인간교육이 아무리 필요하고 좋은 것이라고 하더라도 정도 이상으로 해서는 안 된다. 특히 피교육자가 원하지도 않고 필요하지도 않는 것을 교육자들의 과도한 욕심으로 일방적으로 강요하고 주입하는 식이 되어서는 안 될 것이다.

김봉주가 준비해 온 무궁화 꽃 개화 작전을 받아 읽어 보고 난 이주현은 김봉주의 끊임 없는 호기심, 면밀한 준비 능력, 선제적 문제해결 태도 등에 깊은 감명을 받는다.

이주현   이대로라면 완전무결하여 나무랄 데 없는 무궁화 꽃이 활짝
         피겠네요.

김봉주   그렇게 되기를 바랍니다. 우리 합심하여 그렇게 되기를 기
         도하고 노력합시다. 세계일류 인재를 만들려면 세계 일류대
         학에 진학시켜야 하고 그렇게 하려면 적어도 영어만은 자유
         자재로 구사할 수 있어야 하는데, 제가 그 일을 좀 거들어
         드려도 될까요?

이주현   물론 환영이지요. 김 교수님께서 그 일을 맡아 주신다면야
         감지덕지이지요.

김봉주   언어문제는 그렇다 치고, 세계 일류대학에 진학하려면 수학
         을 잘 해야 할 터인데요?

이주현   아, 그 문제는 제가 별도로 해결하겠습니다.

　김봉주는 이주현이 교육십계명에 대해 만족해하는 모습을 보고 홀가
분하고 다행스럽다. 이렇게 하여 김봉주는 진실이와 진주의 영어 및 중
국어 교육을 방과후에 그의 오피스텔에서 실시한다. 김봉주는 이를 위
해 인체의 각 부분의 명칭을 영어와 중국어로 표시하는 것을 비롯하여
일상생활용품, 교통수단, 공공시설, 산천초목 등에 관한 단어를 A4 용
지에 미리 적어 두었다가 진실이와 진주가 오면 그것을 외우도록 하고
하루에 적어도 10단어를 반드시 외우도록 한다. 그날 외워야 할 단어는
그날 시험에 합격해야 집에 돌아가도록 엄격한 규칙을 시행한다.

　진실이와 진주는 두뇌회전이 빠르고 기억력이 뛰어나기 때문에 그들
의 외국어 실력은 날이 갈수록 는다. 어려운 가정형편 때문에 공부하

고 싶어도 하지 못하던 터라 배움에 허기지고 목말라 하던 차에 김봉주에게 가르침을 받으니 그렇게 시원하고 기쁠 수가 없었다. 그래서 무엇이든지 김봉주가 가르치는 대로 즉시즉시 따라간다. 계획대로라면 하루에 10 단어, 일년에 3천6백5십 단어, 3년 후면 이 아이들은 1만 단어 이상을 외워 보통 의사소통은 물론 웬만한 도서는 쉽게 독파할 능력을 갖추게 될 것이다.

°二十四

　이주현은 김봉주와 헤어지고 집무실로 돌아와 김봉주가 건네 준 좋은 교육 십계명을 다시 꺼내 읽어 보며 곰곰이 생각한다. 자기가 여태까지 진실이와 진주에게 해 준 것이 좋은 교육 십계명에 위배되는 것은 아닌지, 자기는 진실이와 진주에게 잘 해 준답시고 했는데 그것이 도리어 애들에게 독이 되지는 않았는지, 과대포장은 아닌지, 혹시 김봉주가 디터 람스의 말을 빌려 자기가 진실이와 진주를 잘못 지도하고 있는 것을 간접으로 비평하는 것은 아닌지? 생각하면 생각할수록 별의별 생각이 다 들었지만, 분명한 것은 좋은 교육 십계명은 기본적으로 올바른 내용이고, 설사 자기가 좀 지나친 면이 있었다면 시정하면 되므로 문제

될 것이 없다는 결론에 이른다. 그러고는 매일 아침 집무실로 출근하여 일을 시작하기 전에 김봉주가 적어 준 부친에 대한 기도문을 반드시 읽고 좋은 교육 십계명을 한번 훑어보고 나서야 일을 시작하는 습관을 갖는다.

이주현은 한 그루의 아름다운 무궁화 꽃을 피우려면 엄동설한의 삭풍을 막아 줄 바람막이와 찌는 듯 무더운 여름의 열사와 태풍 및 폭우를 막아 줄 안식처가 필요한데 그것은 자기가 마련해 줄 수 있겠다 싶다. 그밖에 꽃이 성장하는 데 필요한 온갖 자양분과 온도와 습도의 조절, 병충해 방지 등, 물리적인 구비요건은 얼마든지 풍족하게 제공할 능력과 자신이 있지만, 단 한 가지 즉 정신적인 욕구와 필요에 관해서는 자신이 없다. 특히 진실이와 진주는 부모의 돌연한 사망으로 받은 정신적인 충격이 너무나 크고 그 상처가 깊어서 그 트라우마에서 좀처럼 헤어 나오지를 못하고 있었다. 그럴수록 이주현은 자기가 이 애들을 위해서 든든한 방패, 견실한 바람막이, 배가 안전하게 대피할 수 있는 안전한 항구 역할을 해 주겠다는 결의를 다진다.

이주현은 아침 일찍 일어나기가 무섭게 애들 방으로 들어가 애들 학교 갈 준비를 시키고 이들이 소화해야 할 하루의 일정을 꼼꼼히 챙긴다. 옷도 남의 눈에 띄지 않는 수수한 옷으로 입히고 인스턴트식품이나 살찌는 음식은 배제하고 건강식품으로 하루 세 끼, 한 끼도 건너뛰지 않고 꼬박꼬박 챙겨 먹도록 한다. 하루에 한 시간은 반드시 틈을 내어 운동을 하도록 하고 여가 시간에는 음악을 듣거나 TV를 보도록 한다. 무엇보다도 중요한 것은 이주현이 그 바쁜 일정 속에서도 틈을 내어 그들과 대화하는 시간을 갖고 안아 주고 뽀뽀해 주는 것이다. 이주현은 인자하고 어진 어머니, 엄한 아버지, 꼼꼼한 교사의 삼인 역할을 충실히 해 내려고 온갖 노력을 기울이고 있다. 이러는 가운데 이주현과 애들 간에는 애틋한 모녀간의 사랑의 싹이 움터서 무럭무럭 자라고 애들은 따뜻하고 폭신한 삶의 보금자리로서의 집을 발견하게 된다. 이렇게 사랑과 온정이 넘치는 가정환경 속에서 진실이와 진주는 하루가 다르도록 몰라보게 성장해 가고 있다.

°二十五

진실이와 진주의 새로운 생활이 만족할 만큼 자리 잡혀 가는 것을 본 이주현은 그들의 외국어 공부가 어느 정도 진척되고 있는지, 애들의 학습태도는 만족스러운지, 기타 예기치 못한 문제는 없는지, 또 그들의 중고등 교육은 어디서 받는 게 좋은지 등등, 궁금한 문제들에 관해 김봉주의 의견을 들어보기 위해 김봉주를 고려호텔 식당으로 불낸다.

이주현   너무 자주 뵙자고 해서 미안합니다.

김봉주 별말씀을요. 사업은 잘 진행되고 있겠지요?

이주현 예, 덕분에 별 차질 없이 잘 진행되고 있습니다.

이주현 오늘 뵙자고 한 까닭은 진실이와 진주의 외국어 학습에 관해서 여쭙고 싶은 것이 있어섭니다. 애들이 교수님 말씀 잘 듣는지요?

김봉주 예, 애들이 얼마나 똑똑하고 착실한지 모릅니다. 책임감도 강하구요. 숙제는 꼬박꼬박 잘들 하고 있습니다. 걱정 안 하셔도 됩니다.

이주현 그 애들 중고등학교 교육은 어디에서 시키는 것이 좋을는지요?

김봉주 제 소견으로는 중학교까지는 한국에서 마치도록 하고 고등학교부터는 미국으로 보내 유학하게 하는 것이 그들의 앞날을 위해서 좋을 듯 합니다.

이주현 알겠습니다. 그러면 시간이 충분히 있으니 천천히 대비해도 되겠네요.

김봉주 그렇습니다. 그동안 영어와 수학을 집중적으로 수학하도록 하면 별 문제 없을 겁니다.

이주현은 그동안 진실이와 진주가 변경된 환경에 적응하느라고 얼마나 애를 쓰고 있는지, 특히 문화충격(cultural shock) 내지 심리적 충격을 얼마나 잘 이겨내고 있는지 등에 관해 자세히 설명한다.

김봉주는 그녀의 말을 들으며 언젠가 그가 설악산에서 한번 본 적이 있는, 창공으로 곧추 뻗어 올라간 한 그루의 수려하고 우람한 낙락장송을 연상한다. 그러면서도 어딘가 매몰차고 매섭고 야무진 면과 순발력이 온몸에서 배어나오는 것을 느낀다. 그러곤 그녀가 한번 손을 댄 일은 끝장을 보고야 마는 성격의 여인임을 직감한다. 이것이 바로 김봉주가 마음속에 늘 그리던 이상형의 여인상이 아니던가. 그녀는 결코 한 기업이나 자선단체에 몸을 담고 한정된 업무분야에서만 재능을 발휘할 사람이 아니다, 또 그렇게 놔둬서도 안 될 인재라고 생각한다. 그런 인재를 명품 브랜드의 옷이나 입혀 팬들의 귀여움을 받으며 인기몰이나 하는 아이돌 수준에 머물게 해서는 그녀 개인을 위해서나 사회를 위해서 손실이요 낭비라고 김봉주는 생각한다. 그녀는 사회의 지도자, 국가의 동량이 될 조건을 거의 모두 다 갖추고 있는데, 한 가지 중요한 요소가 빠져 있다고 김봉주는 생각한다. 중국 고사성어에 "만사는 갖추어져 있는데, 동풍이 안 불고 있다(万事俱备, 只欠东风)라는 말을 김봉주는 떠올린다. 그 동풍을 불게 하여 그녀로 하여금 큰일을 저지르도록 한 번 해 볼까 하는 충동을 김봉주는 강하게 느낀다.

김봉주   그 애들을 교회에 데리고 나가 신앙심을 키워 주신 것은 썩
        잘하신 일입니다.

이주현   혹시 제가 참고할 만한 새로운 구상이나 착상 같은 것은 없
        는지요?

김봉주   한 가지 있기는 합니다만, 말씀드리는 데 좀 시간이 걸릴 것
        같기도 하고, 좀 외람된 말씀 같기도 해서, 지금 말씀드려야
        할지 잘 판단이 안 섭니다.

이주현 마음 편히 기탄없이 말씀하시지요. 시간은 염려하지 않아도 됩니다. 우선 칵테일 한 잔씩 더 하시지요.

기봉주 네, 그럼 결례를 무릅쓰고 말씀드리겠습니다.

최종 목표는 ○○○입니다. 이 목표의 달성을 위해서는

첫째, ▽▽▽▽

둘째, □□□□

셋째, ◎◎◎의 과정을 거쳐야 합니다.

이주현 그건 간단히 결정할 문제가 아닌 듯싶네요. 기왕 말씀해 주셨으니 한번 고민은 해 보겠습니다만, 그 방면의 일은 전혀 자신이 없습니다. 자, 목이 마르실 테니 우선 칵테일 한잔 더 하시지요.

김봉주 세 가지 일을 한꺼번에 다 성사시키려고 하시면 숨이 가쁘고 근력이 딸리는 기분이 들어 겁을 먹게 됩니다. 이철갑 총수님이 하신 말씀 기억하십니까? "밥은 한 술 한 술 떠먹고 길은 한 발짝 한 발짝 내딛어야 한다"라고 말입니다. 큰 부담감 갖지 마시고 시간을 두고 잘 생각해 보시지요.

이주현 알겠습니다. 심사숙고한 후에 알려 드리겠습니다.

김봉주 점심 고마웠습니다. 즐거운 시간 주셔서 감사합니다.

이렇게 하여 두 사람의 이날 오찬모임은 마티니 세 잔을 곁들인 새우 스파게티를 들며 장장 두 시간 여의 긴 대화로 마무리한다. 김봉주 와 헤어진 이주현은 둔기로 뒤통수를 한 대 얻어맞은 것처럼 멍한 느낌을 받는다. 그날 하루 종일 일이 손에 잡히지 않고 김봉주가 한 말이 뇌리에서 감돈다. 밤에 잠자리에 들어서도 몸을 뒤척이며 좀처럼 그 생각에서 벗어나지를 못하고 잠을 설친다. 그 다음 날 아침 늦게 부은 눈으로 침상에서 일어난다.

이주현은 이번 기회에 자기가 걸어온 인생역정의 전반을 뒤돌아보고 반성하며 앞날의 진로를 재구성해 보기로 한다. 돌이켜 보건대 자기는 금수저를 물고 태어나 고생이 뭔지 배고픔이 뭔지 모르고 무엇이든지 마음먹은 대로 술술 풀려 나가는 팔자 좋은 삶을 살아왔다. 그저 나이 들기만 기다리면 손에 물 한 방울 묻히지 않고도 직장이 생기고 가정이 생기고 돈이 모이는 늘어지게 팔자 좋은 인생을 누려왔다. 한 기업을 책임지고 운영하는 기업인이 되고 난 후에도 솔직히 남들처럼 자금이 달려 만기가 되어 돌아오는 채무를 변제하고 부도를 틀어막기 위하여 손발이 달토록 뛰는 나머지 잠을 못 이루고 피가 말라드는 것 같은 호된 시련을 겪어본 경험이 전혀 없다. 그저 앉아서 시간만 기다리면 기업의 규모는 눈덩이처럼 저절로 커지고 불어나며, 돈은 힘들여 버는 것이 아니라 갈퀴로 긁어모으는 것 같은 착시 현상이 들 정도로 굴러들어 온다. 이런 환경에서 살아 온 그녀에게 금전의 관념은 한낱 숫자에 불과하고, 기업운영의 목적, 돈 버는 목적, 아니 인생의 목적 자체가 분명하지 않은 상태에서, 그런 생활궤도를 충실히 쫓아가는 것만이 모범적인 인생인 것처럼 생각해 왔다.

이주현은 이철갑 복지재단을 맡아 운영하면서 그러한 자신의 생활관에 변화가 일어나고 있는 현상을 스스로 감지하게 된다. 그녀는 매일 소년소녀 가족들의 어렵고 안타까운 사정을 직접 보고 느끼면서, "돈은 벌어서 이런 데 써야 하겠구나." 하고 되새기게 된다. 그녀는 그것이 바로 세간에서 귀가 아프도록 거론되고 있는 "노블레스 오블리주(높은 신분에 따른 도의상 의무)"가 아닌가 생각한다. 특히 진실이와 진주를 수양딸로 삼고 난 후부터는 더욱 그렇다. 그녀의 생활철학과 가치관에 변화가 일어나기 시작한 것이다.

동시에 그녀는 그녀로 하여금 상대적으로 월등히 뛰어난 생활환경에서 근심 걱정 없이 잘 살 수 있게 해 주신 부모님에 대한 고마움, 사회에 대한 고마움, 국가에 대한 고마운 마음을 새삼 느낀다. 그에 대한 보답으로 이제부터는 단순히 사업을 해서 돈 버는 것을 지상목표로 하는 생활에서 벗어나 불행한 환경에서 고생하며 살아가는 사람들을 위해서 시간과 노력을 기울여야 하겠다고 생각한다. 막상 그러한 일을 하려고 하니 무엇을 어디서부터 시작해야 할지 찾아내기가 쉽지 않다. 한번 김봉주와 상의해 볼까 했지만, 막상 연락을 취하려니 적이 망설여진다.

˚二十六

　김봉주는 얼마전 이주현에게 제의했던 과제에 대한 답이 없어 기다리다가 답답하기도 하고 궁금하기도 해 연락을 취하고 싶었다. 그런데 전화를 걸자니 체통이 안 설 것 같고, 그렇다고 편지를 쓰자니 쑥스러워, 생각을 거듭하고 있던 중 천만다행으로 이주현과 연락을 취할 구실을 찾을 호재가 하나 생긴다.

　김봉주는 이전이나 다름없이 남산 순환도로를 따라 아침 일찍 산책에 나선다. 남산 국립극장 쪽에서 한옥마을 쪽으로 가다 약 200미터 지점에 장춘단공원 쪽으로 빠지는 샛길이 있고 거기에는 지나가던 사람들이 쉬어 가도록 의자가 마련되어 있는 곳이다. 김봉주는 잠시 쉬어갈 생각으로 의자에 걸터앉아 동쪽 하늘을 보니 마침 해가 떠오르려고 그 주변이 벌겋게 붉은 노을이 지기 시작한다. 조금 더 있더니 해가 떠오르는데 마침 고구려호텔 지붕 위에 모습을 드러내고는 방긋 웃는 모습을 보인다. 김봉주는 하도 신기하고 드문 광경이라 휴대폰을 들이대고 그 광경을 미친듯이 찍어 갤러리에 보관한다. 그러고는 다음과 같은 시를 써서 사진을 첨부하여 이주현에게 보낸다.

안녕하십니까?

동봉한 사진은 제가 지난 토요일 이른 아침 남산 순환도로를 산책하다가 우연히 목격한 광경인데, 그 모습이 마치 태양이 작열하는 광채를 뿜어내기 직전 잠시 고구려호텔 지붕 위에서 쉬고 있는 듯한 장면으로 보여 스마트폰 갤럭시 S7로 포착한 것입니다. 제가 사진촬영이 서툴기도 하거니와 구름이 많이 끼어서 그다지 선명하게 나오지 못한 것이 유감입니다. 시간만 잘 맞출 수 있다면 둥근 보름달이 고구려호텔 지붕 위에서 쉬고 있는 장면도 같은 장소에서 촬영할 수 있을 것입니다.

이 사진을 보고 시상이 떠올라 시 한 수를 지어 보내드립니다.

쉼터

누가 말했던가 해 뜨기 전이 제일 어두운 때라고
해님이 구만리 장정에서 다리가 아파서일까
고구려호텔 지붕 위에 앉아 쉬고 있네
눈부시게 찬란한 광채도 거둔 채 발 뻗고
허리 펴 재충전하려고 휴식을 취하고 있네
그러니 세상이 어두울 수밖에
달님도 덩달아 고구려호텔 지붕 위에서 쉬고 있네
청풍명월이라 했던가 이 풍진 세상에 아름다운 마음씨와
신선한 기운을 듬뿍 퍼부어 줄 생기를 되찾기 위해

고구려호텔 지붕 위에 내려 앉아 휴식을 취하고 있네
사람들은 그 광경을 보고 외치네
와! 고구려호텔은 해님 달님도 즐겨 찾는 쉼터였었구나
외국 사람들도 이구동성으로 외치네

Yah! kokuriohotel is the place where
even sun and moon love to take a breakt

对啊! 高句丽饭店是太阳和月亮也喜爱的休息处

本当! 高句丽ほでるわ お日様 お月様も　好む　お休み　場よね
　해님 달님은 계속해서 온누리에 작렬하는 광채와 싱그러운 생기
를 불어넣어 주기 위해 희희낙락한 모습으로 고구려호텔 쉼터를
떠나네 내일 새벽에 고구려호텔 지붕에서 또 만나자며

　며칠이 지나도 이주현에게서 소식이 없어 마음은 더욱 초조해 가기
만 한다. 김봉주는 실망하지 않고 또 접촉을 시도한다. 이번에도 시를
써서 간접대화를 꾀해 본다. 평소 김봉주는 이주현에게 별명을 하나 지
어 주려고 마음먹고 있던 차라, 이번에 그 생각을 구체화하여 "신앙마"
라 작명하기로 결심하고 "신앙마"를 주제로 한 시를 작시하여 이주현에
게 보낸다.

이주현 대표이사님께

안녕하십니까.

요즘 돌아가는 세상물정을 보고 마음이 답답해서 느낀 점을 시로 표현해 보았습니다. 혹시 거슬리는 면이 있다면 사전 용서를 구합니다. 노망기 있는 한 늙은이의 부질없는 백일몽쯤으로 치부하시기 바랍니다.

대표이사님의 건승을 빕니다.

신앙마

신앙마가 고구려 쉼터에서 쉬고 있네
신사임당의 신
앙겔라 메르켈의 앙
마가렛 대처의 마가 섞이어 신앙마가 태어났지

신앙마가 고구려 쉼터에서 휴식 취하고 있네
사임당의 풍부한 지혜
메르켈의 무쇠 녹이는 열정
대처의 금강석 의지 난세 구하네

신앙마가 고구려 쉼터에서 수련하고 있네
사람 길러 갈고 닦는 것 사임당 따를 자 없고
일자리 만들어내는 것 메르켈이 적임이고
나라와 땅 지키는 것 대처가 제격이지

신앙마가 고구려 쉼터에서 출정 서두르네
따스한 봄볕 받아 터지는 목련화 꽃망울처럼
언제 분출할지 모르는 이글거리는 용암처럼
발톱 숨기고 때 기다리다 튀어나오는 호랑이처럼

신앙마가 드디어 제 모습 드러내네
새 시대 선구자 되기 위해
통일시대 지도자 되기 위해
지구화시대 샛별등대 구실 하기 위해

시를 쓰고 나서도 이주현의 미적미적한 태도가 미덥지 못해 다음과 같은 시를 한 수 더 써서 "신앙마" 시에 곁들여 보낸다. 일종의 결단을 재촉하는 의미의 독촉장인 셈이다.

타령

에베레스트 높다지만 하늘 아래 뫼다
오르고 오르면 못 오를 리 없거늘
오르지 않고 뫼만 높다 하누나

마리아나 해구 깊다지만 하늘 아래 호수다
잠수 잠수 하면 못 닿을 리 없거늘
잠수 않고 호수만 깊다 하누나

분단선 굵다지만 하늘 아래 실타래다
풀고 풀면 안 풀릴 리 없거늘
풀어보지도 않고 실타래만 굵다 하누나

좌우발이 목소리 고래 같다지만 하늘 아래 모기소리다
눈 들어 멀리 보면 칠색 무지개 보이거늘
제눈 들보 못 보고 남의 눈 티끌만 탓하누나

북악산길 가시밭 같다지만 하늘 아래 잔디밭이다
걷고 걸으면 이르지 못할 리 없거늘
걸어보지도 않고 가시밭타령만 하누나

김봉주의 끈질긴 접촉노력이 주효해서일까, 몇 주일이 지난 어느 날

이주현은 김봉주에게 전화를 걸어 점심 약속을 청한다. 전례대로 고구려호텔 안에 있는 양식 식당 특실에서 마주앉아 관례대로 마티니 칵테일을 마시며 대화를 이어 간다.

이주현 전번에 말씀하신 문제에 관해서 깊이 생각을 해 보았는데요, 제가 그런 일에 발을 들여 놓기에는 뭔가 부족한 것이 있다는 생각을 떨쳐 버릴 수가 없습니다. 교수님이 보시기에 제게 모자라는 것이 무엇인지요?

김봉주 아, 그거요. 참 좋은 점을 깨달으셨네요. 제가 보기에 총재님의 경우 한 가지 모자라는 것이 있다면 "모험심"이라고 생각합니다. 총재님은 인품이나 자질이나 능력 면에 있어서 모든 것이 완벽하게 갖추어져 있다고 생각 되는데, 큰일 하시기에 한 가지 모자라는 것이 있는데 그것은 "모험심"입니다. 총재님은 성격상 실수하는 것, 실패 하는 것, 손해 보는 것을 용납하지 않는 완벽주의자이십니다. 돌다리도 두드려 보고 조심조심 건너가는 스타일이시지요. 관건은 그 완벽주의적 성격, 조심주의, 안일주의 등을 과감하게 타파하고 과단성 있게 한 번 큰 모험을 결행해 보는 도전정신입니다. 코피 터지는 것을 두려워하는 권투선수가 우승벨트를 차지할 수 있겠습니까? 발목 삐는 것을 무서워하는 빙상선수가 금메달을 딸 수 있겠습니까? 낙반사고나 눈사태를 무서워하는 사람이 히말라야를 정복할 수 있겠습니까? 일을 주도면밀하게 계획하고 준비하여 추진하는 것도 중요하지만, 우선 저질러 놓고 보는 과단성, 모험심, 도전정신도 중요합니다.

실패하는 것을 두려워 마십시오. 시인 서태수는 그의 시 "폭포"에서 "한번 도 떨어지지 않고 어찌 강이 되겠는가"라고 읊고 있습니다. "실패는 성공의

어머니다"라는 말도 있지 않습니까. 실패하지 않고 성공할 수 있다면 야 얼마나 좋겠습니까마는, 이 세상에서 그런 사람이 몇이나 되겠습니까. 위대한 과학자, 위대한 예술가, 위대한 기업인, 위대한 정치가 들이 하나같이 뼈저린 실패의 고초를 딛고 일어나 소기의 목적을 달성한 것을 많이 보지 않습니까.

척 하면 천리 앞을 내다볼 수 있는 천리안과 탁 하면 상대방의 뱃속 구석구석까지 훤히 꿰뚫어볼 수 있는 혜안과 통찰력을 갖고 있으면서, 동시에 눈치 빠르기로 따지자면 누구 못지않게 번개 불에 콩 구워 먹는 것처럼 빠르고 민첩한 이주현은 김봉주의 말에 함축된 뜻을 금세 알아차린다. 그래서 김봉주는 이주현에게 "천리안에 번갯불(千眼电光)"이라는 아호(별명)를 붙이기로 작정한다.

이주현   저의 아픈 곳을 꼭 집어 주셨네요. 그럼, 히말라야를 정복하는 모험을 한번 저질러 볼까요? 그것은 김 교수님이 등산 가이드 역할을 맡아 주신다는 전제 하에서 그렇게 해 보자는 말입니다.

김봉주   듣던 중 가장 반가운 소식입니다. 물론 최선을 다해서 가이드

노릇을 하겠습니다. 그런데 한 가지 요청 드릴 게 있습니다.

이주현　그게 무엇인가요?

김봉주　아시다시피 세상에는 우호적인 사람만 있는 것이 아니라 냉
　　　소적이고 헐뜯고 반대하는 사람도 적지 아니합니다. 총재님
　　　께서 그런 일에 일단 착수하시면 별의별 사람들이 총재님의
　　　신상 털기에 여념이 없을 것입니다.
　　　그러니 총재님 "신상 관리"에 특별히 주의하셔야 할 겁니다.
　　　그 점만 주의 하시면 별 문제 없으리라고 생각합니다.

이주현　명심하겠습니다.

김봉주　여러 사람이 참여하는 협동행위에는 이름 붙이는 것이 정상
　　　적인 현상이므로 우리도 이번 작업을 "히말라야 정복 작전
　　　(약칭으로는 히정작)"이라고 부르는 것이 어떻겠습까?

이주현　그거 좋은 명칭 같습니다. 그렇게 부르도록 하시지요.

김봉주　그러면 우리 "히정작"의 첫 단계인 ▽▽▽▽부터 착수하기로
　　　하지요. 아참, 그 전에 제가 오늘 총재님께 선물 하나를 준
　　　비했습니다.

이주현　그게 뭔데요?

김봉주　제가 총재님의 아호를 지었습니다. "천리안에 번갯불"이라
　　　고요. 중국어로는 "千眼电光"이라고 합니다. 맘에 드실지
　　　모르겠습니다.

이주현　그거 참 재미있는 아호네요. 제 성격을 잘 나타내는 것 같기
　　　도 하고요. 앞으로 자주 애용하겠습니다 .

이때 김봉주는 이주현이 긍정적인 태도로 나올 것을 예상하고 미리 준비해 간 책 보따리를 꺼낸다. 모두 빈곤 문제, 사회보장제도, 소득재분배 등과 관련된 서적과 논문 뭉치다.

김봉주   이것은 총재님께서 풀어야 할 숙제를 위한 참고자료입니다. 천천히 읽어 보시고 소화하시어 총재님의 정신적인 근육과 피를 만드는 데 활용하십시오.

이주현   뭐 대학원 학생이 박사학위논문 준비를 위해 모아 놓은 참고서 같군요.

김봉주   그렇습니다. 이들 자료만 잘 소화하시면 학위논문은 무난히 심사를 통과할 것입니다.

김봉주는 이번에는 가방에서 문건 한 통을 꺼내 이주현에게 건네준다.

김봉주   이것은 앞으로 총재님께서 출판하시게 될 저서의 제목과 목차입니다. 그러니까, 이 목차가 총재님께서 논문심사 위원회에 제출해야 할 논문의 내용이 되는 셈이죠.

목차를 한 번 훑어본 이주현은 두 눈을 둥그렇게 뜨고 혀를 차며 말한다.

이주현   이거 보통문제가 아닌데요. 벌써부터 머리가 지끈지끈 아프기 시작 합니다.

김봉주 그렇습니다. 병에 좋은 약은 쓰다고 하지 않습니까. 그것이 보약과 정력제가 되어 총재님께서 히말라야 정상에 우뚝 서는 일을 도와 줄 것입니다.

이주현 히말라야 정상에 서기도 전에 이미 이 분야에 박사가 된 기분입니다. 제가 지도교수님을 잘 만났으니 학위논문 통과는 문제 없겠지요?

김봉주 중국 고사에 "강한 장수 밑에는 약한 사병이 없다(强将手下无若兵)"라는 말이 있습니다. 좋은 지도교수를 만났으니 훌륭한 제자가 되지 않겠습니까?

이주현 높이 평가해 주셔서 감사합니다.

이주현은 그날부터 틈이 나는 대로 자료 독파에 전력투구를 한다. 처음에는 전공 외의 분야에서 사용되는 단어와 개념에 대해 거부감도 느끼고 비판적인 감정을 나타내기도 했지만, 시간이 지나고 독서량이 많아짐에 따라 사회복지 분야의 이론적 체계와 사고방식을 이해하고 체질화하게 된다. 특히 이철갑 복지재단을 통해 이미 풍부한 실무경험을 축적한 터라 이와 연관된 이론을 터득하는 데는 그리 많은 시간이 소요되지 않았다. 그녀는 마치 몇 주일 굶주렸던 사람이 밥상 앞에 앉아 밥한 사발을 게 눈 감추듯 먹어 치우듯, 김봉주가 건네 준 책 보따리와 논문 뭉치를 단시일 안에 완전히 독파해 치우고 나서는 아직도 배가 고프다는 느낌을 떨쳐 버릴 수가 없다. 그래서 그녀는 김봉주가 적어 준 논문 목차와 관련된 각종 문헌과 논문을 인터넷 상에서 검색하여 자료를 모으고 독파하고 소화 하여 배가 불러 포만감을 느낄 때까지 쉬지 않고 독서를 이어 나간다. 그녀는 무엇이든지 한 번 손을 댔다 하면 끝장을 볼 때까지 중단하는 법이 없다. 또 일을 시작했다 하면 남보다 몇 배 낫게, 몇 배 빠르게 끝내지 않고서는 못 배기는 기질이 몸에 배어 있다. 이러한 그녀의 성격은 할아버지의 창업가적 정신과 아버지의 "누구에게도 지기 싫어하는 일등정신"의 유전자를 붕어빵처럼 복사해서 물려받은 탓일 것이다.

이주현의 성격은 휴면 상태에 있는 휴화산과 같다. 겉으로 보기에는 죽어 있는 사화산처럼 보이지만, 휴화산은 지표내부에 천 도 이상이나 뜨거운 마그마가 부글부글 끓고 있는 상태로 되어 있다. 이것이 지표의 약한 부분으로 분출되어 나오는 현상을 화산 폭발이라고 한다. 휴화산은 사화산과는 달리 숨도 쉬고 기침도 하고 재채기도 하며, 가끔 방귀도 뀐다. 이렇게 하여 축적된 가스와 수증기는 화산 밖으로 방출됨으로 휴화산 주위에는 항상 짙은 연무와 연기가 서려 있는 현상이 나타난다.

휴화산처럼 그녀의 내면에는 천 도 이상의 뜨거운 마그마가 이글이글 끓고 있는 상태다. 거기에다 김봉주가 붙여놓은 불씨가 촉매제 역할을 해 지각 속에 축적되어 있는 가스와 인화물질에 점화되고, 이것이 도화선이 되어 마그마를 자극하여 지표 밖으로 분출시켜 산더미 같은 용암과 화산재를 토해내 산사태를 일으키고 하늘을 새까맣게 뒤덮는 현상을 만들어 내는 것과 같다. 이제 머지않아 이주현 안에 잠복해 있는 사회복지이론이라고 하는 용암과 복지사업이라고 하는 화산재는 맹렬한 세력으로 분출하여 산사태를 일으키고 천지를 뒤덮게 될 것이다.

화산폭발의 드높은 기세와 강렬한 정력을 바탕으로 이주현은 논문 작성에 착수한다. 아무리 논문 작성에 대한 그녀의 욕망과 포부와 열의가 충천하는 기세라 하더라도 처음 착수하는 일이라 초기에는 도무지 진척이 없고 기가 꽉 막힌 듯 마음만 안타깝고 답답하기만 하다. 이처럼 어렵고 힘든 일을 만날 때마다 이주현은 그것을 극복하는 묘책을 하나 갖고 있다. 그것은 옛날에 경험했던 난감한 일을 회상해 보는 것이다.

　이주현은 대학생일 때 친구들과 북한산 등산을 간 적이 있다. 송추에서 출발하여 도봉산으로 가서 하산하는 코스였다. 산등선 어느 구간에 길이 단절되어 수십 미터의 깎아지른 듯한 깊은 벼랑이 형성되어 있어 밑을 내려다보면 현기증이 날 정도다. 벼랑의 넓이는 1미터 정도밖에 안 되지만, 그것을 뛰어 넘으려면 몇 미터 뒤로 물러서서 뛰어오다 껑충 뛰는 식으로 건너뛰어야 한다. 내려다보기만 해도 아찔한 느낌이 드는데 그것을 뛰어 넘으려면 보통의 담력과 용기가 필요한 것이 아니다. 다른 친구들은 모두 뛰어 넘었는데 그녀만 뒤로 처져서 주뼛주뼛하고 서있었다. 그것을 포기하고 온 길을 되돌아가려니 벌써 반나절이 지났는데, 온 길을 다시 돌아가자면 어둑어둑해서야 겨우 송추에 닿을 수 있다. 그것도 혼자서 말이다. 벼랑을 건너뛰려니 떨어져 죽을 것만 같고 포기하자니 친구들이 빨리 건너뛰라고 아우성이다. 결국 이를 악물고 몇 미터 뒤로 물러섰다가 달려오며 벼랑 끝에서 온 힘을 다하여 껑충 뛰고 나니 친구들 있는 쪽의 벼랑 끝에 다다랐다. 안도의 긴 숨을 쉬며 자세히 보니 온몸에 식은땀이 배어 옷이 촉촉 하게 젖어있다. 그것이 트라우마로 되어 그 생각만 하면 잠자리에서도 으악 하고 소리를 지르며 잠을 깨는 증세가 한동안 계속되었다. 그 후부터 그녀는 사업상의 어려운 일을 당할 때마다 그 벼랑 끝을 뛰어 넘던 경험을 회상하면 쉽게 곤경을 극복할 수 있었다.

이주현은 미국에서 유학생활을 할 때 친구 따라 교회에 나가 목사님의 설교를 몇 번 들은 적이 있는데, 그때 들은 설교말씀 중 "이것 또한 지나가리라(This, too, shall pass away)"라는 제목의 다음과 같은 이야기를 아직도 기억하고 있다.

어느 날, 다윗 왕이 반지가 하나 갖고 싶었다. 그래서 반지 세공사를 불러 그에게 말했다.

"나를 위한 아름다운 반지를 하나 만들되 내가 승리를 거두고 너무 기쁠 때에 교만하지 않게 하고 내가 절망에 빠지고 시련에 처했을 때엔 용기를 줄 수 있는 글귀를 넣어라."

"네 알겠습니다. 폐하." 세공사는 그 명령을 받들고 멋진 반지를 만들었다. 반지를 만든 후

어떤 글귀를 넣을지 계속 생각했지만, 좀처럼 다윗이 말한 두 가지 의미를 지닌 좋은 글귀가 떠오르지 않았다. 고민하고 고민해도 마땅히 좋은 글귀가 떠오르지 않아 다윗의 아들 지혜의 왕 솔로몬을 찾아갔다. "왕자시여, 다윗 왕께서 기쁠 때 교만하지 않게 하고, 절망에 빠졌을 때 용기를 줄 수 있는 글귀를 반지에 새기라고 하시는데. 어떤 글귀를 적으면 좋겠나이까?" 솔로몬이 잠시 생각한 후 말했다.

"이것 또한 지나가리라(This, too, shall pass away)."

이것은 지혜서 '미드라쉬'에 나오는 유태인들이 항상 즐겨 읽는 구절이다. 나치 학살 시에도 이 구절을 붙잡고 유태인들은 이겨낼 수 있었다고 한다. 지금 잘나간다고 우쭐대는가? 이것 또한 지나가리라. 지금 너무 괴롭고 슬퍼서 하루도 살기 힘든가? 이것 또한 지나가리라. 아름답고 예쁜 젊음이 영원할 것 같은가? 이것 또한 지나가리라. 인생은 항상 돌고 돈다. 항상 잘되던 사람도 어려움이 생기기 마련이고, 지금 너무 힘들고 어려워도 반드시 자기가 꿈꾼 그날이 언젠가 올 수 있다. 긍정의 힘으로 살아가자. 감사하며 살아가자.

이주현은 위의 설교말씀을 듣는 순간 하도 감동을 받은 나머지 자기가 비록 기독교신자는 아니지만 그 말씀을 생활의 신조로 삼고 살아가기로 마음먹는다. 그 후부터 이주현은 어려운 일을 당할 때마다 "이것 또한 지나가리라"를 외우며 당면한 난관을 극복하는 습관이 생겼다.

이번 논문을 작성할 때도 이주현은 북한산에서 벼랑 끝을 건너뛰던 아찔한 경험을 거울 삼아 죽을힘을 다해서 도전하는가 하면, 또 한편으로는 "이것 또한 지나가리라"라는 말을 되새기며 어려움을 극복하고 있다. 이렇게 해서 작성한 초안은 김봉주의 검토와 교정을 거쳐 3대 중앙지 중의 하나인 변방일보에 보내져 여러 차례로 나뉘어 기명기사로 연재된다. 목하 사회복지 문제가 민감한 쟁점으로 부각되고 있는 시기여서 이주현의 기사가 연재되자 독자 및 네티즌들로부터의 반응이 뜨겁다. 네티즌들의 반응이 뜨거울수록 이주현은 더욱 분발하여 좋은 논문을 쓰려고 노력하고, 그러다 보니 기사에 대한 반응은 더욱 뜨거워지는 선순환 과정을 거치게 된다. 그녀의 필치는 날카롭고 예봉은 정부정책의 실책과 비리를 정조준한다. 그녀의 치솟는 인기는 마치 중국에서 시발한 짙은 황사가 한국의 창공을 뒤덮는 것처럼 독서계와 언론계를 강타하며 돌풍을 일으킨다. 그녀는 명실공히 사회복지 분야에서는 이론과 실무를 겸비한 전문가 위치에 우뚝 서게 되고, 이 분야에 관한 한 그누구와도 대담이나 학술토론이 가능하게 된다. 연이어 달아오르는 독자들의 열띤 반응 속에서 이주현의 변방일보 연재는 마감되고, 그녀가그동안 연재한 기사는 한 권의 책으로 정리되어 출판된다.

책이 출판되자 그녀의 저서는 전문분야의 서적으로서는 보기 드물게 높은 판매고와 선호도를 기록하며 베스트셀러 못지않게 불티나게 팔려나간다. 각종 대중매체를 비롯하여 유관 정부기관, 정책연구소 등에서 연일 이주현을 강사로 초청하여 사회복지 문제에 관한 그녀의 탁월한 견해를 경청한다. 또한 주요 포털사이트에서 인기검색어 1위를 기록하며 네티즌들의 "선플"이 이어져 훈훈한 분위기가 형성되고, 각종여론조사기관에서 실시한 인기도조사 결과 역시 그녀가 여러 부문에서인기도 1위임을 나타낸다. 이제 이주현은 사회복지분야에서는 누구도얕볼 수 없는 굴지의 전문가로 자리매김을 하여 명성과 존경의 스포트라이트를 한 몸에 받게 된다. 이로서 김봉주 가 이주현을 위해 구상한 "히말라야 정복 작전"의 제1단계인 ▽▽▽▽의 계획은 성공적으로 마무리된다.

˚二十七

　이주현의 저서출판과 이를 통한 그녀의 사회명사로서의 등장을 지켜
본 김봉주는 역시 자기의 사람 보는 눈이 삐지 않았고, 인재를 잘 골랐
다는 자부심에 뿌듯한 마음을 감추지 못한다. 그것은 "그 스승에 그 제
자" 수준을 넘어서 "제자가 스승을 압도했다(靑出于藍, 胜于藍)"는 것이
옳을 정도의 대단한 업적이라고 김봉주는 생각한다. 그는 "영웅이 영
웅을 알아 본다"라는 말이 있듯이, 그만 하면 자기도 영웅의 반열에 끼
어들 수 있는 자격을 갖춘 것이 아닐까 하고 한껏 뽐내 본다. 그렇다고
그러한 자만심에 빠져 희희낙락하고 있을 수만은 없지 않은가. 한시 바
삐 다음 단계 ㅁㅁㅁㅁ로 넘어갈 준비를 서둘러야 하겠다고 김봉주는
생각한다.

　김봉주는 이주현이 "히정작"의 다음 단계의 장애물을 뛰어넘기 위해
서는 합당한 "명품 브랜드"가 필요하겠다 싶다. 이주현의 육체를 감싸
줄 옷의 브랜드가 아니라 이주현의 사람 됨, 즉 인격과 자질을 상징하
는 "신상 브랜드"가 필요하다는 말이다. 요즘처럼 소비만능 시대에는
아무리 품질이 뛰어난 상품이라도 잘 디자인된 명품 브랜드로 포장하

지 않으면 소비자의 관심을 끌 수 없고, 소비자의 눈에 뜨이지 않는 상품은 결국 시장에서 퇴출되고 만다. 민주주의 국가에서는 유권자이자 자본시장에서는 소비자인 그들의 마음을 사로잡아야 성공한 정치인이 될 수 있다. 그러기 위해서는 "지도자상"이라고 하는 이미지로 잘 포장을 해 놓아야 "지지"라는 화폐를 끌어낼 수 있는 것이다. 그런데, 이주현에게 걸맞고 이 시대, 이 사회에 호소력을 두루 갖춘 "지도자상"이란 도대체 어떤 것일까를 찾아내려고 김봉주는 매일 고심한다. 어떤 인물을 "롤 모델"로 삼아야 할까?

현재 한국사회는 복잡하고 얽히고설킨 면이 너무나 많아 어느 특정 인물을 "롤 모델"로 삼을 경우, 그 인물의 자화상 중 허술하고 구멍 뚫린 곳이 하도 많아 모든 시민의 애환을 감싸주고 사회 각계각층의 고충을 아우르기에는 부적합한 면이 너무나 많이 노출된다. 그래서 김봉주가 생각해 낸 것은 어느 한 인물을 특정하지 아니하고 복수 인물을 선정하여 그들의 장점을 배합하여 지도자의 "합성 이미지"를 만들어 내는 것이다. 그렇게 하여 만들어 낸 것이 한국의 신사임당, 독일의 앙겔라 메르켈, 영국의 마가렛 대처 등 이 세 사람의 인격적 특성을 배합한 것이다. 이들 세 명의 여걸들이 지니고 있는 단점은 지워버리고 장점만을 취합하여 "신상 브랜드"로 디자인 하고, 그것을 이주현에게 입혀 포장하자는 것이다.

우선 신사임당의 자화상을 살펴보자. 우리나라 최고의 여성화가, 현모양처, 교육의 달인이라는 호칭에 걸 맞는 업적을 이룩한 여인이 바로 신사임당이다. 그녀의 공적은 오늘날 우리들이 매일 사용하고 있는 5만 원 권 화폐가 잘 대변하고 있다. 한 번도 자기의 특출한 글 솜씨를 내세우거나 뽐낸 적이 없는 겸손한 여인, 남편의 나태함을 탓하지 아니하고 독려하여 벼슬에 오르게 한 여인, 7남매의 자녀교육에 정성을 쏟아 부으며 셋째 아들 이이(율곡)를 대제학에 오르게 한 여인이 신사임당이다. 그녀는 대제학으로 있는 아들 율곡을 통하여 조선시대 17조의 소학 학규를 제정하여 어린이들의 학업을 독려하였다. 이것은 오늘날 우리나라 초중고 학생들이 정규학교 교육을 등한시하고 학원강사나 가정교사의 가르침에 돈과 시간을 쏟아 붙는 그릇된 교육제도의 폐습에 일침을 가하는 소중한 귀감이 되는 교육지침이 되는 것이다. 오늘날 한국 문화가 "한류"라는 줄기찬 물결을 타고 전 세계에 전파되고 있는 것도 신사임당의 교육문화 창달을 위한 뼈저린 노력에 힘입은 바가 크다 하겠다.

앙겔라 메르켈은 독일 최초의 여성 총리로서, "엄마의 리더십", "통합의 리더십", "실용의 리더십"을 달성한 여인이다. 그녀는 현재 독일 국민의 추앙을 받고 있다. 그녀는 우선 가족, 노인, 여성, 청소년을 아우르는 정책을 실시하여 "엄마의 리더십"을 부각했다. 또한 정치를 "승자와 패자"의 제로 썸 게임으로 인식하지를 않고 자기당과 반대당의 연합을 이룩하여 여당과 야당을 협력 관계로 만들고 동독과 서독의 차이를 평준화시켰다. 이어서 유럽연합의 분산세력을 다독여 EU의 정치적 경제적 단합을 강화해 "통합의 리더십"을 실현했다. 그녀는 또한 실업률을 5%대로 낮추고 긴축재정을 실시함과 동시에 세금인상을 억제하며, 노동, 의료, 연금 등 사회 경제 분야의 과감한 개혁을 통하여 독일의 대외 경쟁력을 강화했다. 그녀는 이같은 실용적 정책수단을 동원함으로써 독일로 하여금 유럽경제의 버팀목 역할을 톡톡히 해 낼 수 있게 함으로써 "실용의 리더십"을 구현한다.

마가렛 대처는 영국이 낳은 "철의 여인"이다. 이는 그녀가 철저한 반공주의자로서 구소련의 패권주의에 대항하여 강경한 억지정책을 채택함으로써 구소련의 한 정책당국자가 붙여 준 명칭이다. 아이러니하게도 대처는 그 명칭을 마음에 들어 했으며, 그 후부터 그녀는 "철의 여인"으로 불리게 된다. 그 밖에 대처는 과감한 시장주의를 도입하고 장기간 이어진 석탄 노동자 파업을 진압하였으며 국영기업의 민영화, 사회복지 혜택의 감축 등을 통하여 영국을 만성적인 영국병으로부터 구해낸다. 또한 외교적으로는 미국과 우호관계를 강화하고 포클랜드 전쟁을 승리로 이끌어 영국의 대외적 위상을 높인다. 그녀는 "검소 검약", "자기 책임", "자조노력"의 정신으로 무장하여 영국정계에 새로운 보수의 바람을 일으키며 11년간 장기 집권하는 영국 최초의 여성총리로 재임하는 기록을 세웠다.

지금 한국사회가 필요로 하는 리더십은 이들 세 여걸 중 어느 한 사람의 리더십이 아니라 세 명 모두의 리더십이다. 교육문화 면에서는 현모양처형의 신사임당이 필요하고, 경제 사회면에 있어서는 "어머니 리더십", "통합의 리더십" "실용의 리더십"을 갖춘 메르켈의 리더십이 필요하며, 외교 및 안보 문제에 있어서는 대처의 "철의 여인" 식 리더십이 필요한 것이다. 이들 세 여인의 리더십의 장점을 합성하여 하나의 복합적 리더십 이미지를 만든 후, 그에 대한 적절한 명칭을 붙여야 하겠는데, 어떤 명칭이 가장 적합할지를 김봉주는 골똘히 생각한다. 그렇게 해서 이들 세 여인의 이름의 알파벳 첫 글자를 따서 합성하여 새로운 명칭을 만들었다. 즉, 신사임당의 "신" 자, 앙겔라 메르켈의 "앙" 자, 그리고 마가렛 대처의 "마" 자를 합성하여 만든, "신앙마"이다. 언뜻 보기에 "신앙마"라고 하면 "신악마"와 발음이 같기 때문에 다소 거부감을 느낄 수 있을지 모르나, "붉은 악마"를 연상하면 반드시 그렇게 나쁜 호칭만도 아니다. 2002년 월드컵 당시 우리나라가 세계 4강에 진출할 수 있었던 것은 "붉은 악마"의 역할이 컸음을 부인할 수 없다. "신앙마"나 "붉은 악마"는 물론 글자는 다르지만 발음만은 동일하다. 그래서 "신앙마"는 "붉은 악마"의 뒤를 이어 출현한 응원집단의 명칭으로 생각하면 좋을 것이다. "붉은 악마"가 한국축구의 4강 진출을 실현시키는 원동력이 되었다면 "신앙마"는 이주현의 "히말라야 정복 작전"을 성공으로 이끌 원동력이 될 것임에 틀림없으리라고 김봉주는 확신한다.

이주현은 그 자태가 한 그루의 목련화처럼 아름답고 우아하다. 희고 순결하고 청순한 그 모습은 추운 겨울 헤치고 봄에 찾아온 가인과 같고 새 시대의 선구자상을 담뿍 지니고 있는 여인상을 모두 갖추고 있다. 이제 이 여인에게 "신앙마"의 망토를 입혀 놓으면 하늘에서 구름을 타고 내려 온 선녀가 따로 없을 것이다. 이 선녀가 유권자 앞에 "신앙마" 망토를 걸치고 나타나면 관중들은 그녀의 신비스럽고 우아한 자태에 매혹되어 "신앙마!" "신앙마!" "신앙마!"를 연발하며 열광할 것이다. 그때 그녀는 관중에게 만면에 미소를 머금고 손을 흔들어 화답할 것이고 관중들은 더욱 열광할 것이다. 그러한 광경을 상상하며 김봉주는 짜릿한 전율이 그의 온몸을 휘감는 느낌을 받는다. 2002년도 "붉은 악마"의 선창에 따라 "대한민국!"을 목청껏 외치며 "짝, 짝, 짝" 손뼉 치던 관중의 모습이 김봉주의 뇌리에 중첩되며 스쳐 지나간다. 현재 한국의 유권자는 부정부패에 오염되지 않고 정직하고 현명하며 강인한 성격을 지닌 새 지도자의 출현을 갈망하고 있는데, 새로 강림한 "신앙마"가 유권자의 그러한 애타는 욕망을 해갈해 줄 것이다. 난세에 영웅호걸이 나온다고 하지 않았던가. 한국의 혼란한 작금의 현실이 그러한 영웅을 만들어 낼 것이고, 새로 나타난 바로 이 "신앙마"가 시대적 요청에 부응하여 국가적 난제를 속 시원하게 풀어 나가는 대업을 일구어 낼 것이다. "오— 내사랑 목련화야 그대 내사랑 목련화야. 오늘도 내일도 영원히 나 아름답게 살아가리라" 하는 노래가 절로 흘러나오는 한 폭의 그림과 같은 장면이 아닐 수 없다.

김봉주는 이주현을 불러내 "신앙마" 브랜드 제작의 자초지종을 설명하고, 그녀의 전폭적인 동의와 수용을 이끌어 낸다. 또한 그는 이주현에게 "신앙마"의 이미지를 자기의 것으로 체질화하고 내면화할 것을 주문한다. "천리안에 번개 불"인 그녀가 그 말뜻을 못 알아듣겠는가. 그녀는 그날부터 신사임당, 앙겔라 메르켈, 마가렛 대처의 출생, 성장배경, 교육과정, 정치생활, 생활철학, 정치적 정향 등, 시시콜콜한 면에 이르기까지 광범한 자료를 탐색하고 수집하고 독파하여 이들 여걸들이 지닌 장점을 자기 것으로 만들어 낸다.

二十八

　이주현은 복지재단의 일에만 전념하는 것이 아니다. 고구려호텔의 운영에 관해서도 의욕적인 팽창전략을 구사하고 있다. 베이징과 상하이에 이어 동경, 싱가포르, 평양에 6성급 대형 호텔과 여기에 딸린 면세점을 운영하는 데 정력을 기울이고 있다. 눈코 뜰 겨를도 없이 바쁜 나날을 보내며 매일 빽빽이 짜인 일정을 소화하고 있다. 아침 6시에 출근하여 밤 11시에 귀가하는 것이 기본적인 일정이다. 그러다 보니 집안에서 지내는 시간은 잠자는 것 말고는 별로 할애하지 못한다. 남편 역시 대기업의 부사장으로 있는 터라 회사 일에 붙들려 사사로운 시간을 갖기가 어려운데, 거의 매일 저녁 손님접대로 2차, 3차의 술자리를 갖다보니 개인의 사생활은 완전히 사라지고 만다. 그래서 이주현과 남편 사이는 점점 여인숙에서 합숙하는 동료 사이처럼 소원해 가기만 한다. 젊어서는 직장생활로 바쁜 와중에서라도 주말이면 데이트해서 둘이 외식도 하고 음악회도 같이 가는 낭만적인 시간이 있었는데, 지금은 각자의 직업생활에 사로잡혀 그런 것은 한낱 사치품에 불과하게 되고 만다.

　언젠가는 이주현이 밤에 귀가하여 잠자리에 들려고 하는데 남편이

한 발짝 늦게 돌아와 옷을 벗고 목욕탕으로 들어간 사이, 남편의 옷을 챙기다 와이셔츠에 빨간 루즈가 묻어 있는 것을 발견한다. 여자의 직감으로 이주현은 화가 난 나머지 남편이 욕실에서 나오자 루즈가 묻게 된 연유를 캐묻는다. 이것이 도화선이 되어 두 남녀는 밤새 말다툼을 하고, 심신이 피곤하여 몸이 몹시 지쳐 있는 이주현은 그런 일로 더 이상 시간과 정력을 소모하고 싶지 않아 자기도 모르는 사이 "이혼"이라는 단어를 입 밖으로 내뱉게 된다. "자기 충족적 예보(self-fulfilling prophesy)"라고나 할까, 이들 둘은 걸핏 하면 "이혼"이라는 말을 입 밖으로 내뱉는 것이 습관화되고, 급기야는 이혼소송을 거쳐 이혼을 하게 된다. 아들의 양육권을 따낸 이주현은 아들과 같이 아파트에 살며, 전심전력을 오로지 사업에만 쏟아 붓는다. 가정생활에 대한 부담이 줄어드니 이주현은 비교적 홀가분한 기분으로 사업과 사회생활에 많은 시간을 할애할 수 있게 된다.

고구려호텔은 주로 일본 사람과 중국 사람 들이 많이 투숙한다. 그중에서도 중국 사람들이 많이 애용한다. 중국공산당의 중앙당 간부나 지방당 간부 또는 각급정부 관리나 대기업의 간부들이 투숙하는 경우가 많다. 특히 중국외교부 직원들은 고구려호텔의 단골손님이다. 외교부 장관을 비롯하여 고위층 외교관 들이 각종 회의에 참석하거나 공무로 방문할 때에는 예외 없이 고구려호텔에 투숙한다. 중국의 국가주석도 한국을 방문할 때 고구려호텔을 숙소로 선택한다. 이들 VIP가 투숙할 때는 이주현이 직접 영접하여 숙소로 안내한다. 이런 과정에서 이주현은 중국 외교부장과 자연스럽게 친분을 맺게 된다. 외교부장관 중에서도 양후방 장관과의 친분은 각별하다.

마오 샤오핑 주석이 국빈방문할 때 양후방 장관은 사전에 방한하여 우리나라 외교부와 사전조율을 한 바 있고, 그때 고구려호텔에 투숙하며 이주현의 안내를 받아 마오 샤오핑 주석 내외가 체류할 숙소에 대한 사전 답사 및 시설점검을 실시한 바 있다. 이때 양후방 장관은 이주현의 미모와 정숙한 태도에 깊은 감명을 받고 이주현 역시 양후방 장관의 남성다운 용모와 대범한 태도에 깊은 인상을 받는다. 그 후 이들의 재회는 한국과 중국에서 여러 번 있었고, 그때마다 양후방 장관은 이주현을 극진한 정성과 정중한 예의로서 대접한다. 이주현의 용모와 인격에 매료된 양후방은 마오 샤오핑 주석에게 이주현을 천거하여 중국의 최대 국영기업인 쓰이티 그룹의 사외이사로 임명되도록 주선한다. 쓰이티 그룹은 증권, 은행, 보험, 부동산, 에너지, 엔지니어링 등, 폭넓은 분야에 걸쳐 투자하는 회사로서 재산 총액 700조의 대기업이다. 그처럼 규모가 크고 사업 분야가 넓은 국가소유 중국기업에 한국인이 연봉 5천만 원의 사외이사로 임명되었다는 것은 이주현 개인으로서는 큰 영광이요 한국인으로서는 자랑스러운 일이 아닐 수 없다.

이주현이 쓰이티 그룹의 사외이사 취임식에 참석하기 위해 베이징을 방문했을 때 비행장 밖에는 허리 긴 리무진이 대기하고 있다. 이주현을 태운 리무진은 베이징 시내 쓰이티 그룹 본부청사 앞에 닿아 거기에다 이주현을 내려놓는다. 정문 앞에는 그룹 간부들이 나와 도열하고 있다가 이주현을 정중히 맞이하여 회의실로 안내한다. 회의실에는 그룹 회장을 비롯하여 이사 전원과 중역들이 대기하고 있다가 이주현이 회의실에 들어서자 열렬한 박수로 환영 한다. 이사회가 개회되고 회의순서에 따라 이사장이 이주현에게 사외이사 증서를 증정할 때에도 열렬한 박수가 터져 나온다. 회의가 폐회되고 난 후 이주현은 이사장의 소개로 참석한 이사와 중역들과 일일이 악수하며 회의는 종료된다.

저녁에는 베이징 시내 유명식당에서 이주현을 위한 환영 만찬이 있다. 이사장을 비롯한 대부분의 이사와 간부들이 참석 하고 양후방 외교부장관도 참석하여 이주현의 사외이사 취임을 축하해 준다. 만찬이 끝난 후 양후방 장관이 자기가 이주현을 숙소로 모시겠다고 제안하여 이주현은 양장관의 승용차에 올라탄다. 차가 출발한 직후 양장관은 이주현에게 다음과 같이 말한다.

양후방 숙소에 가기 전에 나이트캡 한잔 하는 것이 어떻겠습니까?
이주현 좋습니다.

양후방 장관의 승용차는 베이징 시내 일류 바에 도착하고, 양 장관과 이주현은 직원의 안내를 받아 특실로 들어간다. 고급 포도주가 한 순배 돌아가고 난 후, 양후방 장관은 이주현의 옆자리로 이동하여 이주현에게 밀착하여 앉아 술잔을 다시 채워 이주현의 술잔과 "쨍" 하고 건배를 한다.

양후방 내가 이사장을 얼마나 경모하고 사모하는지 아십니까?

그러면서 양후방은 이주현을 껴안으려고 한다. 화들짝 놀란 이주현은 그의 팔을 걷어치우며 점잖게 타이른다.

　　이주현　　이러시면 안 됩니다. 진정하시지요.

　　양후방은 위축되지 않고 계속 집요하게 달라붙는다.

　　양후방　　내가 이사장을 사랑한단 말이요.
　　이주현　　아, 잠시 뭔가에 홀린 모양이네요.
　　양후방　　우리 사람이가 한눈에 홀딱 반했다 해!(一见钟情)

　　양후방은 안면몰수하고 이주현을 힘으로 제압하고 키스하려고 한다. 순간 이주현은 목련화 같은 희고 순결한 자기의 모습에 검은 먹물을 뒤집어 씌우는 듯한 느낌이 들어 구역질이 왈칵 솟아나온다. 동시에 김봉주가 "신상관리에 유의하라"고 당부한 말이 번갯불처럼 뇌리에 스쳐간다. 순간 이주현의 얼굴은 얼마 전 자기 사무실에서 해결사가 협박할 때 나타냈던 "호랑이 눈에서 뿜어나오는 광채로 레이저 광선처럼 날카로운 빛을 발산하고 얼굴은 얼음장같이 차갑고 독한 오기가 넘쳐흐르는 살인적인 자태"를 양후방 앞에서 또 한 번 재현하게 된다.

　　이주현　　계속 이러시면 나 쓰이티 그룹 사외이사직 사임하고 귀국할
　　　　　　　거예요.

양후방은 이주현의 그 독기어린 얼굴을 쳐다보며 섬뜩한 느낌을 받는다. 그리고 이주현이 쓰이티 그룹 사외이사직을 사퇴한다는 말을 듣는 순간 혼비백산하여 정신이 번쩍 들고 술이 깨어 말똥말똥한 상태로 돌아간다.

양후방: 참말로 잘못했습니다. 일순간의 실수니 용서하기 바랍니다.
이주현: 오늘 일은 없던 일로 할 테니 다시는 그런 짓 하지 말아요. 그만 일어나시죠.

이렇게 해서 이주현은 아슬아슬하게 위기를 모면하고 숙소로 돌아간다. 다음날 일찍이 귀국한 이주현은 양후방으로부터 전화로 또한번 정중한 사과를 받는다. 이들은 그 후 더욱 친하고 더욱 예의방정한 친분관계를 유지하며 한중 양국간의 외교관계에 있어서 이면경로(back channel) 역할을 톡톡히 해낸다.

° 二十九

이호동 총수가 상지그룹 지휘봉을 장악하고 나서 제일 먼저 취한 조치는 회장 직속으로 한반도 통일 프로젝트 팀을 설치하고 상지그룹의 경영전략을 한반도의 통일을 정조준하여 수립하고 운영하는 것이다. 사실 그동안 상지그룹은 T그룹과는 달리 대북문제에 관한 한 미온적이고 부정적인 태도를 보여 왔다. 그러나 이호동 총수가 총수직에 취임하고 나서는 대북문제에 관하여 상지그룹은 어떤 그룹보다도 적극적이고 전향적인 자세를 보이게 된다. 이는 이호동 총수 개인의 경영철학 때문이기도 하지만, 한반도를 둘러싼 국제정세의 변화에 영향을 받은 면이 많다. 냉전시대의 미소 양대 진영의 상대방에 대한 정책기조는 대립과 패권주의였던 데 비하여, 현재의 미중 양극체제에서는 화해와 협조를 기조로 하는 공생주의를 근간으로 한다. 물론 미국은 중국의 군사대국으로의 급부상을 경계하여 여러 가지 견제수단을 취하고 있고, 중국 또한 극동지역에서의 미국의 영향력 확대를 우려하며 적절한 대응조치를 취하고 있지만, 양국은 극히 자중하고 자제하며 화평무드의 조성 및 유지를 위해 상호협력하고 있다. 이에 따라 중국은 북한으로 하여금 무력도발을 자제하고 핵실험을 중단케 하며 6자회담을 재가동하는 일련의 조치를 취한다.

　이처럼 변화된 한반도 정세의 전개에 따라 상지그룹도 적극적인 대북한 투자계획을 세운다. 그 구체적인 내용을 보면, 평양에 상지그룹 산하의 승지원대학교 분교를 설립하여 북한의 우수한 인재양성에 힘쓰는데, 특히 IT 및 소프트웨어 분야와 정보통신 분야의 인재양성을 위해 집중 투자함으로써 평양 승지원대학을 중국의 청화대학 수준으로 수준을 끌어올린다는 계획이다. 또한 신의주에 컴퓨터 조립공장과 TV 및 냉장고, 세탁기 제조공장을 세울 계획이다. 이 밖에 평양에 고구려호텔 분점을 세워 운영한다든가 평양에 상지모직 분점을 개점할 계획이다.

이호동 총수는 또한 한반도 통일에 따른 북한의 휴대전화 보급문제에 특히 주목한다. 통일이 이루어지는 순간 북한에서 폭발적으로 증가할 핸드폰의 수요를 감안해 단순한 핸드폰의 보급을 넘어서 이동통신설비의 기반조성과 이의 효과적인 운영을 통해 핸드폰도 팔고 이동통신망도 장악하자는 것이다. 그래야만 핸드폰과 통신망 간의 시너지효과를 이루어 북한의 통신시장을 선점할 수 있다는 것이 이호동 총재의 판단이다.

이호동은 이러한 일련의 경영전략을 구체화하기 위한 가시적인 조치로 상지전자 브랜드의 컴퓨터, TV, 냉장고, 세탁기, 핸드폰 등 제품과, 평양 및 신의주에 세울 공장건설에 필요한 건설장비들을 수십 대의 트럭에 나누어 싣고 38선을 넘어 북으로 올라간다. 이 북송대열에는 이주현과 이경주도 함께했는데, 그 광경은 실로 장관이 아닐 수 없다. 20여 년전 T그룹 총수가 소떼를 몰고 38선을 넘어 방북했던 것을 상기케 하는 장엄한 장면이다. 이에 화답하는 방식으로 연개소문 국방위원장은 이호동과 이주현 및 이경주를 주석궁으로 초청하여 만찬을 대접하고 기념사진을 찍어 일반에게 공개한다. 다음날 이호동과 이주현 및 이경주는 나란히 평양시내에 건축한 고구려호텔과 이철갑의료센터 및 상지모직 분점 준공식에 참석하여 준공테이프를 끊고 업무개시 버튼을 누른다. 고구려호텔의 초현대 시설과 높은 수준의 서비스는 북한의 대

경호텔이나 미려호텔을 완전 압도하고, 이철갑의료센터의 최첨단 의료기구 및 의료기술은 북한의 의료진과 주민의 찬탄과 부러움을 자아낸다. 또 상지모직의 평양분점은 서울의 동대문시장의 초현대식 백화점을 옮겨 놓은 듯 명품 브랜드와 유행상품을 즐비하게 진열해 놓고 있다. 앞으로 남한의 다른 기업들도 줄줄이 북한에 들어갈 것이고, 정부도 개성에 남북공동연락사무소를 설치하고 조만간 평양에도 대표부를 설치할 예정이다. 북한 역시 서울에 대표부 설치를 준비하고 있다. 한반도의 통일을 위한 행보가 한 걸음씩 현실로 다가오고 있는 실정이다.

상지전자는 중국 시안에 7조 원(약 70억 달러)이라는 대규모 투자를 결행한다. 중국 내 외국기업의 단일 프로젝트 투자로서는 최대 규모다. 축구장 100여 개를 합친 것과 맞먹는 110만 제곱미터의 면적으로 첨단 반도체 공장 20개 동이 들어선다. 여기서는 상지전자가 세계 최초로 개발한 차세대 낸드플래시 반도체인 "V랜드"를 생산한다. 연간 매출액은 30억 달러에 이를 것으로 추산된다. 낸드플래시는 휴대전화, 디지털카메라 등의 데이터 저장장치로 사용된다. 상지전자는 시안공장에 2000명의 직원, 동반진출 협력업체 160개 업체의 직원 1만 1000명, 도합 1만 3천 명의 직원을 채용하게 되는데 이에 대한 대가로 중국 정부는 파격적인 행정적 지원을 약속했다. 5-6명으로 구성된 "상지전자 지원 전담반"을 발족해 상지전자의 공장가동을 위해 필요한 모든 행정적 지원을 제공하고 있다. 그 결과로 보통 외국기업이 중국에 설립허가 신청을 낸 후 설립허가증을 받을 때까지 몇 년이 걸리는데, 상지전자의 경우는 단지 88일밖에 걸리지 않는 파격적인 혜택을 받는다. 뿐만 아니라 중국

정부는 상지전자를 위해 시안 상지전자 공장과 시안 고속도를 연결하는 5.6km의 고속도로를 건설하는 특단의 조치를 취한다.

중국정부의 이러한 파격적인 지원을 끌어내기 위해 이호동 총수는 거의 중국에 살다시피한다. 시안시의 지방정부 당국자 들은 물론 중앙의 당 간부, 유관 정부 당국자, 종국적으로는 마오 샤오핑 주석까지 만나는 등, 전 방위적인 로비활동을 펼쳐 나간다. 이 과정에서 이호동 총수는 마오 샤오핑 주석을 여러 번 만났고, 또 자연스럽게 돈독한 친분을 쌓게 된다. 두 사람의 친분 관계는 단지 사업투자 영역에만 머무르지 않고 기타 분야로까지 확대된다. 이호동 총수에 대한 깊은 신뢰와 우정을 갖고 있는 마오 샤오핑 주석은 매년 중국 하이난시에서 개최되고 있는 "보아오 경제포럼"의 집행부 이사 중 하나로 이호동을 임명한다.

"보아오 경제포럼"은 마오 샤오핑 주석이 특별히 관심을 기울이는 경제회의 로서 "다보스 경제포럼"과 비교되는 중국정부가 매년 주최하는 회의이다. "다보스 경제포럼"은 1971년 미국 하버드대 클라우스 슈밥 교수가 설립하여 비영리 단체의 형태로 출범했다. 처음에는 "유럽인 경영 심포지엄"으로 출발했으나 1973년부터 참석 대상을 전 세계의 정치인으로 확대했다. 그 후 경제포럼은 세계의 정계, 재계, 언론계, 학계 지도자들이 참석해 "세계경제올림픽"으로 불릴 만큼 권위와 영향력이 있는 유엔 비정부자문기구로 성장하면서 세계무역기구(WTO)나 서방선진 7개국(G7) 회담 등에 막강한 영향력을 행사하고 있다. 이를 모방해서 중국의 마오 샤오핑 주석이 만든 것이 "보아오 경제포럼"이다.

금년도 이 회의에는 49개국 1772명의 대표들이 참석하였는데, 80명의 장관급 대표, 65명의 포춘500대 기업 총수, 132개 기업의 회장 등이 포함되었다. 금년도 토의 주제는 AIIB은행의 설립과 중국의 야심찬 "일대일로(一帶一路: 육해상 실크로드 경제벨트) 경제정책이다. 이처럼 중요한 국제회의에 이호동 총수를 집행이사로 선임한 것은 그만큼 한국의 대외 위상이 커졌기 때문이고, 마오 샤오핑 주석의 이호동에 대한 극진한 배려의 결과이다. 이호동은 이 회의에서 자기의 역량을 유감없이 발휘하고 광범하고 심도 있는 국제적 유대관계를 형성해 나간다.

이호동이 중국에 머무는 동안 마오 샤오핑 주석은 이호동을 관저로 초청해서 만찬을 대접한다. 이때 이호동은 마오 샤오핑의 딸 샤오잉을 만난다. 그녀는 용모가 수려하고 자태가 우아한 20대 후반으로서 이호동 총수의 관심을 끌기에 충분조건을 갖추고 있는 매력적인 여성이다. 이호동은 그녀에게 첫눈에 반해서 여러 차례 불러내어 데이트를 즐긴다. 한번은 그녀를 시안에 데리고 가 상지전자 시안공장을 보여준 적이 있다. 샤오잉은 자기 나라에 그처럼 규모가 큰 외국기업이 존재한다는 사실에 놀란다. 이호동은 또한 한국에도 초청하여 상지전자 전자랜드를 비롯한 여러 분야의 공장을 보여준다. 샤오잉은 그때마다 감탄을 금치 못한다. 이런 과정에서 이들 둘은 사랑의 싹이 터 결혼을 하기로 합의한다. 문제는 양쪽 부모님들의 허락을 받는 것이다.

이들은 샤오잉의 부모 허락을 먼저 받기로 하고 주석궁으로 샤오잉의 부모를 찾아간다. 샤오잉의 부모는 이미 이호동에 대해 잘 알고 있고, 또 평소 이호동을 사윗감으로 욕심을 품고 있던 터라 별로 꺼림칙한 질문은 하지 않으려고 마음먹고 있다. 그동안 이호동이 쌓아온 중국어 실력은 프로급 수준이므로 이들은 중국어로 대화를 시작한다. 처음에는 여러 가지 덕담을 나누다가 이호동이 먼저 운을 뗀다.

이호동   저희 둘은 사랑하는 사이입니다. 둘이 결혼하려고 하는데 허락하여 주십시오.

양귀비 여사   이호동 총수를 좋아하는 여자들이 많을 것 같은데, 어찌 샤오잉을 사랑하게 되었는가요?(天涯何处无芳草, 何必只恋一枝花?)

이호동   네, 두 가지 이유에서입니다. 첫째는 두 집안의 형편이 걸맞구요(门当户对), 둘째는 제가 샤오잉 양에게 첫눈에 반했기 때문입니다(一见钟情).

이에 양귀비 여사는 만면에 환한 웃음을 머금고는 다음과 같이 말한다.

양귀비 여사   좋습니다. 나 허락합니다(好! 好! 我答应! 我答应!).

이호동과 샤오잉이 마오 샤오핑의 얼굴을 쳐다보며 대답을 기다리는데 마오 주석이 빙그레 웃으며,

마오 샤오핑   양귀비 여사가 좋으면 나도 좋습니다.

이호동   고맙습니다. 앞으로 우리 둘은 두분께 효도하겠습니다 (我门一定要孝顺你门).

양귀비 여사는 만면에 함박웃음을 띄며

양귀비 여사 아주 좋습니다(非常好, 非常好).

이 광경을 지켜보던 마오 주석은 흐뭇한 표정으로 빙그레 웃으며 두 남녀를 쳐다보기만 한다. 부모의 승낙을 받은 두 사람은 기뻐서 서로 껴안고 볼에 뽀뽀를 하며 야단이 났다. 이렇게 해서 이호동은 결혼의 첫 관문을 통과하는 구두시험에 무난히 합격하고 샤오잉을 데리고 서울로 돌아가 또 하나의 관문인 현봉준 여사의 구두시험을 치르게 된다.

이호동과 샤오잉은 현봉준 여사의 결혼승락을 받기 위해 상지방물관 관장실로 현봉준 여사를 방문한다. 현봉준 여사는 마오 샤오핑 내외가 한국을 국빈방문 할 때마다 양귀비 여사를 초대하여 만찬을 대접할 기회가 있어서 익히 알고 있었으나, 샤오잉 양은 이번 처음 상면하는 것이다. 사진으로 볼 때보다 더 세련되고 예뻐 보인다. 샤오잉은 이호동의 권유로 그동안 한국어를 배워 쉬운 말은 할 수 있으나 아직 서툴다. 그래서 이호동이 통역한다.

샤오잉   뵙게 되어 기쁩니다. 이렇게 귀한 시간을 내 주셔서 감사 합니다.

현봉준 여사 오느라고 수고가 많았죠, 비행기 여행은 즐거웠나요?

샤오잉 네, 호동 씨가 옆에서 돌봐주어서 지루한 줄 모르고 왔습니다.

이호동 어머니, 저희들 결혼하려고 하는데, 허락해 주셔요.

현봉준 여사는 샤오잉이 용모가 수려하고 태도가 방정하여 어딘가 끌리는 데가 있음을 느낀다. 엄마를 닮아서인지 그녀도 명랑하고 쾌활했는데 그런 면이 마음에 드는 눈치다. 현봉준 여사는 이전에 고부간의 심한 갈등을 겪은 경험이 떠올라 순간 주저하다가 이 젊은이는 다르겠지 하고 마음을 편하게 갖는다.

현봉준 여사 나야 두 사람이 좋다면 따라서 좋지 더 바랄 나위가 뭐 있겠나.

샤오잉 저 호동 씨 몹시 사랑합니다. 어머님께 효도도 잘 할거구요.

현봉준 여사 샤오잉 양은 마음씨도 참 곱네. 앞으로 둘이서 서로 아끼고 위해주도록 해요.

샤오잉 명심하겠습니다. 감사합니다. 근데, 아버님도 찾아뵙고 허락을 받고 싶은데요.

현봉준 여사 아버님은 지금 몸이 불편하셔서 병원에 누워 계시니 이 다음 찾아뵙도록 해요. 허락은 내가 대신 받아 줄게요. 그나저나 두 사람 1분 1초도 쪼개 쓰는 바쁜 몸들인데, 여기서 귀한 시간 허비하고 있을 게 아니라 어서 가서 볼 일들 잘 보아요.

이호동   어머니 고마워요.
샤오잉   어머님 고맙습니다.

이렇게 해서 이호동과 샤오잉은 결혼의 관문을 모두 성공리에 통과
하고 결혼식 날만 기다리게 된다.

이들의 결혼식은 사안의 민감성에 비추어 극비리에 비공개 장소에서
양가 직계가족만 참석한 가운데 치러지고 신혼여행도 극비리에 다녀온
다. 신방은 서울에 있는 어느 아파트에 꾸리고 샤오잉 양의 신분은 극
비에 부쳐져, 그저 평범한 무명 인사로 위장된다. 이들의 결혼생활에
관한 모든 소식은 보도관제에 걸려, 설사 어떤 언론인이 이들의 사생활
을 눈치 채고 이를 기사화하려 해도 그것을 보도할 방도가 없다. 이들
에 관한 한 모든 것이 극비! 극비! 극비다. 그래도 이들은 자기들만의
생활공간이 확보되어 있어 그들 나름대로의 생활양식을 즐기고 있다.
가령, 한중 양국 간에 미묘한 외교마찰이 발생할 경우 이들은 예외 없
이 "이면 경로"로 동원된다. 이들은 이주현—양후방의 "이면 경로" 라인
과 더불어 이중 "이면 경로"를 이루어 한중 양국의 우호 협력 관계를 유
지해 나가는 데 있어서 커다란 버팀목 역할을 하고 있는 것이다. 저번
한국의 아시아기축투자은행(AIIB) 가입문제나 사드(THAAD) 문제가
터졌을 때도 이호동—샤오잉과 마오 주석 간의 이면경로와 이주현과 양
후방 간의 이면경로가 활발하게 작동되어 한중간의 원만한 협력관계가

유지되는데 기여했다.

 "아시아 기축은행"이란 중국이 미국 주도의 IMF나 일본 주도의 아시아은행에 맞서 설립한 투자은행으로서 이를 통해 중국이 아시아 여러 나라를 비롯해 세계의 여러 나라에 영향력을 확대해 나가려는 것이기 때문에 미국과 일본이 한사코 그 설립을 반대했다. 또한 "사드"는 미국이 북한의 장거리 미사일공격을 방지할 목적으로 한국에 배치하려고 하는 "고공 공격용 미사일"을 말하는데, 중국은 미국이 그것을 한국에 배치하는 의도는 북한의 미사일 공격을 방지하기 위한 목적보다도 그것을 핑계로 중국을 공격하기 위한 것이라고 "사드"의 한국배치를 극력 반대하고 있는 것이다.

 어쨌든 이호동과 샤오잉의 결혼으로 말미암아 한중 양국은 좋으나 싫으나 "사돈 국가" 관계를 맺게 된다. 이들의 생활은 보통 사람들이 서울에서 부산을 오가는 것보다 더 쉽게 전용 비행기를 이용하여 서울과 베이징을 오가며 지낸다. 아침에 베이징에 가서 일을 보고 저녁에 돌아오는 일일 생활권을 만들어 분주한 생활을 이어 간다.

˚三十

　헌법재판소는 작년 중순, 현행 국회의원 지역구선거구 확정인구수 편차인 3대 1에 대해 국민의 평등권을 침해하는 것이라며 헌법불합치 결정을 내리고, 내년 12월 31일까지 인구편차를 2대 1 이하로 관련법을 개정하라고 판결하였다.

　가령 서울 송파구의 인구는 66만 명인데 충북 부여의 인구는 10만 명밖에 안 된다. 그러니까 송파구와 부여의 인구비율은 6.6 대 1이 되는 셈이다. 그런데도 송파구와 부여는 똑같이 국회의원을 한 명씩 선출한다. 결국 송파구는 크게 손해를 보고 있는 셈이고, 이것은 불평등하니 인구의 편차, 즉 송파구와 부여의 인구 차이를 2 대 1 이하로 줄이라는 것이다. 이렇게 되면 부여가 국회의원 1명을 선출할 때 송파구는 3명의 국회의원을 선출해야 된다. 헌법재판소의 판결은 금년 12월 31일까지 선거법을 개정하여 그렇게 시정하라는 것이다. 이러한 헌법재판소의 결정에 따라 서울에서는 선거구가 많이 늘어나게 되는데, 그중에 하나가 청계선거구이다. 청계선거구는 종로구와 중구, 동대문구, 성동구의 헌법재판소에서 규정한 인구비율을 초과하는 것을 묶어 별도의 선거구

로 만든 것이다. 그것이 청계천을 중심으로 조성되었기 때문에 청계선
거구라고 이름을 지었다. 이처럼 헌법재판소의 판정에 맞추어 개정된
선거법에 따라 새로 만들어진 선거구는 미리 지정된 후보가 없는 무주
공산으로 국회에 진출하려는 개인과 정당 공천인 들의 표적이 되어 눈
독을 들이는 대상으로 떠오른다.

　21대 국회가 임기만료 되고 22대 국회의 구성이 임박함에 따라 각 정
당의 국회의원 후보 공천 바람이 정가를 휘몰아 치고 있다. 차기 국회
에서 다수당이 되기 위해 각 정당은 서로 참신하고 능력 있는 인재를
후보로 영입하는 경쟁이 치열하다. 꿈나라당은 일찌감치 당내 퇴물들
의 물갈이를 단행하고 신인발굴에 선수를 치고 나선다. 전국 선거구에
신선하고 생동감이 넘치는 인재를 차출하여 후보로 내세우고, 특히 새
로 생기는 선거구에는 명망 있는 인물을 전략공천하여 후보로 모셔 오
고 있다. 이런 전략의 일환으로 서울 청계선거구에는 "어린이 집"을 지
어 세인의 관심을 끌고 사회복지이론의 전파와 실천의 경험이 풍부하
며 북한에 의료센터와 고구려호텔을 지어 주목을 끌게 된 이철갑 복지
재단의 총재 이주현이 단연 일순위로 국회의원후보에 옹립된다. 이주
현은 이미 사회와 국민을 위해 헌신하기로 마음을 정리해 놓은 상태이
므로, 이철갑 복지재단의 총재직은 신 베드로 북한팀장에게 인계하고
고구려호텔도 능력과 경험이 풍부한 전문경영인에게 인계하고 꿈나라
당의 제의를 흔쾌히 받아들여 국회의원선거운동에 전력을 투구하기로
작정한다.

공직선거에 있어서 무엇보다도 중요한 것은 외모가 아니라 내면이요, 허울이 아니라 내실이다. 아무리 외모가 번듯하고 이미지가 좋고 표방하는 구호가 그럴듯하더라도 알맹이 즉, 정강정책이 유권자의 피부에 와 닿고 호소력 넘치는 내용이 아니고서는 유권자의 지지를 끌어내기 어려운 것이다. 그래서 이주현은 선거팀을 구성하는 즉시 정강과 정책을 입안하는 작업에 돌입한다. 이주현이 구성한 선거팀의 명칭은 물론 히정작(히말라야 정복 작전)이다. 이 히정작 팀이 중심이 되어 정강정책은 물론, 모든 선거 전략을 입안하여 집행하게 된다.

이주현은 선거전략을 한 폭의 "지도(map)"로 생각한다. 서울에 있는 여의도를 찾아 가려는 사람이 실수로 전라남도에 있는 우이도로 가는 지도를 갖고 있다고 가정해 보자. 아무리 운전을 잘하고 최신 내비게이션이 설치된 차를 운전하는 사람이라도 잘못된 지도를 사용하면 도달하려는 목적지에서 점점 멀어져 엉뚱한 곳으로 갈 수 밖에 없는 것이다. 히말라야를 정복하려는 사람은 히말라야로 가는 올바른 지도를 갖고 등산길에 나서야 최종 목적지에 도달할 수 있다. 그래서 이주현은 신앙마 국회의원 추대위원회 위원들과 머리를 맞대고 국회의사당으로 갈 수 있는 전략을 짜는 일에 열을 올린다.

이주현의 정강정책의 요체는 물론 그녀의 장기인 사회보장제도이다. 사회보장제도란 쉽게 말해서 "일할 능력이 있는 사람에게는 일자리를 마련해 주고 일할 능력이 없는 사람에게는 수입을 보장해 주는 것"을 말한다. 일할 능력이 있는 사람에게 일자리를 찾아 주는 문제가 그리 쉬운 것은 아니지만, 그보다 더 어려운 일은 일할 능력이 없는 사람에게 수입을 보장해 주는 것이다. 결국 일할 능력이 없는 사람에게 생계를 이어나가게 할 수 있는 수입을 보장해 주는 것이 사회보장제도의 핵심개념이다. 즉, 사회보장제도는 부를 창출하는데 관한 것이 아니고 창출된 부를 어떻게 재분배 하느냐에 관한 것이다. 부를 재분배하는 대상은 주로 노약자, 지체장애인, 국가유공자의 유가족보호, 건강보험 등으로 구분된다. 부의 재분배에 있어서 항상 문제되는 것은 형평성, 공정성, 투명성인데, 이주현은 이번 선거에서 특별이 이것을 바로 잡는 것을 자신의 선거공약으로 채택하기로 결심한다.

정강정책이 채택되고 나면, 이것을 선거구민에게 유효적절하게 전달하고 잘 이해되도록 노력해야 한다. 아무리 뛰어난 정강정책도 그것이 선거구민의 마음에 와닿지 않으면 말짱 헛일이 되고 만다. 그래서 이주현의 히정작팀은 후보자의 신상 브랜드, 선거구호, 로고송등을 제작하는데 열을 올린다.

선거운동이 시작되고 선거열기가 과열되면 후보들은 상대방에 대해 막말, 인신공격, 흑색선전, 마타도어, 중상모략, 아니면 말고, 꼼수작전 등, 있는 것 없는 것 모든 수단을 다 동원해 공격하므로 선거전은 난맥상을 이루어 진흙탕 속으로 빠져들게 된다. 그래서 상대방에 대해 예의를 지키고 정당한 선거전만 택하는 후보가 손해를 보기 마련이다. 이주현은 신앙마의 신상 이미지를 생각해 타락선거 전략은 선택하지 않기로 한다. 엄격하게 공명정대한 정책선거만 전개하려고 마음먹는다. 그렇더라도 상대방의 과격한 인신공격이나 중상모략에 손발 놓고 지켜

볼 수만은 없는 노릇이다. 그래서 이주현은 상대방에 대해 "눈은 눈으로 이는 이로 식"의 맞대응은 자제하고 젊잖게 "건더기는 어디 있나?"로 대응한다.

°三十一

예상한 대로 선거전 초반부터 상대후보들은 이주현의 선두주자 위치를 의식하여 이주현에게 집중포화를 퍼부어 댄다. 온갖 험담, 욕설, 중상모략, 인신공격을 이주현에게 쏟아붓는다. 그래도 이주현은 "눈은 눈으로 이는 이로" 식의 대응을 자제하고 꾸준하고 성실하게 자신의 선거공약인 "사회보장제도"의 핵심을 설파해 나간다.

이제 선거 판세는 완전히 신앙마의 독무대로 떠오른다. 이주현이 나타났다 하면 학교 앞이든, 백화점 앞이든, 재래시장 안이든 난리도 보통 난리가 아니다. 그곳은 "신앙마"의 손을 한번 잡아 보려고 모여든 군중들로 북새통을 이룬다. "신앙마"가 살인적인 미소를 띠우며 손을 흔들면 군중은 "신앙마! 신앙마! 신앙마!" 하고 소리 지른다. 관중의 열띤 함성은 순식간에 주위의 모든 잡소리를 잠재운다. "이주현 현상"은 하루하루가 다르게 그 파도가 점점 거세지며 널리 퍼져나가고 있다. "신앙마 현상"은 단순히 청계선거구에만 한정되지 않고 전국 각 선거구에로 연일 확산되어가는 양상을 보이고 있다. 그래서 수많은 지역 선거구에서 고전하고 있는 꿈나라당 후보들이 이주현에게 지원유세를 요청하고, 이주현은 자기 선거구의 선거운동은 방치한 채 이들의 요청을 빠짐없이 받아들여 매일 다른 선거구로 지원유세 차 달려간다. 이주현은 한 지역구의 후보가 아니라 마치 대권후보가 지원유세를 다니는 것을 방불케 한다. 이제 "신앙마" 현상은 전국적인 현상으로 확대되어 확고한 자리를 잡게 된다. 언론매체도 이주현을 한 지역선거구 후보자의 하나로 대하지를 않고 전국적인 인물로 취급하고 있다. 그래서 저녁 뉴스 시간이 땡 하고 시작되면 이주현에 대한 동정부터 보도하고 나서야 기타 소식을 전할 정도가 된다. 전국 TV 시청자들이 매일 이주현의 빼어난 용모와 활동 모습을 보고서야 느긋하게 다른 프로그램을 시청한다. 이렇게 하여 22대 국회의원 선거는 종료되고, 개표 결과 청계선거구의 이주현이 득표율 88%라는 높은 득표율로 당선된다. 이것은 한국의 공직선거사상 최고로 높은 득표율로 기록된다.

이 광경을 지켜보며 기뻐한 사람은 그녀의 가족을 비롯하여 여러 사람이 있지만, 그중에서 빠질 수 없는 사람이 김봉주다. 그는 이주현이 일구어 낸 이 엄청난 성과에 대해서 환호하면서도 거기에 머무르지 않고 그녀의 다음 단계의 행로를 걱정하는 데 여념이 없다. 이제 그녀는 "히말라야 정복 전략"의 제2단계인 ㅁㅁㅁㅁ를 성공리에 마무리 짓고 제3단계인 ◎◎◎에 진입할 준비를 해야 할 때다. 제1단계와 제2단계가 사람의 노력과 의지에 의해 좌우될 수 있는 것이라면 제3단계는 천시(天時)와 지리(地利)가 잘 맞아 떨어져야 가능하다. 제1단계와 제2단계는 진인사의 문제요 제3단계는 대천명의 문제다. 그것은 김봉주도 어떻게 도와 줄 수가 없는 영역이다. 오직 그녀 앞날의 성공을 위해 김봉주가 할 수 있는 것은 기도를 드리는 것뿐이다.

이주현은 20대 국회의원선거에서 최고 득점자라는 호칭보다도 전국 각 선거구에서 낙선위기에 처했던 수많은 꿈나라당 후보들을 위한 구원 투수로 나서서 물에 빠져 있는 후보들을 건저 내어 금배지를 달게 해 주었다는 점에서 더 기억되고 있다. 이주현이 물에서 건져내 금배지를 달아 준 국회의원 만도 70명에 달한다. 꿈나라당 내에서 최대 계파를 이룰 수 있는 숫자다. 이로 인해 이주현은 비록 초선의원이지만 "선거의 여황제", "구원의 천사", "미다스 여왕" 등의 애칭을 듣게 되고, 구원 받은 국회의원들이 고마운 마음에서 이주현을 자기들의 리더로 떠받들게 된다. 이주현의 그러한 공적에 힘입어 꿈나라당은 165석의 의석을 확보하여 원내 다수당으로서의 위치를 확고하게 방어할 수 있게 된다. 당에 대한 그녀의 공헌이 인정되어 총선 후 처음 개최된 꿈나라당 의원총회에서 그녀는 원내부대표에 선출되어 22대 국회에서 혁혁한 의정활동을 전개해 나간다. 원래 당은 그녀를 꿈나라당 원내대표로 추대할 계획이었으나, 그녀 자신은 의정활동의 경험이 없다는 이유로 이를 극구 거절하고 부대표직을 맡아 의정활동의 경험을 쌓아 갈 생각이다.

°三十二

중국과 러시아 순방을 마치고 돌아온 북한 연개소문 국방위원회 위원장은 자신의 권력장악력에 대한 자신감을 갖고 더 이상의 핵실험은 포기하기로 선언한다. 그 대신 과감한 개혁개방 정책을 실시하여 북한의 경제 살리기에 전심전력을 기울인다. 북한의 낙후된 경제를 살리려면 무엇보다도 외국의 자본을 끌어들여야 하는데, 그게 그리 쉬운 문제가 아니라는 것을 연개소문은 깨닫는다. 그래서 이관유가 어떻게 싱가포르를 세계 일류 경제국으로 만들었는지를 배워야 한다고 결심한다. 이관유는 일인독재 체제를 유지하면서도 경제를 부흥시킬 수 있었다는 점에 착안하면서, 싱가포르를 북한경제 발전의 "롤 모델"로 삼기로 결정한다. 즉, 경제개발 특구를 여러 곳에 설치하고 다국적 기업의 다수를 적극적으로 유치하여 공업용 대지를 무상 제공하고 각종 필요한 행정적 지원을 유감없이 실시하고 세금도 5~10년간 전액 면제하는 등, 통 큰 투자유치 정책을 펴 나간다.

우선 연개소문 위원장은 남한의 대기업들의 북한유치를 위해 눈독을 들이고 있다. 이를 위해 그는 무엇보다도 남북한 간의 긴장완화가 중요하다고 보고 남북 정상회담의 개최를 강력히 추진한다. 과거 2차에 걸친 남북정상회담은 두 번 다 북한에서 개최된 점을 감안해 이번에는 자기가 남한으로 가서 남북정상회담에 참석한다는 통 큰 결단을 내린다. 그리하여 남북한 외교장관회담을 사전에 개최하여 날짜와 장소를 확정한 상태다. 1개월 후 남한에서 남북 정상회담을 개최하는 데 합의한 것이다. 이번 남북정상회담에서는 남북한이 교차로 서울과 평양에 양국 정부 대표부를 설치하는 데도 합의할 것이란 전망이다. 여기에 보조를 맞추어 전국경제인 연합회는 남한 기업의 북한진출을 적극 지원한다는 차원에서 평양에 "연락사무소" 설치를 추진하는 중이다. 민간기업 주도로 남북 간의 경협을 확대하여 얼어붙은 남북관계를 풀고 유기농 관광산업을 키워 북한을 아시아판 스위스로 만들겠다는 계획이다.

연개소문이 그 다음으로 눈독을 들이는 것이 싱가포르 기업들을 북한에 유치하는 것이다. 이를 위해 연개소문은 싱가포르 정부 고위층과 기업인들을 초청하여 북한에 대한 투자를 종용하고 싱가포르가 다국적기업의 북한 투자유치를 위한 선봉장 역할도 해 줄 것을 당부한다. 싱가포르 역시 국제시장 개척에 있어서 북한해역을 포함한 북극해역을 통과하는 것이 싱가포르 정부의 당면과제이므로 북한의 요청에 적극적으로 호응한다. 그러한 기조에 따라 싱가포르의 대규모 경제사절단이 북한을 방문하여 연개소문 위원장을 비롯한 고위 당국자들과 연쇄적인 회의를 이어가고 있다. 연개소문 위원장은 싱가포르 경제사절들과 투자유치 상담을 성공적으로 마치고 머지않은 장내에 싱가포르의 몇몇 대기업이 북한에 들어올 것이라는 확약을 받고 근래에 보기 드문 기분 좋은 모습으로 평양 근처에 있는 "마루산특각"에 도착한다. 그동안 연이은 투자 상담으로 인한 누적된 피로를 씻어내고 1달 후로 다가온 남북정상회담 준비를 하기 위하여 마루산특각에서 휴식을 취하는 것이다.

°三十三

　마루산특각에서 휴식과 남국정산회담 준비를 마친 연개소문은 회담 장소인 판문점에 있는 남측 연락사무소 평화의 집으로 향한다. 평양에서 판문점까지의 연결도로는 6.25사변 이래 변한 것이 없어 승용차로 이동하기란 보통 불편한 것이 아니다. 그래서 연개소문 일행은 회담일 하루 전에 개성으로 이동하여 하루를 묵고 그 다음 날 시간에 맞춰 회담 장소에 도착한다. 한편 남측 달춘추 대통령은 느긋하게 시간에 맞춰 평화의 집에 도착하여 잠시 휴식을취한 후 아침 10시 정각에 38선을 표시한 금줄 위에 서서 연개소문을 기다린다. 마침내 연개소문도 10시 정각에 북측 연락사무소 판문각정문으로 모습을 드러내고 38선 표시 금줄에 도착한다. 달춘추는 연개소문을 반갑게 맞이하며 먼저 말을 건다.

달춘추 만나 뵙게 되어 반갑습니다. 멀리서 오시느라고 수고하셨
       습니다.

연개소문 반갑습네다. 오시느라고 수고 많았습네다.

달춘추 나는 언제쯤이나 북한에 가게 되겠습니까?

연개소문 아, 그거 말입네까. 지금 날래 하시자구요.

　　연개소문은 달춘추의 손을 잡아끌며 38선 이북 쪽으로 안내한다.
이들은 38선 북쪽에 서서 기자들의 사진촬영을 위해 포즈를 취하며
환하게 웃는다. 이들은 기다리고 있는 남측 의장대의 환영의식을 받
으며 회담장인 자유의 집 안으로 들어간다. 연개소문의 방문록 서명
이 끝난 후, 이들은 회당장소에 준비돼 있는 탁자에 좌정하고 담소를
나눈다.

연개소문 우리가 멀리서 오다 보니, 아참, 멀리라고 하면 안 되겠구
       나. 서로 지척에서 살면서 이제야 비로소 만나게 되다니 유
       감입네다. 앞으로는 좀 더 자주 만납시다레.

달춘추 옳습니다. 그렇게 하도록 서로 노력하는 게 좋겠습니다.

연개소문 저희가 올 때 평양냉면을 가지고 왔습네다. 여러분들 오늘
       점심은 평양냉면으로 하는 게 어떻겠습네까?

달춘추 평양냉면은 남한에서도 인기가 대단합니다. 오늘은 원조
       평양냉면을 맛보게 되어 대단히 기쁩니다.

연개소문 우리 다음은 평양에서 만납시다레.

달춘추 좋습니다. 판문점에서 평양까지 드라이브도 할 겸 기대하

겠습니다.

연개소문 그게 말입네다. 솔직히 말씀 드리는데, 이북은 아직 도로사
      정이 좋지 않아서, 내가 이번에 올 때 보니 고생이 되더라
      구요. 다음번 평양 오실 땐 비행기로 오시라요. 내레 비행
      장에 나가서 맞이하가시요.

달춘추 교통수단이야 아무려면 어떻습니까. 서로 자주 만나는 게
      중요하지요.

연개소문 사실 말인데, 우린 아직 인민들이 이밥에 소고기국을 못 먹
      고 있어요. 그 문제도 달 대통령께서 좀 생각해 주시라요.

달춘추 아, 그 문제 말입니까. 그것은 북한의 핵문제와 연관이 되
      어 있어요. 연개 위원장께서도 누차 말씀 하시지 않았습니
      까. 핵문제는 남한과 상의할 대상이 아니고 미국과 상의해
      야 된다고요. 그러니 먼저 미국과 상의하시지요. 거기서 만
      족할 만한 타협이 이루어진다면 우리는 언제라도 문제를 해
      결하는 데 도움을 줄 각오와 능력을 갖추고 있습니다.

연개소문 그 문제에 대해서 내레 곧 결단을 내리가시오.

이리하여 연개소문은 도날드 박카스 미국 대통령 측과 교섭하여 싱
가포르에서 역사적인 북미 영수회담을 갖는다.

세계인의 관심 속에 개최된 이 회담은 여러 면에 있어서 주목을 받는
다. 우선 북한은 평양에서 싱가포르까지 국가원수를 태우고 무사하게
비행할 수 있는 능력을 갖춘 비행기가 없는지라 중국으로부터 비행기

두 대를 빌려서 사용하였다. 또한 과민할 정도로 존엄에 대해 신경을 쓰는 북한당국은 요리사부터 식재에 이르기까지 모두 북한산만을 고집하여 2박3일 체재기간 동안 현지 조달품은 일체 손대지 않았다. 존엄에 대한 신변보호는 12명의 정예 인민군으로 구성된 경호팀이 존엄이 어디로 가든 따라다니며 육탄 방어를 하였다. 좀처럼 개방 민주사회에서는 볼 수 없는 진풍경을 연일 연출하여 화제를 모은다.

이렇게 하여 개최된 북미 영수회담에서도 연개소문은 조금도 기죽지 않고 주도권을 쥐고 회담에 임한다.

연개소문 만나 보게 되어 반갑습네다.

도날드
박카스   나 역시 반갑습니다.

연개소문 대통령 각하를 직접 만나 보니 구면 같기도 하고 이웃집 아저씨 같기도 하여 참 친숙한 감이 듭네다.

도날드
박카스   나 역시 연 위원장님이 오랜 친구 같단 느낌이 드네요.

연개소문 그러면 우리 지금부터 마음 툭 터놓고 거추장스런 존칭도 빼고, 그저 호형호제 하며 지내는 게 어떡갔습네까?

도날드
박카스   나도 그거 환영합니다. 원래 우리 미국인들은 형식이나 인사치레 같은 거 좋아하지 않습니다.

연개소문 자, 그럼 도날드 형, 그 참수작전 같은 거 좀 없애 달라우요. 내레 신경질 나서 못 견디겠수다레. 그리고 경제제재

같은 것두 좀 거둬 치워 달라우요.

도날드 개소문 아우, 그거야 북한이 먼저 핵무기 제거만 하면 간단
박카스 히 해결될 수 있는 것 아니요.

이때 연개소문은 순간적으로 뭔가 잘못 돌아가는구나 하는 생각이 뇌리에 번갯불처럼 스쳐 지나가는 것을 느낀다. 개소문이라니. 아차! 내가 섣불리 호형호제 하자고 한 것이 말실수였구나. 그러나 어쩌랴, 쏟아진 물인걸. 그래도 바로 잡아야 할건 바로 잡아야지. 연개소문은 말을 이어간다.

연개소문 도날드 형! 내 이름은 개소문이 아니라 소문이라구요. 성은
      연개구요. 소문으로 불러 달라구요.

도날드 아, 미안합니다. 나는 한국사람들의 성은 모두 한 음절인
박카스 줄 알았지요.

연개소문 감사합네다. 도날드 형이 나와 내 정권의 안전보장을 확실
      히 하고 경제제재만 해제해 준다면 내 일 년 안에 그렇게 해
      드리리다.

도날드 소문 아우의 말을 들으니 내 십년 묵은 체증이 확 뚫리는 것
박카스 같소. 우리 그렇게 하기로 합의합시다.

연개소문 요 다음 회담은 평양에서 하는 게 어떠캤소? 듣자 하니 도
      날드 형 골프도 좋아 하신다던데, 평양에도 세계적 수준의
      골프장이 내 특각에 마련되어 있습네다.

도날드   아, 그 전에 소문 아우가 미국에 있는 내 별장에 먼저 오시
박카스   오. 거기에 골프장도 있고 하니, 나와 같이 골프 치며 며칠
        지내면 소문 아우의 그 과중한 체중도 줄어들 것이고, 일석
        이조가 아니겠소.

연개소문 감사합네다. 그건 그때 가서 다시 생각해 봅시다레.

　양 정상간의 역사적인 회담은 이렇게 화기애애한 가운데 진행됐고,
여기서 북한이 핵무기를 폐기하는 대가로 미국은 연개소문과 그의 정
권의 안전을 보장하고 북한에 대한 경제제재를 해제하는 데 합의한다.

°三十四

　시간은 쏜 로켓처럼 빨리 흘러 진실이와 진주가 벌써 초동학교와 중
학교를 졸업하고 고등학교에 진학하게 된다. 그녀들은 좋은 수양모를
만나 초특급 생활환경에서 고생하지 않고 말쑥하고 싱그럽고 늠름하게
자라 어디에 내놔도 주위의 눈길을 끌 만큼 우아하다. 그녀들은 아직
고등학교 3년생인데도 마치 아이돌처럼 얼굴은 V line, 몸매는 S line,
피부는 우윳빛, 화려한 맵시, 섹시한 눈빛, 톡톡 튀는 말솜씨, 숨 막힐

듯이 들리는 청아한 목소리를 갖추고 있었다. 아찔한 그녀들의 자태는 처음 이주현의 집에 도착했을 때와는 딴판으로 몰라보게 변모되어 일류 모델을 방불케 하는, 신비하게 느낄 정도로 이상적인 체구로 변모되었고, 가끔 tv에서 흘러나오는 리듬에 맞춰 춤을 출 때의 이들의 모습은 환상적인 장면의 걸출한 화폭을 연상시킨다.

웃으면 복이 온다는 말을 증명이나 하듯이 이들의 생활은 윤택해지고 사회적 지위와 위상도 격상되어 풍요로운 생활을 즐기게 된다. 의식주의 면모가 고급스러워지고 친구들과의 교제도 늘어나 자주 초대받는다. 생일이나 명절 같은 때는 친구들을 집에 초대해 파티도 자주 열어 동급생들과의 우정도 돈독하다.

사람들이 말하기를 진실이와 진주의 얼굴은 황진이같이 아름답고 눈은 양귀비같이 섹시하고 다리는 서시처럼 쭉 뻗어 매력이 넘친다고 한다. 이들이 어디를 가나 스포트라이트를 받고, 젊은 남자애들은 고개를 돌리고 목을 길게 빼 한참이나 쳐다본다. 그때마다 진실이와 진주는 등이 화끈화끈 뜨거워지는 것을 직감한다. 처음에는 별로 싫지도 않고 쑥스러운 줄을 못 느껴, 지금쯤은 익숙해질만도 한데, 어쩐지 귀찮고 부담스러워 죽을 지경이다. 이제는 좀 조용히 지내며 공부에 열중하다가 미국 유학을 가고 싶은데, 엄마는 왜 우리를 이렇게 예쁘고 아름답게 키워서 피곤하게 하는지, 원. 짜증나 죽겠어! 이렇게 말할 정도로 이들 두 자매는 성숙하고 예쁘게 잘 자랐다.

그녀들은 외모만 아름다운 것이 아니라 머릿속도 외모 못지않게 천생수려하고 흰눈처럼 총명하다. 김봉주가 혼신의 노력을 쏟아 부은 외국어 지도의 결과로 그녀들은 영어와 중국어에 능통하다. 둘 다 ㅋ신문사와 ㅅ대학이 매년 공동주최하는 영어토론대회에서 입상했으며 중국어 실력은 모두 HSK 6급 수준이다. 수학능력 또한 우수하여 보통사람에게는 난해한 미적분 문제를 술술 풀어 나간다. 모두 이주현이 그 애들을 일류로 키우겠다고 입술을 깨물며 쏟아 부은 정성과 피나는 노력의 결과다. 눈에 넣어도 아프지 않을 정도로 아름답게 자란 이 애들이 이젠 마치 새끼 독수리 들이 솜털을 벗고 날갯짓을 하며 둥지를 벗어나 어미 독수리 곁을 떠나 넓은 창공을 향해 훨훨 날아 갈 때가 온 것이다.

이주현은 미국의 수도 워싱턴 D.C 근교 매릴랜드주 포토맥에 살고 있는 친구에게 연락을 하여 진실이와 진주의 고등학교 교육을 맡아 지도해 달라고 부탁한다. 그 친구는 두말 않고 흔쾌히 동의하여 두 애들을 거기에 보낸다. 포토맥은 유태계 백인들이 많이 사는 부유한 지방이기 때문에 서울 강남지역처럼 학군이 뛰어난 곳이다. 그 중에서도 진실이와 진주가 입학한 월터 존슨 고등학교는 미국 전역에서도 10등 안에 들 정도로 손꼽히는 우수한 학교 이다. 여기에 진실이와 진주는 가을학기부터 등교하게 되어 있다. 그녀들이 살 집은 거실에다 침실이 네 개인데다 부부 단 둘이서 사는 집이라 방이 여유가 있어 진실이와 진주는 제각기 방을 따로 쓴다. 이주현의 친구 부부는 자기들의 친딸처럼 그녀들을 극진히 보살펴 준다. 매일 아침 6시 학교버스가 집근처에 도착하면 이들은 걸어가서 버스에 승차한다.

　진실이와 진주가 월터 존스에 도착한 첫날 아침 학교는 난리가 난다. 이미 한국에서 온 미모의 오씨스터즈가 가을학기부터 등교할 것이란 소문이 몽고메리 카운티 교육청에 의해 파다하게 퍼져 있던 터라 그녀들이 학교에 도착하자 교사와 학생들이 몰려와 그녀들의 얼굴을 보려고 난리 법석을 친 것이다. 듣던 것 이상으로 매력적인 그녀들을 보고 모여든 교사와 학생들은 "웰컴 오씨스터즈!"를 연발한다. 이렇게 해서 그녀들은 학교에서 "오씨스터즈"로 통하게 된다. 첫째 수업시간이 끝나고 쉬는 시간에 학생들은 오씨스터즈 책상으로 우르르 몰려들어 온갖 질문을 퍼붓는다. 그중에서도 제일 많이 묻는 질문은 K-pop에 관한 것이다. 최근에 최고로 인기 있는 K-pop 가수는 누구냐, 그들이 부르는 인기곡은 어떤 것이냐, K-pop 댄스를 출 수 있느냐, 한번 춤을 춰볼 수 있느냐 등등이다. 하도 졸라대서 진실이와 진주가 웨이브 댄스를 맛보기로 선보이며 조금 몸을 흔들어 대니 동급생들은 "꺅!" 소리를 지르며 까무러친다. 그들은 쉬는 시간 내내 떠들고 미치고 난리 법석이다. 다소 차분하고 침체된 듯하던 학교 분위기는 오씨스터즈의 출현으로 인해 생기가 돋아나고 보다 활달하고 경쾌한 분위기로 바뀐다.

　진실이와 진주는 인기뿐만 아니라 학업성적에 있어서도 두각을 나타낸다. 영어실력에 있어서는 다소 뒤처져 동료 미국 학생의 특별지도를 받지만, 수학에 있어서만은 단연 누구도 따라 오지 못할 정도의 우수한 실력을 나타낸다. 거기다가 이들의 중국어 실력은 같은 반에 있는 중국

계 미국 학생 빼고는 누구도 그녀들의 실력에 도전장을 내지 못할 정도
다. 그녀들은 또한 일요일이면 한인교회에 나가 예배 보고 나서 오후
에는 교인 중의 노약자들을 도와 자원봉사활동을 벌인다. 이렇게 열심
히 한 학기를 마치고 나니 학교당국에서 그녀들의 봉사활동을 인정하
고 높이 평가하여 백악관에서 일 년에 한 번씩 수여하는 대통령 표창장
을 받게 된다. 이렇게 학교공부 하랴 자원봉사 하랴 바쁜 생활 속에서
도 매일 저녁(한국의 아침시간) 한국에 있는 엄마에게 전화를 걸어 그날
지낸 일들에 관해 자세히 보고를 하는 것을 잊지 않는다.

　이주현은 하루 일과 중 이들에게 전화를 받고 대화를 나눌 때가 가장
유쾌하고 행복하다. 전화통화가 끝나면 책상 위에 놓인 그녀들의 귀여
운 사진을 물끄러미 쳐다보다가 자기도 모르는 사이에 걷잡을 수 없이
두 눈에서 눈물이 펑펑 쏟아지고 주르르 흘러내린다. 피는 물보다 진하
다고들 하지만, 이주현에게 있어서는 오히려 물이 피보다 더 진한 것을
느낀다. 이렇게 되면 이주현은 만사를 제치고 여권을 꺼내 들고 포토맥
으로 날아간다. 이주현은 방학이 되면 그녀들을 한국으로 데려다가 자
기 곁에 놓아두고 일을 가르친다. 진실이와 진주는 자기들의 어린 시절
고생하던 생각을 못 잊어 전국에 엄마가 짚어 놓은 "어린이 집"을 차례
로 순방하며 어린이 들을 도와준다. 그때가 진실이와 진주에게 있어서
는 제일 행복한 시간이다.

°三十五

　세월이 흐르고 흘러 진실이와 진주는 자기들이 이룩한 우수한 학교 성적과 자원봉사를 포함하는 눈부신 스펙을 바탕으로 둘이 나란히 하버드대학교 법대에 진학한다. 거기서도 그녀들은 고등학교 시절에 뒤지지 않는 인기몰이와 우수성적 퍼레이드를 이어간다. 하루는 동급생 중 밥 슈나이더(Bob Schneider)라고 하는 한 백인남학생이 진실이에게 다가와 데이트 신청을 한다. 그는 이후 미합중국 백악관 주인이 될 청년이다. 여태까지 남자와 사귀어 본 경험이 없는 진실이는 호기심 반 두려움 반으로 망설이다가 상대방의 준수한 용모와 예의 바른 행동에 끌려 그의 데이트 신청을 받아들이고 그때부터 이들 둘은 자주 데이트를 즐기는 사이가 된다.

　하루는 진실이가 저녁식사 후 동료 여학생들과 기숙사 앞에서 수다를 떨며 한가한 시간을 보내고 있는데 밥 슈나이더가 꽃다발을 들고 친구들에게 둘러싸여 진실이가 있는 쪽으로 노래를 합창하면서 걸어온다.

내 진실이가 바다건너 에 누어있네

내 진실이가 먼 나라에서 노닐고 있네

내 진실이가 이국땅에서 살고 있네

오! 진실이를 빨리 데려 와야지

　밥 슈나이더 는 진실이 앞에 다가와 무릎을 꿇고 꽃다발을 주며 사랑
고백을 하고 나서 주머니에서 약혼반지를 꺼내 진실이 손가락에 끼워
준다. 진실이도 순순히 밥의 제의를 받아주고 둘이는 서로 껴안고 키
스를 한다. 그때 밥 슈나이더의 친구들은 밥 슈나이더를 납치하듯 끌
고 근처 수영장에 텀벙 빠뜨린다. 진실이의 여자 친구들도 거기에 질세
라 진실이를 납치하듯 끌고 기숙사 안에 있는 목욕탕 욕조에 물을 가득
받아 놓고 텀벙 빠뜨린다. 이렇게 해서 진실이와 밥 슈나이더의 약혼은
끝났고 그 후 대학 졸업과 동시에 그들은 이주현과 신랑 부모를 모신
자리에서 결혼식을 치르고 부부생활을 시작한다.

　진실이와 밥은 어느 여름 주말 저녁 직장 동료의 초청을 받아 그 친
구 부모의 금혼식 기념 파티에 참석한다. 이때 진실이와 밥은 진주도
데리고 간다. 파티는 집 뒤에 있는 수영장 옆에 있는 잔디밭 위에서 진
행된다. 하객들은 주빈에게 축하인사 하고 칵테일을 들며 왁자지껄 떠
들어 파티가 열기를 더해 가고 있다. 수영장 가에 서있던 진주는 자기
의 흘러내린 머리를 가다듬으려고 들고 있던 핸드백을 옆에 서있는 진
실이에게 맡아 달라고 건네는데 그 순간 진실이가 칵테일 잔과 핸드백
을 동시에 주체하지 못하고 텀벙거리다가 진주의 핸드백을 수영장 물

속에 빠뜨리고 만다. 진실이와 진주가 난감해 하며 어찌할 바를 모르고 당황해 하고 있을 때, 수영장 반대편에서 갑자기 첨벙 소리가 들린다. 한 청년이 단숨에 헤엄쳐 와 물에 빠진 핸드백을 집어들고 수영장 밖으로 빠져 나와서는 그 핸드백을 진주에세 공손히 전해 준다. 이 광경을 지켜본 하객들은 일제히 박수를 치며 "원더풀"을 연발하며 그 청년을 격려한다. 이 청년은 북경에 있는 칭화대에서 핵물리학을 전공하고 지금 MIT에서 그 분야 박사학위 과정을 밟는 중인 수재로서 후에 마오샤오핑 주석의 후임자로서 중화인민공화국의 주석이 되는 차오 허핑(曹和平)이라는 사람이다. 그는 진주 자매가 파티장에 입장할 때부터 그들의 매력적인 용모와 자태에 매료되어 계속 그들의 동정을 주시하고 있던 차에 진실이가 핸드백을 물에 떨어뜨리는 광경을 보고 천우신조(千載难逢)라고 생각하고 물에 뛰어든 것이다. 진주와 허핑 둘은 그 사건이 계기가 돼서 서로 사귀다가 사랑하게 되고 마침내는 결혼까지 하게 된다. 그 후 이들 둘은 중국으로 건너가 거기서 생활하게 된다.

°三十六

밥 슈나이더는 하버드대 법대 졸업 후 진실이와 같이 뉴욕 월스트리트에 있는 한 법률사무소에서 근무하다 매릴랜드주 하원의원 선거에 출마하기 위해 법률사무소를 사직하고 진실이와 함께 매릴랜드로 돌아 간다. 거기서 천신만고 끝에 주하원의원에 당선되어 의정활동을 하다 가, 좀 더 큰물에서 헤엄치며 사는 물고기가 되고 싶어 매릴랜드주 출 신 연방하원의원 선거에 입후보한다. 그 결과 당선되고, 그 후 연방상 원의원 선거에 당선 되어 의정활동을 하다가, 마침내 미합중국 대통령 선거에 민주당후보로 출마하여 당선된다.

한편 미국에서 박사학위를 마치고 진주를 데리고 중국으로 돌아간 차오 허핑은 북경에 있는 중국원자력위원회 선임위원으로 취직하여 근 무하다가 원자력발전이 중국의 에너지자원에서 차지하는 비중을 감안 하여 공산당 중앙위원회 위원으로 발탁되어 일한다. 거기서 그의 정치 적 신념, 태자당원으로서의 출신배경, 원자력분야의 전문성 등이 인정 되어 9인의 공산당정치국원 중 하나로 피선되어 근무한다. 그러다가 현직 국가주석의 임기만료에 따라 국가주석으로 피선되어 중화인민공 화국의 주석직에 취임한다.

밥 슈나이더와 차오 허핑은 공교롭게도 같은 시기에 미국의 대통령 과 중국의 국가주석으로 취임하게 된다. 마침 중국이 아시아에서의 미 국의 세력확장을 견제하기 위한 수단으로 아시아투자은행을 설립하고 남중국해에서의 바윗돌 군사기지화, 군사력의 강화 등을 추진했는데 이에 대항하여 미국은 일본과 손을 잡는다. 미일 양국은 환태평양 무역 협력체의 발동, 한반도에 초고공 공격미사일타격 체계의 구축, 동남아

제국과의 연계 하에 중국의 세력 확장 방지체제의 구축 등으로 맞대응한다. 이 같은 미묘한 시점에서 이 둘은 미중 양대 강국의 국가원수 자리에 올라앉게 된 것이다. 더욱 공교로운 것은 이들 두 강대국의 국가원수가 한국출신의 자매를 영부인으로 맞게 되었다는 사실이다. 천년, 아니 만년에 한 번 있을까 말까 한 기적 같은 일이 일어난 것이다.

밥 슈나이더 대통령과 차오 허핑 주석은 그러한 양국 간의 첨예한 대립갈등관계를 완화할 목적으로 양국 간의 정상회담을 개최하기로 합의하고, 슈나이더 대통령이 먼저 차오 허핑 주석을 미국으로 국빈초청 한다. 사적으로는 동서지간인 그들이지만 공적인 면에서는 한 치의 양보도 없다. 그런데 지피지기면 백전백승한다고 했던가, 그들은 오히려 각자가 인척관계로서 혹은 미국의 아이비 리그(Ivy league, 미국 동부 명문 사립대학) 졸업생의 일원으로서 상대방을 너무나 잘 알고 있기 때문에 백전백패할는지도 모른다. 이처럼 미묘한 관계에 있는 그들 두 사람이 미국의 수도 워싱턴 D.C에서 세기적인 외교결투를 벌이게 된 것이다. 차오 허핑은 국빈방미 첫날 워싱턴 D.C 차이나타운에서 화교들의 환영행사를 치른다. 그후 전국 신문기자 협회에서 토론회를 갖고 그 다음날은 상하양원 합동회의에서 연설한다. 제3일째 되는 날은 아침부터 백악관에서 미중 정상회담을 개최하고 저녁에는 백악관에서 미합중국 대통령 주최 국빈만찬회에 참석한다.

국빈만찬회가 열리는 백악관은 온통 축제 무드로 변한다. 만찬회가 열리기 3~4일 전부터 백악관 주방은 오진실 영부인의 직접감독을 받아

가며 음식준비에 열을 올리고 있다. 메뉴는 주로 중국 전통음식과 미국 요리로 짜여져 있지만, 특이한 몇 가지 음식도 별도로 준비되고 있다. 우선 진실이가 백악관 뒤뜰에 심어 재배한 채소로 만든 샐러드와 한국식 김치, 그리고 한국 갈비찜과 궁중 신선로가 소개될 예정이다. 백악관 안은 일층부터 이층 만찬장이 위치한 이스트룸(East Romm)으로 올라가는 계단, 이스트룸과 프레지덴트룸 사이에 있는 중앙홀, 그리고 만찬회가 개최될 이스트룸은 온통 미국을 상징하는 붉은 장미꽃, 중국의 국화를 상징하는 매화꽃, 그리고 한국의 무궁화 꽃 일색으로 장식되어 있다. 외견상으로는 흡사 한국 대통령 환영 국빈만찬회장 혹은 한국의 날 축하행사장같이 보인다.

국빈 만찬회에는 미중 양국의 저명인사들이 대거 초청되어 참석하게 되고 특별히 한국의 이주현 국회의원도 귀빈으로 초청되어 참석하기로 되어 있다. 미국의 대중매체들은 이번 미중 정상회담의 중요성을 특별히 부각하고, 양국 정상들의 영부인이 대한민국 국적의 자매라는 점, 그녀들은 고아출신이라는 점, 그녀들을 그처럼 세계 일류시민으로 키운 인물은 현직 대한민국의 국회의원 이주현이라는 점, 그 이주현 여사가 오늘 저녁 국빈 만찬회에 초청되어 참석할 예정이라는 점 등을 대서특필하고 있다. 그러다 보니 언론의 스포트라이트는 자연 이주현에게 쏠린다.

저녁 국빈만찬회가 시작되자 미중 양국의 정상들이 미국 해병대의 안내를 받아 성조기와 홍기를 앞세우고 이스트룸에 입장한다. 그 뒤를 양국의 영부인들이 따라 입장하는데, 다름 아닌 이주현이 정성을 쏟아 키운 한국의 오진실과 오진주 자매이다. 오진실 영부인은 중국인들이 선호하는 붉은색 드레스를 입었고 오진주 영부인은 미국 민주당 당색인 푸른색의 드레스를 입었다. 그녀들의 옷은 모두 미국과 중국의 일류 디자이너 들이 직접 제작한 것으로, 그녀들의 옷 색깔과 화려한 금색, 홍색, 백색으로 단장된 이스트룸의 분위기에 완벽한 조화를 이루어 만찬장 분위기를 한껏 고양시킨다. 특히 그녀들의 날씬하고 우아한 몸매와 양귀비 및 서시를 압도하는 미모는 한 쌍의 학 또는 하늘에서 내려온 선녀 같은 느낌을 주어 장내 하객들의 시선을 독점하고 그들의 넋을 빼낸다.

식사가 시작된다. 슈나이더 대통령이 일어나 마오타이 술잔을 치켜들고 두보의 유명한 시 한 구절을 중국어로 낭송하고 감바이를 제의한다. 하각들이 모두 일어나 깐 뻬이를 외친다. 그다음 차오 주석이 일어나 마오타이 술잔을 높이 쳐들고 미국 유학시절에 애송하던 월터 휘트먼의 유명 시 한 구절을 낭송하고 감바이를 제의한다. 만장한 하객들도 역시 따라서 깐 뻬이를 외친다. 식사가 끝날 무렵 백악관 공보관의 소개로 미합중국 대통령 밥 슈나이더가 소개되고, 이어서 슈나이더 대통령의 만찬사가 발표된다. "미국과 중국은 평화와 공존을 추구하는 양대 강국으로서 앞으로 상대방을 공격하는 일은 없을 것입니다. 감사합니다(我们追求和平和共处 平等互利)." 그 다음은 중화인민공화국 주석 차오 허핑이 소개되고 이어서 그의 답사가 낭독된다. "요컨대 중미 양국의 관계는 일치하는 점은 취하고 의견이 서로 다른 것은 잠시 보류하는 관계로 갈 것입니다. 감사합니다(我们提唱求同存异).

양국 정상의 만찬연설이 끝나자 여흥이 시작된다.

먼저 미국의 유명 보컬그룹이 나와 'The yellow roses of Texas'를 부른다. 그다음 중국의 유명가수가 나와 '티엔미미(甜密密)'를 부른다. 그 다음은 한국가수 소미애와 소수의 KBS 합창단이 특별 출연하여 '홀로 아리랑'을 부른다. 이것은 미국과 중국의 두 영부인의 공동요청으로 특별히 마련된 것이다.

소소미애 일행의 출연은 마음속 깊은 곳에서 분출되는 음률, 혼백을 흐트러뜨리는 멜로디, 고음과 저음을 자유자재로 오르내리는 음성, 동양과 서양, 고전과 현대를 아우르는 절묘한 음률배합, 한 맺힌 한민족의 울분을 토해내는 듯 한 울부짖음. 모든 것이 감동적이고 완전무결한 편성 및 진행이었다. 그 곡을 작사 작곡한 이들, 그곡을 주문한 이들, 그 곡을 힘차고 감격적으로 부른 출연자 모두가 틀림없는 대한의 혼을 이어 받은 무궁화 꽃송이다. 홀로아리랑의 감동적인 음률과 연대와 화합을 도모하자는 내용의 노랫말이 전파를 타고 한국에 있는 김봉주의 오피스텔까지 날아가 그의 눈시울을 적신다. 그 광경을 현장에서 지켜보는 이주현도 진실이와 진주의 얼굴을 번갈아 쳐다보고 눈시울을 붉히며 깊은 감회에 젖는다. 역시 김봉주가 설계한 "무궁화 꽃 개화 작전"이 성공했구나. 그 당시는 그것이 무엇을 말하는지를 딱히 몰랐는데, 지금 와서 보니 모든 것이 명명백백하게 드러난다는 사실에 이주현은 감탄한다.

여흥 프로그램이 끝나자 슈나이더 대통령이 오진실의 손을 잡고 일어서 월츠곡에 맞추어 춤을 리드한다. 이들 뒤를 따라 차오 주석이 오진주의 손을 잡고 월츠를 추기 시작한다. 이들 두 쌍의 정상은 춤을 계속 추며 이스트룸을 빠져나가 넓고 환히 트인 중앙홀에서 시원시원하게 스텝을 밟아 나간다. 하객들도 그들의 뒤를 따라 월츠를 추며 이어간다. 하객 중의 한 상원의원이 이주현에게 다가가 춤을 청한다. 이주현은 서슴없이 일어나 그의 내민 손을 잡고 그가 리드하는 대로 스텝을 밟아 나간다. 한폭의 그림과 같은 아름다운 장면이 아닐 수 없다.

국빈만찬이 끝나고 귀빈들이 다 돌아가고 난 후 슈나이더 대통령 부부와 차오 주석 부부, 그리고 이주현은 백악관 건너편에 있는 영빈관 블레어 하우스(Blair House)로 이동한다. 거기는 현재 중국 국가주석 차오 허핑 내외가 묵고 있는 곳이다. 여기에 도착한 일행들은 블레어 하우스에 발을 들여 놓는 즉시 국가원수가 아니라 동서지간, 자매지간, 장모 사위지간, 모녀지간의 친인척관계로 돌아간다. 모두들 홀가분한 기분으로 외교적 예의(protocol)는 모두 던져 버리고 자유분방한 모습으로 칵테일을 들며 과거에 슈나이더가 진실에게 청혼하던 일, 차오 허핑이 연회장내 수영장에 풍덩 빠지던 일 등을 얘기하며 시간 가는 줄을 모르고 밤을 지새운다.

°三十七

　마루산특각은 초호화 레저 시설로서, 100미터 깊숙한 지하에 핵공격에도 끄떡없는 철옹성 같은 벙커를 갖추고 있다. 마루산 자락에 있는 이 특각에는 수영장, 헬기장, 기포식목욕탕인 자쿠지, 대형연회장 등의 고급시설이 들어서 있다. 유사시 순안공항으로 빠져나가 해외로 탈출할 수 있도록 지하 이동통로도 마련되어 있다. 또 이곳에는 석 달 이상을 버틸 수 있는 생필품이 구비되어 있다. 이 특각은 삼중으로 경호원이 배치되어 포위하고 있는데, 제1차 경호선은 특각으로부터 300미터 주위를, 제2차 경호선은 200미터 주위를, 그리고 제3차 경호선은 100미터에서 철통경호를 펼치고 있다. 특각 정문에는 경호초소가 설치되어 있고, 여기에는 경호대장과 수행비서가 대기하면서 특각 내부 및 주변 경호 병력과 연락을 취한다. 특각 내부 주인의 사생활 보호를 위해 특각내부에서 전화로 지시가 없는 한 어떤 경우에도 특각 외부에서 먼저 연락을 취해서는 안 된다는 규정이 엄격하게 시행된다.

　이날 특각 안에는 연개소문과 그의 처 이정애 및 여동생 연개여성이 수영복 차림으로 느긋하게 수영을 즐기고 있다. 연개소문은 피곤할 때면 기포식 목욕탕 자쿠지에 들어가 몸을 푸는 것이 습관화 되어 있다.

이날도 연개소문은 자쿠지에 들어가 느긋하게 솟아오르는 기포에 몸을 담고 기포마사지를 즐기며 심신의 피로를 풀고 있다. 그 옆에 위치한 수영장에는 이정애와 연개여성이 파안대소하며 수다를 떨고 있다. 연개소문은 기포의 분출력이 좀 더 강한 자쿠지 중심부로 천천히 옮겨 간다. 중심부에는 밑에 자쿠지를 청소할 때 물을 빼는 하수구가 있고, 그 하수구는 뚜껑이 덮여져 있다. 연개소문이 중심부에 도달하여 실수로 그 뚜껑을 잘못 건드려 그 뚜껑이 벗겨지면서 엄청난 흡인력에 물이 빨려 들어가는데, 연개소문이 균형을 잃고 뒤뚱거리다가 바닥에 주저앉아 엉덩이가 순간적으로 하수구에 빨려 들어간다. 연개소문은 거기에서 빠져 나오려고 안간힘을 쓰는데 하수구의 흡인력이 워낙 강해 빠져 나오지를 못하고 두 손을 물 위로 내밀고 허우적거리기만 한다. 연개소문의 머리로부터 물의 표면까지는 불과 30센티미터밖에 안 되지만 그의 얼굴은 여전히 물속에 잠겨 있어, 연개소문은 호흡을 할 때마다 물만 들이킨다.

이렇게 연개소문이 죽을힘을 다해 하수구 구멍에서 벗어나려고 필사적으로 발버둥치고 있는 사이, 옆에 있는 수영장에서 수다를 떨던 두 여인은 자쿠지를 바라보며 연개소문이 두 팔을 물 위에 내밀고 허우적거리고 있는 광경을 보고 수상하게 여겨 자쿠지로 달려간다. 연개소문에게 다가간 두 여인은 연개소문의 두 팔을 잡고 그를 물 밖으로 끌어내려고 온 힘을 써 보나 하수구의 흡인력을 당해 낼 도리가 없다. 이렇게 한참 사투를 벌이는 사이 연개소문의 몸은 힘이 빠져 축 늘어지고 두 팔은 물 밑으로 축 처진다. 얼굴이 새파랗게 질린 연개여성이 전화 수화기가 놓인 곳으로 달려가 경호초소에 전화를 걸어 다급한 목소리로 구조를 요청한다. 경호대장과 수행비서가 급히 달려와 두 여인과 함께 합세하여 연개소문을 자쿠지에서 끌어내 인공호흡을 실시하는 한편, 만수무강연구소에 급히 연락하여 연개소문 전담의료진을 급히 불러 온다. 연개소문은 앰뷸런스에 실려 만수무강연구소에서 뇌수술을 받고 생명은 건지지만, 물속에서 입은 뇌손상으로 하반신이 마비되어 식물인간이 된다.

한편 연개여성은 경호대장과 수행비서를 시켜 꿀벌당 조직지도부 핵심간부들에게 전화를 걸어 저녁 7시에 수령동지 주체 만찬회가 있으니 참석하라고 통지하고, 그들이 도착하는 즉시 모두 감금한다. 그러고는 국방위원회 위원 12명을 모두 불러들여 이들 역시 감금한다. 또한 일선 군 사령관들에게 전통문을 보내 인민무력부 회의실에 모이게 하고 그들이 도착하는 즉시 모두 감금한다. 그러고 난 후 달 대통령과 연개소문 위원장 간에 연결된 직통전화를 이용하여 달 대통령에게 비상사태가 발생한 사실을 통고하고 사태가 수습될 때까지 달 대통령의 협조를 당부한다. 이들 일련의 사태는 불과 몇 시간 만에 발생했지만, 연개여성은 그동안 당조직위 부위원장직에 있으면서 꾸준히 다져온 자신의 친위부대를 국가조직 전 분야에 걸쳐 전진배치하고, 오빠를 그림자처럼 따라 다니며 국가통치기술을 몸에 밸 정도로 터득했기에 한 치의 차질도 없이 국가권력을 전광석화로 손에 거머쥔다. 그러고 나서 연개여성은 중국에도 비상사태발생에 관한 소식을 통지한다.

북한의 비상사태 발생에 관한 연락을 받은 한국군 당국은 전국에 "진돗개 셋"을 발령하고 전군에 전투태세에 돌입할 것을 명한다. 한국군의 연락을 받은 주한 미군 당국은 미 국방부에 연락하고, 미 국방부는 태평양 사령부와 협의 하에 미7함대를 한반도에 급파한다. 한편 한국군의 특전대와 미군의 네이비 씰은 한미연합 침공팀을 구성하여 북한 영변에 있는 핵실험소에 낙하시킬 만반의 준비를 끝내고 미국 대통령의 공격명령만 기다리는 중이다. 한편 달 대통령은 박카스 대통령에게 전화를 걸어 연개여성의 통보내용을 설명한다. 더불어 이 시점에서 북한을 공격하여 사태를 악화시킬 것이 아니라 싱가포르 선언도 있고 하니 우선 북한 정권이 안정된 후, 즉 연개여성이 권력 장악을 완성한 연후에 자연스럽고 평화적으로 핵 문제를 해결하는 것이 최선책이라는 점을 강조한다. 박카스 대통령 역시 연개소문의 유고 상황하에서 연개여성이 큰일을 저지를 확률은 크지 않다고 판단하고 미군의 북한침공을 잠시 중지하고 대기할 것을 지시한다.

　한편 북한의 급변사태에 관한 급보를 한 발 늦게 접한 중국 군부는 심양군구와 북경군구산하 병력을 동원하여 북한 내부로 진격할 준비태세를 갖출 것을 명령한다. 이처럼 사태가 일촉즉발의 위기상황으로 치닫자 한국정부는 외교력을 총동원하여 중국정부의 자제를 요청함과 동시에 이호동과 이주현의 이면 외교경로를 가동시켜, 이호동을 자오 주석에게, 이주현을 양후방 외교부장에게 급파하여 북한에 대한 중국의 군사개입을 자제해 줄 것을 간청한다. 중국 정부로서도 현재 미국과 일본이 중국을 견제하기 위해 미일 정상회담을 열어 미일 방위조약을 개정하고, 일본의 주변사태가 발생할 시 일본군을 파병할 수 있게 하는 등의 조치를 취하고 있는 정세변화를 감안할 때, 섣불리 북한에 군사개입을 할 수 없었다. 중국 지도부는 이참에 한국과 경제유대를 강화하는 한편 새로운 군사협력 체제를 수립하는 것이 오히려 동북아 지역에서 미일의 세력팽창을 견제할 수 있는 최선의 방책이라고 판단한다. 그래서 중국 정부는 중국 인민해방군의 북한진격은 일단 보류한다. 이리하여 한미연합군과 중국 인민해방군 간의 무력충돌이라는 최악의 상황은 무마되고, 이로써 사실상 한반도 통일이 이루어진다. 꿈에도 소원이던 우리의 통일이 이렇게 도둑이 밤에 오듯 소리 없이 찾아올 줄은 그 누구도 예상 못했다.

　연개여성의 정권장악 과정을 지켜보던 한미 연합군사령부는 연개여성이 꿀벌당과 내각 및 군부를 완전 장악하여 정권의 안정을 이룩한 것으로 판단한다. 현 시점에서 한미 연합사령부가 가장 우선시하는 것은 북한 내의 핵무기와 살인가스의 외부유출을 방지하는 것이다. 군사력의 사용을 자제하면서 그러한 목적을 달성하기 위해서는 무엇보다도 연개여성 정권의 존재를 인정하고 북한정국의 안정을 유지해 주는 것이 급선무라고 판단한다. 그것은 또한 남북 및 북미 간에 합의된 판문점선언 및 싱가포르선언의 정신과도 일치한다고 판단하여 북한의 안정을 이룩하는 일에 만전을 기한다. 그렇더라도 졸지에 막강한 오빠의 무소불위한 권력의 언덕을 상실한 연개여성은 이빨 빠진 호랑이 모양으로 힘이 빠진 상태로 무기력해지고, 연개소문이 무력한 상태에서 백두혈통에서 뿜어 나오던 후광효과는 눈에 띄게 희석된다. 하늘을 찌를 듯

기세등등하던 그녀의 모습은 온데간데없고 빛바랜 맥고모자처럼 풀이 죽어 권부 내에서 그녀의 말은 좀처럼 영이 서지 않는다.

이런 상황에서 한미연합사는 연개여성과 정치적 담판을 벌이기로 하고, 그녀에게 남북미 3자회담을 제안한다. 연개여성도 현 시점에서 한미연합군의 평화공세를 거절하고 무력침공을 막아낼 형편이 못 된다는 것을 뼈저리게 느끼며 3자회담의 제의를 수락한다. 3자회담은 장기간의 우여곡절 끝에 다음과 같은 한반도평화협정의 체결에 합의한다.

1. 북한은 핵무기와 살인가스의 완전폐기를 단행하고 장거리로켓의 실험발사를 전면 중단한다. (핵무기는 모두 미국으로 반출한다.)
2. 북한에 대한 UN제재 및 미국의 제재를 전면 해제한다.
3. 남북미중 4국은 한반도평화협정을 체결한다.
4. 한반도평화협정의 성실한 이행을 감시할 한반도평화협정감시단을 남북미중러일 6개국으로 구성한다.
5. 남북한은 군대를 각기 3십만 명으로 감축하고 적대행위를 금지한다.
6. 한반도의 평화적통일을 기하기 위해 남북국민 8천만이 참여하는 국민투표에 의해 새로운 통일 한반도헌법을 제정하고, 이 헌법에 따라 통치구조를 설치한다. 국민투표는 한반도평화협정이 발효된 후 6개월 이내에 실시한다.
7. 한반도를 영세중립국으로 지정한다.

三十八

연개소문의 뜻하지 않은 변고로 촉발된 급속한 상황변화는 이주현으로 하여금 이것이 북한사회에 미칠 영향, 남북관계에 미칠 영향 및 한반도를 둘러싼 국제정세에 미칠 영향을 철저하게 재검토 해야겠다는 결심을 하게 한다. 이것과 관련하여 이주현은 대학생시절 변동이론 강좌를 수강한 경험을 떠올린다.

그 교수의 이론에 따르면 변화는 겉으로 보기에는 아무 일도 없는 것 같으면서도 어미 자궁 속에서 배자가 태동하여 서서히 자라다가 어느 시점에 도달하면 모체 밖으로 모습을 드러내 독자적인 생존력과 위용을 과시하며 왕성하게 성장하고 발달하여 가는 동물체에 비유할 수 있다. 배자가 태동하여 서서히 자라가는 모습이 눈에 뜨이지 않는, 즉 완만하게 자라가는 모양의 변화를 잠행적 변화(creeping change)라고 하며 배자가 태아로 성장하여 모체 밖으로 뛰쳐나오는 모양의 변화를 지수적 변화(exponential change)라고 한다. 오늘날 나타나고 있는 변화의 대부분은 이처럼 상당한 기간 잠행하고 있다가 어느 시점에 도달하면 가속력이 붙어서, 그것이 미치는 영향의 범위나 힘이 넓고 크기 때문에 이를 올바로 이해하기란 쉽지 않다. 변화의 잠행적 성격을 설명하는 노력의 일환으로 흔히 지수적 성장 개념이 사용된다. 기하급수적 성격의 걷잡을 수 없는 급격한 변화도 시초에는 눈에 뜨이지 않을 정도의 완만한 속도로 진행되다가 일정한 시점에 도달하면서부터 맹위를 떨치게 된다고 한다. 그 교수는 지수적 성장의 개념을 설명하기 위해 다음과 같은 예를 든다.

옛날 어느 곳에 한 소년이 근처 산으로 땔감을 구하러 갔다가 산적들이 어린 소녀를 납치하여 굴속으로 끌고 들어가는 것을 목격한다. 소년은 굴 밖에서 숨어 기다리다가 산적들이 어디론가 사라진 틈을 타서 굴 안으로 들어가 소녀를 구출한다. 알고 보니 공주였고 궁궐로 데려간다. 임금님은 잃었던 공주를 찾게 된 기쁨에 압도되어 소년에게 표창하고자 묻는다. 금은보화, 심지어 소년이 원한다면 공주와 결혼도 허락하겠다고 한다. 소년은 이를 모두 거절하고 "오늘부터 쌀 한 알로 시작하여 매일 제곱하여 64일간 쌀을 늘려서 제게 주십시오." 임금님은 "그게 무슨 대수냐, 그렇게 하마."라며 소년에게 쌀 한 알을 들려 보낸다. 소년은 그 다음날 쌀 두 알을 받으려 궁궐로 들어갔고, 또 그 다음 날도 성실하게 쌀 네 알을 받으러 궁궐로 들어간다. 이 광경을 지켜본 주위 사람들은 소년의 어리석음을 비웃는다. 소년은 아랑곳하지 않고 넷째 날은 쌀 16알, 다섯째 날은 236알, 다섯째 날은 65,536알을 받아갔다. 시간은 자꾸 흘러 18일째는 쌀이 약 한 말이 된다. 그런데 그 다음날부터 사정이 급변한다. 19일째는 쌀이 두 말, 20일째는 쌀이 4말, 21일째는 쌀이 16말. 이렇게 되니 소년은 달구지를 끌고 들어가 쌀을 싣고 나온다. 다음날은 달구지 2대, 그다음날은 달구지 4대……. 눈이 둥그레지도록 놀란 임금님은 수학자를 불러다가 64일째는 쌀의 총량이 얼마나 될 것인가를 계산해 보라고 분부한다. 수학자의 결론은 "64일째의 쌀 총량은 인류가 이 지구상에 정착한 이래 오늘날 까지 생산해 낸 쌀의 총량보다도 더 많은 양입니다."라고 한다. 결국 임금님은 그 소년에게 참수형을 내리고 만다. 변화이론가들은 1일부터 18일까지의 완만한 변화를 잠행적 변화(creeping change)라고 하고 19일부터 64일까지의 급격한 변화를 지수적 변화(exponential change)라고 한단다.

그 교수에 의하면 경제성장 역시 마찬가지라고 한다. 경제성장이 눈에 뜨이지 않는 잠행적 성장단계를 벗어나 지수적 성장단계에 들어서면 성장의 엄청난 폭발력이 나타나게 된다. 오늘날 중국의 경제성장이 바로 지수적 성장의 대표적인 사례라고 할 수 있다. 그런데 경제가 지수적 성장단계에 들어서면 경제만 지수적으로 성장하는 것이 아니라 그 밖의 온갖 다른 요소들도 지수적 성장을 한다는 데 문제가 있다. 범죄발생률도 지수적으로 성장하고 이혼율도 지수적으로 성장하고 환경파괴 현상도 지수적으로 성장한다고 한다.

여기서 이주현은 지수적 성장이론에 비추어 북한의 문제를 재고해 볼 필요가 있다고 생각한다. 북한은 과거 70년 동안 잠행적 변화의 단계를 거치면서 그 내부에서 어떤 일이 어떻게 일어났는지 전혀 알려진 것이 없다. 외부세계와 완전히 차단하고 은둔생활을 하다가 이제 막 나라를 개방하고 모든 부면을 개혁하려고 몸부림을 치는 것이다. 이제 북한은 고도의 경제성장만 기대할 것이 아니라 바람직하지 못한 온갖 부작용이 용솟음칠 것인데 이를 결코 소홀히 여겨서는 안 된다고 이주현은 생각한다.

　이주현은 다행히 한국정부는 통일부 및 통일준비위원회가 주축이 되어 북한의 돌변사태에 대비하여 위기관리를 철저하고 꾸준하게 실행해왔다고 생각한다. 그동안 정부는 북한의 돌변사태에 따를 위험요소는 될수록 최소화하는 한편, 이를 기회로 삼아 흡수통일을 비롯하여 평화통일, 연방제통일 등 다양한 대안을 놓고 착실하게 연구하고 준비하여왔다. 우선 북한 전역에 1년 기한의 계엄령을 선포하고, 이 기간 안에 북한주민에게 주민증을 발급해 주는 것을 비롯하여 법률제도의 정비, 사유재산의 인정, 농지개혁, 거주이전의 자유 부여, 피선거권의 부여, 남북한주민의 상호방문 및 자유왕래 허용 등, 한국정부는 산더미 같은 일을 차곡차곡 잘 처리해 오고 있다. 통일에 따른 이들 후속조치들을 얼마나 혼란 없이 원만하게 잘 수행해 나가느냐에 실질적인 통일의 성패가 달려 있는 것이다. 여기에 더하여 한반도를 둘러싸고 있는 미국, 중국, 러시아, 일본 4대 강국이 줄다리기를 하는 긴장된 정세 하에서 한국이 실수로 삐끗하여 발 한 번 잘못 내디디면 천길 만길 나락으로 추락하고 마는 절체절명의 역사적 간극에 놓여 있다. 그동안 한국이 꾸준히 준비해 온 남북통일 대책이 빛을 볼 기회가 바야흐로 눈앞에 펼쳐지고 있는 것이다. 여기에서 주목해야 할 것은 북한의 변화에 따른 난국을 효과적으로 수습하고 남과 북의 여러 가지 면에서의 차이를 조절하고 통합해 나가려면 새로운 리더십이 절대적으로 필요하다는 사실이다. "새 술은 새 부대에 담는다"라고 하지 않았던가? 이제 한반도는 새 시대의 선구자, 통일시대의 새 지도자, 세계화시대의 나침판 등, 복수 역할을 능숙하게 수행할 수 있는 능력 있는 지도자가 절실히 필요하다. 그것이 바로 이 신앙마가 되어야 할 것이라고 이주현은 다짐한다.

이주현은 한반도의 실질적인 통일을 이룩하기 위해서는 무엇보다도 먼저 남북미중 4개국이 합의하여 만들어 낸 한반도평화협정에서 규정하고 있는 남한과 북한의 시민이 공동으로 참여하는 통일헌법제정을 위한 국민투표를 실시해야 한다고 믿는다. 그녀는 또한 여기에서 채택된 헌법에 따라 통일 한반도의 새로운 지도자가 선출되고 새로운 통치기구가 채택되어야 한다고 믿는다. 이를 위해서 달춘추 대통령은 북한의 연개여성 국무위원장 대행과 협의하여 통일 한반도의 새 헌법제정에 합의하고 이에 필요한 법적절차를 하루속히 밟아 나가야 한다고 주장하면서 달춘추 대통령의 결단을 촉구한다.

이주현의 그러한 노력의 일환으로 북한에서는 연개여성의 꿀벌당 중심으로 새 헌법초안을 입안하여 국민투표에 부치고, 남한에서는 꿈나라당, 달나라당, 별나라당의 세 개 정당이 제각기 헌법초안을 입안하여 국민투표에 부치기로 한다. 남북한 통틀어 4개의 헌법초안이 입안되어 국민투표에 부쳐진 것이다.

북한의 꿀벌당이 국민투표에 부의한 헌법초안의 내용을 보면, 국호는 "조선민주주의 인민공화국"으로 하고, 꿀벌당의 영도 하에 국가의 모든 운영이 진행되는 권력구조로 되어 있다. 외형상으로 보면 삼권이 분립되어 있어 입법권은 인구 3만 명당 1인이 임기 5년의 기한으로 선출되어 구성되는 최고인민위원회에 속한다. 행정권은 5년임기의 총리, 부총리, 각부 위원장(상)으로 구성되는 내각에 속한다. 사법권은 중앙재판소, 도(직할시) 재판소 및 인민재판소로 구성되는 재판부에 속한다. 이밖에 꿀벌당은 당내에 중앙군사위원회를 두고, 군의 각급 조직단위에도 당의 조직위를 설치하여 놓고, 이를 통해 군사업무를 지도하고 총괄한다. 결국 입법, 행정, 사법, 군부가 모두 꿀벌당의 예속기관으로 되어있고, 꿀벌당 중앙군사위원회 위원장이 국가 영수직을 수행하는 것으로 되어있다.

꿈나라당의 헌법초안은 통일한국의 국호를 "대한민국"으로 규정하고 권력구조는 삼권분립형 대통령 책임제로 되어 있다. 입법권은 인구 20만 명당 1인의 임기 4년으로 선출되어 구성되는 상하 양원의 국회에 속한다. 사법권은 대법원산하에 고등법원 및 지방법원으로 구성되는 3심제 법원으로 구성되는 사법부에 속한다. 법원과는 별도로 헌법재판소를 두어 국민의 인권보호와 국가기관의 기능수행상 야기되는 대립 및 갈등 문제를 취급하도록 하였다. 행정권은 대통령을 수반으로 하는 행정부에 속한다. 대통령은 행정수반, 군 통수권자, 국가영수 등의 직능을 수행하며, 이를 위해 국무총리와 내각의 보조를 받는 것으로 되어있다. 꿈나라당의 권력구조는 엄격한 삼권분립제도를 채택해 삼권 간의 견제와 균형을 제도화하고 실천하여 개인이나 조직의 어느 누구도 권력을 독점할 수 없게 하고 있다. 이밖에 언론기관과 공중여론이 국가기관의 권력남용을 감시하고 견제하는 구조로 되어 있다.

달나라당의 헌법초안은 국호를 "신대한민국"으로 규정하고 내각책임제 권력구조를 채택하고 있다. 삼권분립제도나 양원제국회, 3심제재판제도의 사법부, 헌법재판소의 독립심의제는 꿈나라당의 경우와 동일하다. 다만 권력구조가 내각책임제이기 때문에 행정권은 국회의 다수당(정당연합 포함)이 국무총리를 추대하고 국무총리는 내각의 수반으로서 내각을 조각하여 행정권을 장악한다. 행정부의 수반인 국무총리는 외국에 대해 국가를 대표하고 군통수권자로서 군부를 지휘통제하는 권한을 갖는다. 국무총리는 또한 행정수반으로서 국회에 대한 해산권을 행사하여 입법부를 견제한다. 반면 국회는 국무총리를 불신임함으로써 행정부에 대한 견제권을 행사한다.

별나라당의 헌법초안은 국호를 "한반도 통일국가"로 규정하고 권력구조는 이원집정제를 채택하고 있다. 별나라당의 헌법초안도 엄격한 3권분립제도를 채택하고 있는 점은 꿈나라당이나 달나라당의 경우와 동일하다. 다만 이원집정제에 있어서 꿈나라당 및 달나라당과 구별된다.

이원집정제란 행정부의 장을 대통령이나 국무총리 1인으로 한정하지 말고 대통령과 국무총리 2인을 국민투표에 의해 선출하고, 대통령은 국가를 대표하며 대외문제에만 한정하여 권력행사를 하게 하고, 국무총리는 내치에만 한정하여 권력행사를 하게 하는 방식이다. 현대사회의 특징상 대통령책임제도든지 내각책임제도든지를 막론하고, 행정부 수반의 권력행사의 범위나 심도가 지나치게 비대해지고 있기 때문에 제왕적 행정수반의 출현을 방지할 수 없다는 문제가 있다. 행정수반을 외치와 내치의 이원제로 양분할 때 비로소 제왕적 행정수반의 출현을 방지할 수 있다는 것이다.

 헌법제정을 위한 국민투표에 제출될 4개의 헌법초안이 마련되고, 동 초안은 1개월간의 공고기간을 거쳐 남북한 8천만 시민이 참여하는 국민투표가 실시된다. 이에 따라 남북한의 4개정당은 남북한을 오가며 치열한 시민의 지지경쟁을 벌인다. 중간 중간 발표된 여론조사에 의하면 북한 시민의 대부분은 70년에 걸친 백두혈통의 일인독재와 꿀벌당의 일당전횡이 북한경제를 파탄으로 이끌고 시민의 생활고를 가중시키는 결과를 초래했다는 이유로 꿀벌정당의 헌법초안은 받아들이지 않는 것으로 나타난다. 한편 별나라당의 이원집정제권력구조는 듣도 보도 못한 생소한 제도라는 식의 냉랭한 대접을 받는다. 달나라당의 내각책임제에 대하여는, 잘 알고는 있으나 남한의 4.19 이후 채택된 내각책임제 하에서 연일 극심한 데모로 사회가 혼란에 빠져 5.16 군사혁명을 자초하게 되었다는 문제 때문에 부정적인 태도를 보이는 것으로 나타난다. 오늘날처럼 사회변동과 국제정세의 변화속도가 가파른 시대에 있어서는 매사에 중심을 잡고 우뚝 서서 흔들리지 않는 굳건한 자세를 보이는 지도자가 필요하다는 생각이다. 제왕적 지도자의 피해를 막아야 한다는 견해에 대해서는, 북한시민이 일인일당독재의 폐해를 70년이나 경험했기 때문에 여러 가지 견제장치가 마련된 대통령책임제 하에서 나타나는 권력남용 정도는 얼마든지 인내하고 감수할 수 있다는 입장이다. 한편 남한사회에서는 애당초 내각책임제나 이원집정제를 지지하는 유권자는 소수에 불과했다. 그러니 대통령책임제 헌법이 절대다수의 지지로 통과될 수밖에 없었다. 이리하여 꿈나라당의 대통령책임제 헌법초안은 무난히 통과되고, 이에 따라 통일 대한민국의 초대 대통령선거에 남북한 후보들이 출마하여 치열한 선거전을 펼치게 된다.

　북한에서는 연개여성이 일찌감치 통일 대한민국 대통령후보의 자리를 굳힌다. 사실 연개여성을 빼고는 대통령부보로 나올 인재가 양성되지도 않았고 준비되지도 않은 상태다. 그러니 연개여성이 기득권을 장악한 상태에서 북한의 인민을 대표해서 대통령후보로 출마하는 데 대해 누구도 의심하지 않는다. 다만 누가 부통령후보로 낙점이 되느냐에 일반의 관심이 집중된다. 마지막으로 낙점의 영예를 안게 된 부통령후보는 선우룡해이다.

　한편 남한에서는 사정이 복잡하다. 민주제도가 정착되고 여러 번의 선거를 치러본 남한에서는 기존정당은 물론, 무소속 후보들도 우후죽순 모양으로 후보로 출마하여 선거판을 혼미스럽게 하는 것이 관례였다. 그러나 이번 선거는 다르다. 북한에서는 골리앗 같은 거대 꿀벌당의 조직력, 국가기관과 가용자원을 총동원하여 벌이는 선전선동 및 흑색선전과 양동작전, 목적을 위해서는 수단방법을 가리지 않고 덤벼드는 공산당 특유의 투쟁방법 등, 어느 하나 남한의 후보가 필적할 만한 방법이 없다. 남한의 선거문화 자체를 바꾸는 도리밖에 없다. 종래의 정당간의 이전투구와 흑색선전, 헐뜯기식 선거방법으로서는 북한후보와의 경쟁에 있어서 전혀 승산이 없다. 사실 북한의 꿀벌당 후보와의 차이를 생각하면 선거쟁점이나 이념 면에서 남한의 정당간 차이점은 별로 없다. 그래서 꿈나라당 이주현 후보가 생각해 낸 것이 거국내각 구상이다. 부통령후보를 달라당에게 양보하고 국무총리직을 별나라당에게 주며, 대선승리 후 조각과정에 있어서도 대통령 당선자가 부통령 당선자 및 국무총리후보와 머리를 맞대고 상의한 끝에 장차관을 임명하자는 것이다. 꿈나라당이 마음을 비우고 기득권을 내려놓고 허심탄회하게 국정을 의논해 나간다는 약속을 서면화해서 달나라당과 별나라당에게 건네준다.

달나라당과 별나라당 역시 꿈나라당의 이런 제의를 거절할 명분도 없고 의지가 없다. 만일 이번 선거에서 북한의 꿀벌당이 승리할 경우, 아비규환의 피비린내 나는 숙청정국의 악몽이 현실화될 것이 불을 보듯 뻔하다. 연개소문의 성격이 자기 친인척들을 살육할 정도로 잔인무도해서가 아니라 정치권력의 특성상, 그리고 스탈린이나 모택동 및 김일성 등이 집권하는 과정에서 수천 만 명의 정적들과 무고한 시민을 학살한 역사적인 사실에 비추어 볼 때 한반도에서도 그런 참상이 발생하지 말라는 법이 없다. 그렇게 되면 남한출신 정치인들은 여야를 가릴 것 없이 정치생명의 종말뿐 아니라 육체적 생명마저 담보할 수 없는 상황이 벌어질 것이다. 그런 최악의 상태를 야기할 북한 꿀벌당의 횡포를 생각하면 꿈나라당과의 선거연합 및 연정의 구성은 천사와의 악수나 다름없는 최선의 정치적 타협이 될 것이다. 이처럼 따 놓은 당상, 굴러 들어온 호박 같은 꿈나라당의 제안을 걷어찰 필요가 어디 있겠는가. 이러한 달나라당과 별나라당 지도부의 판단으로 남한에서도 단일 정부통령후보가 출현하여 북한의 연개여성과 선우룡해 후보팀을 맞상대하게 된다.

˚三十九

이번 대통령선거는 남녀북녀의 양자대결로 뜨거운 접전이 예상된다. 남측에서는 이주현/송영무 후보가, 북측에서는 연개여성/선우룡해 후보가 정부통령후보로 나와 세기적 SANK(South and North Korea) 대결을 벌이게 된 것이다. 역사적이고 지구적인 관심과 이목이 집중된 가운데 치러지는 이번 선거에서 선거의 공개성, 공명성, 공정성을 보장하기 위한 수단으로 중앙선거관리위원회는 UN에 대해 선거참관단파견을 요청하고, 남측감시단과 북측감시단이 공동으로 UN참관단에 합류하여 감시활동을 효과적으로 전개할 수 있게 한다. 한 달 동안 이어지는 이번 유세에서 두 후보는 남북한 어디에서나 자유로운 유세활동을 할 수 있다. 그 후 마지막으로 남한에서는 광화문 광장에서 한 번, 북한에서는 김일성광장에서 한 번 합동유세 집회를 열어 각자의 정견을 발표하게 된다.

두 후보의 프로필을 보면 서로 대비되는 면이 확연히 드러난다. 연개여성은 백투혈통의 흔치 않은 여자 계승자로서 미모에다 지략, 그리고 통치술을 겸비한 걸출한 인물로서 권력층 내부에서 비교적 손에 피를 묻히지 않고 권좌에 오를 수 있었던 청순한 인재로 평가 받는다. 연개소문이 가는 곳이면 어디라도 따라 다니며 뒤치다꺼리를 해 와서 정치현실에 대한 감각이 뛰어나다. 꿀벌당 조직위원회 부위원장 자리에 있으면서 터득한 기획, 조직, 집행 방면에 관한 정보 및 관리 능력은 다른 사람의 추종을 허락하지 않을 정도로 높은 수준이다. 단점이라면 아직 정식 후계자 지명을 못 받은 상태에서 예상치 못한 비상사태를 맞아 정통성을 확보하지 못하고 권력기반이 취약하여 소신 있는 정책을 펴나갈 처지가 못 된다는 점이다. 거기에다 주로 국내정치에만 관여했을 뿐, 대외관계에는 거의 관여하지 않아 급변하는 국제정세에 능동적으로 대처할 능력이 한정된다는 점이다. 또한 세습정권의 안정되고 평온한 온실 속에서 곱게 성장한 터라 흑색선전과 중상모략이 난무하는 선거판에서 죽기 아니면 살기로 피 말리는 이전투구를 해 본 경험이 전혀 없다. 그러다 보니 이에 능한 상대방 후보를 어떻게 상대할지에 대한 두려움이 마음 한 구석에 깔려 있다. 바로 이것이 연개여성의 근심이요 단점으로 지목된다.

이주현 후보는 세계 초일류 기업의 장녀로서 곱게 자라 명문가의 후광을 마음껏 누려왔다는 점은 연개여성과 일맥상통한다. 그러나 양 후보 간의 상통점은 거기에서 끝난다. 이주현은 국내외소재 일류대학에서 심신을 연마하고 공부하면서 일찌감치 국제적인 감각과 사고방식을 넓혀가며 한, 영, 중, 일 4개국 언어를 능숙하게 구사하며 자유분방한 생활을 체질화했다. 공부를 마친 후에는 상지원더랜드, 상지모직, 상지무역, 상지전자 등, 세계초일류기업에서 기업경영의 현장기술 및 지혜를 익혔고, 고려호텔을 그저 "으뜸가는 국내호텔"에서 세계 "초일류호텔급"으로 격상시켜 놓은 탁월한 경영능력을 보여준 주인공이다. 얼마전에는 남북화해협력의 일환으로 평양 한복판에 고구려호텔 건축에 착수했다. 또한, 최근에는 소년가장들의 어려운 생활을 해결하기 위해 전국 각지에 어린이 집을 지어 그들을 입주시켜 뒷바라지를 하는 사회복지활동도 적극적으로 전개하고 있다. 뿐만 아니라 그녀는 국회의원 선거에 출마하여 전국 최다득점자로 당선되어 꿈나라당 내의 다수파의원회를 장악하여 국정운영에 중요한 역할을 수행하고 있는 중이다. 이제 민주주의의 꽃이라고 할 수 있는 대통령선거, 그것도 통일대한민국의 초대대통령 자리를 놓고 북한의 꿀벌당 후보와 일전을 겨루게 된 것이다. 이를 두고 그녀는 자기 개인뿐만 아니라 선거구민과 꿈나라당을 위해서도 큰 영광이라고 생각한다.

　그동안 후보들은 남한과 북한을 종횡무진하며 30일간의 고되고 열띤 선거운동을 벌여왔고, 이제 그 막이 서서히 내려가고 있다. 서울과 평양에서 개최되는 합동유세만 남아 있는 상태다. 제1차 합동유세는 김일성광장에서 개최된다. 여기에서 두 후보는 불을 뿜는 설전을 벌이게 되는데, 양 후보진영 간에 사전합의에 따라 연개여성이 먼저 포문을 열 예정이다. 마침내 평양 김일성광장에서의 공동유세일이 다가왔다. 수십만 명의 유권자가 모인 광장에서 평소 인민군 열병식이 있을 때마다 국가 존엄과 고관들이 사열대로 사용하던 바로 그 자리에서 양 후보가 군중을 향해 사자후를 뿜어낼 순간이 온 것이다. 먼저 꿀벌당의 연개여성이 등장하여 발언을 시작한다.

친애하는 당원동지 그리고 존경하는 인민 여러분! 오늘은 조선인민의 운명이 결판나는 중차대한 날입네다. 역사적으로 조선반도는 주변 4대강국이 각축하는 대결판장이 되어왔고 조선인민은 그 틈새에 끼어서 풍전등화의 위태로운 지경에 처하여 말로 다 할 수 없는 고초를 겪어왔고, 최근에는 영토의 분단과 동족상잔의 비극을 겪기도 했습네다. 다행히 북반부는 어버이 수령님과 위대하신 장군님의 영명하신 영도력으로 온 인민이 우수한 사회주의 체제와 순결한 주체사상의 깃발 아래 똘똘 뭉쳐 그 어려운 시절에도 민족의 커다란 긍지와 자긍심을 지키며 끝끝내 스스로 일어서고자 하는 자주권 수호와 평화적 통일의 토대를 마련하였고, 덕분에 우리는 원자탄과 수소탄을 제조하여 세계10대 핵 강국의 반열에 오를 수 있게 되었습네다. 우리 조선인민은 위대하신 연개소문 영수님의 탁월하신 지도력을 중심으로 일치단결하여 주체혁명의 새시대를 열었고 사회주의 건설의 진일보를 이룩하였습네다. 그 결과로 우리 조선인민은 격동하는 동북아 지역에서 정치적인 가늠자 역할도 장악하게 되어, 세계 어떤 강대국도 우리를 얕보거나 업신여길 수 없는 탄탄한 반석 위에 올라앉게 된 것입네다. 이제 저와 여러분들이 해야 할 일은 어버이 수령님과 위대하신 장군님께서 닦아 놓으신 주체사상의 노선을 따라 좌고우면함이 없이 위대하신 연개소문 수령님께서 지시하시는 방향으로 분골쇄신하여 매진해 나가기만 하면 됩네다. 주체사상은 사상에서 주체, 정치에서 자주, 경제에서 자립, 국방에서 자위 등을 구현하는 것이며 사회주의는 모든 민중이 노동의 대가로서 정당하고 평등하게 분배받는 사회를 지향하는 것입네다. 우리 인민은 그렇게 할 수 있는 역량과 자신이 있는 우수한 민족입네다. 그리하여 이 조선반도에서 다시는 동족상쟁의 피비린내 나는 전쟁이 되풀이되지 않고 평화와 번영이 깃들여져 모든 인민이 대대손손 풍요롭고 평등한 경제생활을 만끽할 수 있도록 분투노력해야 할 것입네다. 이를 위해서 저 연개여성은 다음과 같은 정책노선을 여러분께 약속 드립네다.

첫째, 사회주의 경제체를 더 발전시키고 주체사상의 신념을 더욱 튼튼히 하여 자립경제의 토대를 쌓아 올리겠습네다. 우리는 우리 식의 투쟁방식과 자강력을 기초로 하여 주동적으로 자립경제를 이룩할 수 있는 우수한 능력을 갖인 민족 입네다. 이제 우리는 주체사상의 본질에 따른 자주노선과 사회주의 사상에 기초한 전략적 결단으로 우리 민족이 갖고 있는 경제발전에 필요한 막강한 잠재력을 이끌어 내어 세계인이 주목할 만한 경제 선진화를 이룩 하겠습네다.

둘째, 생활수준을 끌어 올려 모든 인민이 행복한 생활을 누릴 수 있는 정책을 펴 나가겠습네다. 이를 위해 실용적 경제적 핵심기술을 양성하는 데 국가의 총력을 기울이겠습네다. 이를 바탕으로 우선 전력생산, 수력발전시설와충, 원자력발전소건설, 석탄증산을 통한 동력수요에 대한 합리적인 대응을 바탕으로 해서 군수산업을 선진화 시키고 철도와 도로건설을 확충하며 축산기업의 발전, 수산자원의 개발, 영농기술의 선진화, 생산공정의 현대화, 의료시설의 확충, 체육경기력의 국제화, 관광산업의 활성화 등으로 인민들의 생활수준을 대폭 끌어 올리겠습네다.

셋째, 국가방위력을 튼튼히 하여 외국세력이 우리 땅을 넘보거나 내정에 간섭하는 일이 없도록 국방산업을 선진화하고 전투력을 강화해 나가겠습네다. 그와 동시에 핵무기의 생산, 사용, 전파활동은 일체 중단하고 한반도를 핵의 청정국으로 만들어 세계인들의 신뢰를 받으며 세계 모든 나라와 교류하여 상호 협력의 폭을 확대해 나가겠습네다.

애석하게도 남반부는 아직도 시대착오적인 자본주의체제 속에 매몰되고 썩어빠진 정치 지도자들의 근시안적이고 그릇된 판단에 오도되어 인민은 사분오열하고, 정치인들은 허구한 날 이전투구의 진흙탕 싸움만 일삼고 있습네다. 그런 가운데 민생은 도탄에 빠져 아비규환이 따로 없는 암담한 상황에서 고통을 감내하고 있고, 아까운 국가자원은 꼭 필요한 데 알뜰하게 쓰이지를 못하고 시궁창에 펑펑 흘러내려 낭비되고 있는 실정입네다. 이 기회를 놓칠세라 서구 제국주의세력은 호시탐탐 남반부수탈의 기회만 노리고 있습네다. 이제 두 동강이 난 우리 조국의 강토를 백두에서 한라까지 하나로 다시 합치고 북남의 8천만 인민이 사회주의와 주체사상의 깃발 아래 일치단결하여 꿈에도 그리던 조국통일의 소원을 달성할 절호의 기회가 도래했다고 생각합네다. 오늘이 바로 그 위업을 달성할 임무를 떠맡을 초대 통일대통령을 선출하기 위해 면접시험을 보는 역사적인 날입네다. 지금 여러분 앞에 북남조선의 두 후보가 통일대통령 면접시험을 치르기 위해 서 있습네다. 여러분! 우리는 이미 핵 대국의 승자 자리에 우뚝 섰습네다. 그 힘을 바탕으로 이제는 경제대국의 위업을 달성할 때라고 생각합네다. 우리는 이미 천리마운동과 만리마운동을 통하여 고난의 행군도 겪어 본 이력이 있는 뛰어난 인민입네다. 우리가 마음만 먹으면 못 해낼 일이 어디 있겠습네까. 저와 꿀벌당 동지들이 주축이 되고 주체사상과 사회주의사상으로 무장한 인민들이 떨치고 일어나 만리마운동을 한 번 더 강력하게 추진하여 조국통일의 대업과 경제대국의 건설을 이룩할 떼 제가 앞장서겠습네다. 세계만방에 조선민족의 우수성을 전파하여 여러분들 기대에 어긋나지 않도록 분골쇄신 노력하겠습네다. 감사합네다.

대체로 이런 내용으로 엮인 연개여성의 연설은 선거관리위원회가 허락한 제한시간을 훨씬 초과하는 불 뿜는 장광설이다. 피를 토해내듯 쏟아내는 뜨거운 연설임에는 틀림없었으나, 청중은 그녀의 연설내용은 이미 익숙히 들어온 상투적인 말투와 그 밥에 그 반찬 같은 내용으로 일관하고 있어서 식상한 듯, 아무 반응 없이 쥐죽은 듯 숨을 죽이고 듣고만 있다. 태풍전야의 고요함이라고나 할까, 하도 조용한 청중의 반응은 소름이 끼칠 정도로 적막감이 감돌고 전율감마저 느끼게 했다.

뒤이어 연단에 선 꿈나라당 이주현 후보는 차분하고도 침착한 목소리로 말문을 연다. 목청껏 소리를 높여 울부짖는 것 같은 대중연설이라기보다 친숙한 사람 사이의 기탄없는 대화를 나누는 모양새다.

사랑하는 평양시민 및 친애하는 북한동포 여러분! 저는 존경하는 연개여성 처럼 주체사상, 사회주의, 민족주의, 제국주의 등과 같은 거창한 담론은 할 줄도 모르고 또 그럴 의사도 없습니다. 원자탄, 수소탄 같은 말은 더더구나 건드리고 싶지 않은 문제입니다. 아니 그게 국민들에게 밥 먹여 준답니까? 저는 단지 제가 통일대통령으로 선출되면 여러분의 밥상에 이밥과 쇠고기국을 아침, 점심, 저녁, 하루 세 끼 꼬박 차려 드리겠다는 약속을 드리고 싶을 뿐입니다. 거기에다 후식으로 초코파이와 제주도산 감귤까지 곁들여 밥상을 차려드리겠습니다.

북한에도 남한처럼 의무교육제도를 실시하여 유치원, 초등학교, 중고등학교 까지 수험료와 책값을 걱정하지 않아도 되는 의무교육제도를 북한 전역에 걸쳐 실시하겠습니다. 물론 거기에는 무료급식도 포함됩니다. 북한의 젊고 우수한 영재들이 돈 걱정을 하지 않고 최신 기술과 학문을 마음껏 연마할 수 있도록 북한 전역에 남한의 일류대학 수준급의 대학을 많이 건설하겠습니다. 젊은 청년들이 기술과 학문을 습득하여 미래준비를 할 최적년기에 군대에 나가 몇 년씩 귀한 시간을 보낸다니 그게 말이나 되는 일입니까. 국가적인 일대 손실입니다. 그래서 북한청년들에게도 남한청년들과 똑같이 군대복무를 1년 6개월로 제한하겠습니다.

몸에 병들어 고생하는 시민들을 위해 북한 방방곡곡에 의료시설을 마련하고 무료치료를 받을 수 있게 의료보험제도를 실시해 드리겠습니다. 집이 없는 분들을 위해 아파트를 대량으로 건축하여 저렴하게 보급해 드리겠습니다. 북한 전역에 차량이 들어갈 수 있는 도로를 사통팔달로 넓게 포장하여, 평양에서 출발하여 읍면동리까지 어디에나 수월하게 통행할 수 있게 하겠습니다. 자기의 의사와 반하여 외국에 노동자로 팔려나가 외국인의 노예와 같은 신세로 외화벌이 노동자의 고달픈 생활을 강요당하지 않도록 북한 내 여러 곳에 공장을 지어 일자리를 마련해 드리겠습니다.

여러분들이 어느 곳이나 자기가 원하는 곳에 이전하여 살 수 있도록 거주이전의 자유를 완전 보장해 드리겠습니다. 여러분들이 자유롭게 남한에 여행하고 또 원하신다면 남한에서 거주할 수 있도록 해 드리겠습니다. 여러분 손에 통일대한민국여권을 쥐어 드려서 원하기만 한다면 세계 어떤 곳에라도 자유로이 여행할 수 있도록 해 드리겠습니다. 이 밖에도 해 드릴 것이 너무나 많이 있습니다만, 제한시간이 다 된 것 같아 나머지는 저의 선거공약집에 담아드리겠습니다.

여러분! 제가 통일대통령이 되면 이 땅에 평화적 정권교체의 전통을 정착시켜 지도자가 바뀔 때마다 피의 숙청이 뒤따르는 일이 없도록 하겠습니다. 유일하게 한 사람만 존엄 소리를 듣고 그 밖의 모든 사람들은 소모품이나 파리 목숨으로 전락하여 존엄의 신변안전을 위해서는 총알받이가 되는 것도 감수해야 하는 악습을 근절시키겠습니다. 존엄이 연설할 때 그 앞에서 졸거나 박수를 건성건성 쳤다는 이유로 강옥이나 강제수용소에 갇히고 존엄의 권력유지에 지장이 된다는 이유만으로 친인척까지도 기관총 사격을 받거나 해외에 떠돌다가 암살당하는 일이 없도록 하겠습니다.

중국의 등소평이 한 말이 생각납니다. '검은 고양이면 어떻고 흰 고양이면 어떠냐, 쥐만 잘 잡으면 되지' 그 말이 맞습니다. 그 결과로 중국은 지지리 못사는 후진 사회주의국가에서 이제는 세계 제2의 경제대국으로 급상승하여 떵떵거리며 잘살고 있지 않습니까. 여러분! 사회주의면 어떻고 자본주의면 어떻습니까. 우리가 이밥에 쇠고기국 먹으며 남 부럽지 않게 잘살면 되지 않습니까.

여러분! 이제 삼천리강산에 통일의 새봄이 찾아왔습니다. 이 시기 이 장소에 자유의 물줄기가 노도같이 밀려들도록 하겠습니다. 그리고 그 물줄기가 쓰나미가 되어 한반도, 특히 북한땅을 뒤덮도록 하겠습니다. 그리하여 북한땅 어디에서 살든지 앞으로는 여러분들이 이불 속에 숨어서 남한의 연속극을 보거나 kpop을 몰래 들을 필요없이 자유롭게 시청하며 웃음꽃이 피어나게 하겠습니다. 북한의 젊은이들이 남한의 젊은이들처럼 끼와 창의력을 유감없이 발휘하여 kpop을 작사, 작곡, 열창하고 마음껏 춤추고 뛰어놀 수 있도록 해 드리겠습니다. 북한 땅에 복지의 불꽃이 훨훨 타올라 오늘은 뭘 먹고 내일은 뭘 입나를 걱정할 필요 없이 배불리 먹고 따뜻이 입어 북한시민 여러분의 입에서 용트림이 나오도록 하겠습니다. 북한 전역에 민주주의의 무궁화꽃이 활짝 피어 시민들이 하고 싶은 말이나 취하고 싶은 행동은 무엇이나 할 수 있어 마음 놓고 사지를 뻗고 큰 기지개를 펼 수 있도록 하겠습니다. 무엇보다 중요한 것은 강제수용소를 폐쇄하고 지금 강제수용소나 감옥에서 애무하게 고생하고 계신 정치범들을 모두 석방하겠습니다. 여러분! 이런 일은 누구나 다 할 수 있는 일이 아닙니다. 저 신앙마만이 해낼 수 있는 일입니다. 저를 청와대로 보내 주십시오. 제 임기 내에 반드시 대동강의 경제기적을 일구어내어 북한동포의 생활수준을 남한수준으로 끌어 올리도록 하겠습니다. 저를 지지해 주십시오! 감사합니다.

이주현의 연설이 끝나자 청중 속에서 우뢰 같은 박수가 터져 나오기 시작 하더니 천둥치는 소리 같은 함성이 울려 퍼진다. 신앙마! 신앙마! 이주현! 이주현! 대통령 이주현!!! 대통령 이주현!!! 두 대통령후보의 경쟁은 이주현 후보의 압승으로, 애초부터 상대가 안 되는 일방적인 게임이었다. 여기서 북한 주민들도 진정한 민주주의의 맛을 처음으로 체험할 수 있었고, 바야흐로 북한에도 민주주의의 거센 바람이 불기 시작한 것이다.

제2차 합동유세는 광화문광장에서 열린다. 광화문 광장에서 서울시청을 거쳐 남대문에 이르기까지 백만여 명의 청중이 아침 일찍부터 모여들기 시작하여 유세시작 훨씬 전부터 유세장은 인파로 가득 찼다. 식전행사로 사물놀이패가 유세장 강단 앞에서 요란하게 꽹과리와 북을 두드리고, 이에 맞춰 춤을 추며 흥을 돋우고, 유명가수와 아이돌들이 연이어 등장하여 열띤 연기를 연출하며 유세장의 분위기를 한껏 고무시키고 있다. 김일성광장에서의 합동유세 분위기와는 완전 딴판이다. 두 후보진영 간의 합의에 따라 꿈나라당 이주현 후보가 먼저 발언을 하기로 되어 그녀가 먼저 등단하여 마이크 앞에 선다.

　시민 여러분 안녕하십니까! 신앙마 이주현이 여러분께 인사드립니다.
　올림픽경기를 주관하는 분들은 흔히 말하기를 '운동경기에서는 이기
는 것은 그리 중요하지 않다. 참여하는 것이 더 중요하다'라고 합니다.
그러나 선수의 입장에서 보면 이기는 것이 중요하지 않은 것이 아니라,
이기는 것만이 유일한 참가 목적인 것입니다. 운동선수는 이기기 위해
경기에 참여하는 것이지 그저 한가롭게 참여하기 위해 밤잠을 설치며
피눈물 나는 준비를 하고 경기장에 가는 것이 아닙니다. 제가 오늘 여
러분들 앞에 서게 된 이유도 이 경기에서 반드시 이겨야 하는 절체절명
의 순간이 도래했기 때문입니다. 지금 한반도를 둘러싸고 급박하게 돌
아가고 있는 국내외 정세를 볼 때 더욱 그러합니다.

　여러분! 저는 남북이 하나가 된 이 삼천리반도 금수강산을 각종 아
름다운 꽃으로 장식하여 하나의 찬란한 꽃동산으로 만들기 위해 이 자
리에 와서 여러분들께 호소하게 된 것입니다. 먼저 이 꽃동산에 민주
주의의 꽃을 피우겠습니다. 국가가 함부로 시민의 사생활을 간섭하지
못하게 국가권력을 견제하고, 시민의 언론과 집회의 자유 및 종교의
자유를 보장하며, 권력있고 돈 있는 자가 약자에 대해서 갑질을 못하
게 함으로서 명실공히 국민이 주인이 되는, 그런 민주주의의 꽃을 피
우겠습니다.

　다음으로 교육의 꽃을 피우겠습니다. 현재 우리나라 교육계의 현실

을 자세히 살펴보면 잘못 돌아가는 면이 한둘이 아닙니다. 유치원문제를 비롯해서 입시문제, 죽고 살기식 과외 문제등, 반드시 교육개혁을 대대적으로 단행하여 교육의 아름다운 꽃을 피우겠습니다.

복지의 꽃을 피우겠습니다. 어린이와 노약자는 의식주를 걱정하지 않아도 되고, 병든 이나 지체장애인 들은 국가가 책임지고 돌봐주며 국가의 발전과 안령을 위해 헌신하다 숨진 이들의 유가족은 법으로 생계를 보장받는, 그런 복지사회의 꽃을 피우겠습니다.

경제성장의 꽃을 피우겠습니다. 우리는 이미 한강의 기적을 이루어 외국사람들이 부러워 하는 경제성장의 꽃을 피워 본 경험이 있습니다. 그런데 요새 와서 그 꽃이 시들어가고 있는 현상이 감지되는데, 여기에 비료를 주고 적절한 관개사업을 하고 가지를 다듬어 다시 새로운 경제성장의 꽃이 피어나게 하겠습니다.

과학의 꽃을 피우겠습니다. 우리나라가 이미 it기술 방면에서는 세계 초 일류급의 경지에 돌입하고 있습니다만, 아직도 분발하고 개척해야 할 분야가 적지 않습니다. 초등학교부터 시작하여 대학에 이르기까지 과학교육을 장려하고 강화하여 다른 나라들이 감히 우리를 넘보고 추종할 수 없는 위치로 과학의 품격을 격상시켜 우리나라 젊은이들 중에서 노벨과학상 수상자가 쏟아져 나오도록 과학의 기초를 다져 나가겠습니다.

청정의 꽃을 피우겠습니다. 현재 우리 강토는 이산화탄소와 산업폐기물로 오염되어 공기는 미세먼지 투성이고 강물은 썩어가고 바다 밑은 황폐해 가고 있습니다. 하루속히 이를 바로 잡아 시민은 마음 놓고 신선한 공기를 들이 마시고 사라져 가는 물고기는 다시 돌아와 산란할 수 있을 정도로 깨끗한 나라를 만들겠습니다.

삼천리반도 금수강산에 둥지를 틀고 사시는 8천만 시민 여러분께 신뢰의 꽃을 피워 드리겠습니다. 이밥에 소고기국이 뭐 대수이기에 70여 년 동안이나 그것을 약속해 오면서도 실제로는 강냉이죽에 도토리떡이나 내미는 지도자를 어느 국민이 믿고 따를 수 있겠습니까? 이제는 콩으로 메주를 쑤고 쌀로 이밥을 지어준다고 해도 더 이상 그런 지도자를 믿고 따를 사람은 없습니다. 입에 발린 신뢰가 아니라 피부에 와닿는 신뢰의 꽃을 피우겠습니다.

탕평의 꽃을 피우겠습니다. 우리 민족의 혈관 속에는 노론과 소론, 동인과 서인의 dna가 그대로 흐르고 있습니다. 오늘에 와서는 그것이 영남과 호남, 보수와 진보, 남한과 북한의 이분법으로 변질되어 사회를 사분오열하고 있습니다. 이것을 새로운 개념의 탕평책으로 바로 잡아 다시는 지역갈등, 이념갈등, 세대갈등이 이 땅에 발붙일 수 없도록 하겠습니다.

끝으로 영세중립국의 꽃을 피우겠습니다. 우리 속담에 '고래 싸움에 새우등 터진다'라는 말이 있듯이 우리 한반도는 지정학적 요인으로 인해 항상 강대국들의 틈에 끼어서 등이 터지는 새우의 운명을 벗어나지 못하였습니다. 서양속담에도 '두 마리의 코끼리가 연애를 하든 싸움을 하든 잔디밭은 훼손되기 마련이다.'라는 말이 있습니다. 우리가 언제까지 두 마리의 코끼리가 놀아나는데 손 놓고 앉아서 훼손되는 잔디밭 역할을 감내해야만 하는 것입니까? 지금 우리는 세계열강이 인정하고 보장하는 영세중립국이 이 땅에 뿌리내려 우리 자손들이 더 이상 강대국의 눈치를 보거나 외세침략의 두려움에 시달리지 않고 평화와 안정과 번영이 공존하는 금수강산에서 다리 쭉 뻗고 살 수 있는 환경을 고착시켜야 할 것입니다.

이번 대선에서 남북후보 간의 대결은 한가하게 친선경기 하듯 덕담이나 주고받아서 해결될 문제가 결코 아닙니다. 제가 말씀 드린 아름다운 꽃동산을 일구어내기 위해서는 제가 반드시 이겨서 청와대에 들어가야만 됩니다. 여러분의 적극적인 지지와 성원이 필요한 이유입니다. 여러분 저를 청와대로 보내 주십시오! 감사합니다."

이어서 꿀벌당의 연개여성이 등단하여 마이크를 잡는다.

여러분! 안녕하십네까. 북한에서 온 꿀벌당 대통령후보 연개여성입네다. 방금 이주현 후보께서 말씀하신 아름다운 꽃동산, 그게 도대체 무슨 소린지 알다가도 모르겠습네다. 아 글쎄, 지금이 어떤 시대인데 한가하게 꽃동산 얘기나 하고 있을 때입네까? 그것도 대통령후보라는 분이 말입네다. 우리는 지금 국가적으로 백척간두의 기로에 서 있다고 생각합니다. 한 발자국만 삐딱하면 백 척이 넘는 낭떠러지로 곧장 굴러 떨어지고 말 것입네다. 이처럼 위태로운 시기에 남한에서는 어떤 일이 벌어지고 있습네까. 대통령이라는 사람이 자그마치 두 사람이나 부정부패로 죄를 짓고 감옥에 들어가 앉아있지 않습네까. 사법부는 또 어떻습네까. 법률농단이다 뭐다 해서, 정의롭고 공정해야 할 사법부가 개인이나 이익집단의 노리개로 전락하고 말지 않았습네까. 국회는 또 어떻습네까. 시급히 해결해야 할 민생법안은 산더미같이 쌓이고 있는데 이를 처리하여 도탄에 빠진 민생문제를 해결할 생각은 않고 여당과 야당이 허구한 날 서로 멱살 잡고 싸움질이나 하고 있으니, 이래가지고도 나라가 제대로 굴러가겠습네까.

나는 이것이 남한 정부의 지도층이 모두 썩어 빠진 증좌라고 생각합네다. 우리 북반부 공화국에서는 어버이 수령님과 위대한 장군님의 유언 하에 주체사상의 드높은 깃발 아래 똘똘 뭉쳐 온 인민이 일사분란하게 움직이고 있습네다. 남한에서도 북한에서처럼 전 인민이 추앙하고 따를 수 있는 깨끗하고 존경받는 지도자가 나와서 나라를 올바른 방향으로 이끌어가야 한다고 생각합네다. 남한의 동포 여러분! 저를 밀어 주시라요. 제가 대통령으로 당선되면 강력하면서도 어질고 현명한 지도력을 발휘하여 부정부패를 깨끗이 척결하여 국제적으로도 칭송받는 부패 청정국으로 만들겠습네다. 남한의 경제사회 측면을 보면 빈부의 격차가 엄청나게 큽데다. 이를 바로 잡지 않는 국가발전은 탁상공론에 그칠 것이고 백년하청이 될 것입네다. 셋째, 남한에서는 웬 지역갈등이 그리 심합네까. 경상도다 전라도다, 강원도다 충청도다,

손바닥만 한 땅덩어리에서 무슨 향촌사상이 그렇게 강한지 원. 듣자하니 남한에서는 북한에서 내려온 사람들이 사람취급을 못 받고 이등국민 노릇을 하고 있다고 합데다. 그게 말이 되는 소리냐구요. 노론이다 소론이다, 동인이다 서인이다, 이것이 이조왕국을 패망으로 몰아간 수괴범 아닙네까. 내레 대통령이 되면 이 모든 부조리를 타파하고 인민이 주인이 되어 화평하고 행복하게 살 수 있는 우리 조국을 만들 것입네다. 또한 그 악명 높은 국정원을 폐쇄하고 보안법을 폐지하여 인민의 자유가 유린당하지 않도록 하겠수다. 넷째, 북남이 이렇게 하나로 통일된 만큼, 이젠 제발 강대국의 힘에 휘말리지 말고 제발 우리끼리 똘똘 뭉쳐 대외문제를 풀어 가자구요. 언제까지 미국사람들의 바지가랭이나 움켜쥐고 끌려 다닐 겁네까. 될 수 있으면 우리 땅에서 외국군대도 몰아 내자구요. 그래야 진정한 의미의 자주독립을 이룩하는 겁네다. 이 밖에도 할 말이 태산 같습네다만 제한시간이 다 차서 이만 물러가겠시요. 유권자 여러분! 경청해 주셔서 감사합네다. 여러분! 안녕히 계시라요.

연개여성의 연설이 끝나자 청중 속에서 우레와 같은 박수가 쏟아져 나온다. 이주현 후보에게 준 박수보다 더 강도 높은 박수소리다. 그녀의 연설은 남한사회의 부조리를 지적한 것이지만, 역설적으로 북한사회의 부조리에도 해당되므로 실현 가능성이 없는 공허한 말장난에 불과했다. 그럼에도 불구하고 그녀가 그처럼 남한 유권자들의 뜨거운 호응을 이끌어 낼 수 있었던 것은 그녀가 현재 남한 시민들이 마음속으로 상처를 받고 불쾌하게 여기고 있는 남한사회의 현실적인 문제를 여과 없이 들추어 내 남한 사람들의 가려운 곳을 시원하게 긁어 주었기 때문일 것이다.

꿈나라당 오픈 프라이머리에서 불기 시작한 "신앙마" 열풍은 좀처럼 사그라지지가 않는다. 본선에 들어가서는 그 열기가 한층 더 뜨거웠다. 남한에서 북한으로 올라갈수록 "신앙마"의 인기는 하늘을 찌를 기세다. 연개소문 일가의 공포정치, 백두혈통의 왕정통치, 그리고 꿀벌당의 일당독재가 북한인민의 생활을 도탄에 빠뜨리고 공화국 경제를 파탄으로 몰아가게 했고 이에 대한 북한 주민의 분노와 증오감 등이 그들로 하여금 꿈나라당 정부통령후보를 지지하게 만들었다. 평양에 이미 이철갑의료센터를 세워 빈곤층에 대한 의료봉사를 대대적으로 전개하고 있고, 고구려호텔을 세워 외국관광객 유치에 크게 이바지하여 평양경제를 살아나게 해 준 이주현에 대한 고마운 마음이 북한 유권자들로 하여금 이주현에게 절대적인 지지를 몰아주었다.

마침내 선거유세가 모두 끝나고 투표일은 다가와 최종 집계로 나타난 투표 결과에 따르면 유권자의 85%가 이주현과 그의 러닝메이트를 지지했다. 이로써 이주현은 연개여성을 제치고 통일대한민국의 초대 대통령을로 확정된다.

四十

대통령선거가 끝난 후 남북한에는 정계개편의 매서운 회오리바람이 거세게 몰아친다. 우선 대통령 당선자 이주현은 선거공약 중에서도 특히 탕평정책의 조기 실현과 영구중립정책의 조기정착을 성실히 실천하기 위한 방법으로 정부의 기구개편에 착수한다. 여기에 걸맞는 정부기구의 모형으로서 그녀는 미국식 대통령 권력행사기구를 모방한다. 미국 대통령은 대통령의 권력을 효율적으로 집행하기 위해 대통령 직속으로 예산관리처(Office of Management and Budget)와 인사관리처(Office of Personnel Management)를 설치하고, 이 두 기구를 통해 행정부를 지도하고 부처간의 대립갈등을 조정하며 통제한다. 정부정책의 수립과 집행에 있어서 돈과 사람에 관한 효율적인 관리가 국가관리에 있어서 핵심요소이기 때문이다. 대통령 당선자는 우리의 역대정부가 부처 간의 정책대결 및 행정과정상의 난맥상으로 밑도 끝도 없는 잡음과 혼선을 보인 것은 바로 정부 내에 예산관리권과 인사관리권의 행사를 순조롭게 해주는 기구가 미흡했기 때문이라고 생각했다. 이에 대통령 직속으로 예산운영관리처와 탕평인사관리처를 신설하고, 이 양두마차를 기축으로 정부장악력을 강화해 나가려고 한다.

대통령당선자는 탕평정책의 일환으로 연개소문을 스위스로 보내 치료를 받도록 하고 그의 여동생 연개여성을 스위스대사로 임명하여 연개소문의 병수발을 들도록 조치한다. 또한 꿀벌당의 전현직 간부들이나 정부요직에 있던 인물들에 대한 보복금지를 명하고 강제수용소를 폐쇄하고 수감자들을 전원 석방하는 조치도 취한다. 이는 넬슨 만델라의 "화해정책"을 능가하는 광범하고도 심도 있는 화해협력정책이라고 할 수 있다. 이밖에 연개소문의 조부와 부친의 시신은 그대로 존치토록 하고 그들의 동상도 역사문화의 일부로 인정하여 그대로 존치토록 한다. 북한 내의 모든 정치범들은 즉시 석방조치하고 연좌제로 인해 블랙리스트에 올라있는 모든 시민들의 복권을 단행한다. 남한에 있어서도 꼭 같은 모양으로 화해정책을 실시한다. 현재 감옥에 있는 전직 두 대통령을 석방하여 사면복권시키고 전직대통령들은 북한의 전직국가원수와 똑같은 대우를 받도록 한다. 그들의 동상 설치는 물론, 그들의 가족이나 지지자들이 원하면 기념관이나 기념도서관의 설립도 권장하고 국가예산의 지원도 받게 한다. 그 밖의 모든 정치범들의 사면복권도 실시한다. 그녀는 내각을 구성함에 있어서 선거기간 중 총리후보로 약속했던 별나라당 심상애 의원을 임명한다. 또 그녀는 총리후보자 및 부통령 당선자와 상의하여 일찍이 남한으로 망명한 강태공 전 북한스페인 공사를 외무부장관으로 임명하고 북한의 오지연악단 단장 박송월을 여성가족부장관에 임명한다. 이밖에도 이주현 대통령당선자의 파격적인 탕평인사는 끝을 모르고 이어진다.

꿀벌당은 대통령선거 후 당원들의 대거 탈당 및 이탈로 조직과 세력이 눈에 띄게 약화되어 당 간판을 유지하기에도 버거울 정도로 쇠락한다. 그런 와중에 선우룡해가 당서기직을 맡아 당의 명맥을 유지하며 다가올 국회의원선거에 대비하게 된다. 꿀벌당은 남한에서의 조직은 전무한 상태이므로 북한을 근거로 한 소수지역정당의 처지를 면치 못하게 되어, 남한 내에서의 세력 확장문제가 선우룡해가 해결해야 할 급선무로 떠오른다.

달나라당은 달춘추 대통령의 은퇴와 대통령후보를 내지 못한 불임정당으로 낙인 찍혀 조직의 구심점이 이완되어 친달, 반달세력으로 양분되어 격심한 내분을 겪으며 당권쟁탈전에 몸살을 앓게 된다. 이밖에도 좌파와 온건파, 청년층과 노년층이 원심세력화되어 당내정쟁이 가중되어, 당 지도부는 고심 끝에 별나라당 지도부를 설득하여 양당합당의 정치작품을 만들어내 당명을 새희망당으로 개명하여 후일의 정권탈환을 기약하게 된다.

꿈나라당은 대통령선거의 전리품을 독차지하는 호재를 맞아 명실공히 집권여당의 장중한 면모를 유감없이 발휘한다. 남북 전역에 걸친 광범한 유권자의 지지와 굴러 들어온 막강한 권력 및 풍부한 자금력을 기반으로 꿈나라당은 남북한 각지에서 조직과 세력을 질풍노도처럼 강화하고 확장해 나간다. 이렇게 하여 통일 대한민국의 정치판도는 삼당체제로 개편되어 여야가 힘을 겨루게 된다. 앞으로 다가올 상하양원의 국회의원 선거결과에 따라 정치판은 또 한 번의 재편과정을 겪는 각축전이 예상된다.

한편, 대통령 당선자는 1주일간의 휴식을 통해 선거기간 쌓였던 과로와 피로를 말끔히 털어내고 싱싱하고 활기찬 모습으로 개각의 마무리작업에 몰두하며 다가올 정부통령 취임식을 준비하는 데 총력을 기울인다.

이리하여 군사적 대치와 정치적 파행으로 일촉즉발의 위기국면으로 치닫던 한반도에는 오랜만에 화평무드가 조성되어 남북 어디에서나 시민의 얼굴은 주름살이 펴지고 생활의 어두운 그림자는 자취를 감추어 명랑한 분위기가 감돈다. 정치무대는 모처럼 타협과 협력의 기운이 충천하여 또 한 단계의 성장과 발전을 기대할 수 있는 도약과 도전의 기회가 펼쳐진다.

°四十一

오늘은 통일대한민국의 초대 정부통령 취임식 날이다. 이주현 대통령 당선자는 당선된 후 두 달여 동안 일주일의 휴가 기간을 빼고는 한가한 시간을 보낸 적이 없다. 대한민국의 장기 발전을 위한 정책구상을 하랴 조각을 하랴 주요 강대국들과의 외교안보 현안을 해결할 방안을 모색하랴, 잠시도 여유시간을 가져 볼 틈이 없었다. 그 중에서도 새로 대한민국의 품안에 들어온 북한의 문제는 하나부터 백까지가 모두 골치 아픈 난제들이다. 도지사부터 시장군수에 이르기까지 인재를 골라 적재적소에 임명하는 것을 필두로 모든 것이 처음부터 새 출발해야 할 문제들 뿐이다. 이들 문제들과 매일 씨름하느라고 하루 24시를 빠듯하게 보내는 사이 벌써 대통령 취임식이 다가온 것이다.

아침 일찍 일어나 아파트를 빠져 나가니 벌써 수많은 군중이 모여들어 기다리다 환호성을 지른다. 밖에서 대기하고 있던 취임 준비위원들과 함께 동작동 국립묘지를 찾아 순국선열들게 분향재배하고 청와대로 가 준비위원들과 차를 마시며 짧게 환담을 나눈다. 이주현은 이곳이 얼마나 오고 싶어 그리던 곳인가, 또 앞으로 4년을 살아가야 할 거주지이구나 생각하니 감회가 깊다. 이주현은 거처로 들어가 국립묘지를 참배할 때 입었던 옷을 취임식장에서 입을 정장으로 갈아입고 나와 경호원의 안내를 받아 대통령 전용차에 올라탄다. 그 뒤를 부통령 당선자가 따르고 선도 경호원들의 오토바이의 엄호를 받으며 대통령일행의 차 행렬이 미끄러지듯 청와대 경내를 빠져 나간다. 청와대 정문 앞에서부터 사직터널에 이르는 구간 중간 중간 합류한 경호 차량들로 대통령 일행의 차 행렬은 2백여 미터에 이르도록 길게 뻗쳐 일대 장관을 이루며 한강을 건너 여의도 의사당에 도착한다.

연단 상면에는 전직 대통령들을 비롯하여 내외귀빈들이 이미 도착하여 자리를 잡고 있고 연단 하면에는 여야 정당대표를 비롯하여 각계각층의 지도자와 일반 시민들이 자리를 잡고 있다. 이들 중에 특히 눈에 뜨이는 것은 꿀벌당 대표들의 모습이다. 이들이 예전에 tv 모니터에 나타날 때마다 보이던 살벌하고 노기등등하던 표정은 온데간데 없고 옆자리에 앉은 하객들과 담소를 나누는 태도는 남한의 정객이나 일반 시민의 그것과 조금도 다를 바 없다. 모두들 진지한 표정으로 식전행사를 관람하고 있는 중이다. 유명 가수들이 부르는 "우리의 소원은 통일"을 비롯하여 "그리운 금강산", "봄 처녀", "고향의 봄", "아리랑", "경기민요" 등 신명나는 음률이 의사당 경내에 가득히 울려 퍼진다.

대통령 당선자 이주현과 부통령 당선자 송영무가 입장하니 만장한 내외귀빈 및 참석자들이 일제히 일어나 뜨거운 박수로 열렬히 이들을 환영하며 맞이한다. 사회자의 안내에 따라 국민의례가 진행되고 부통령의 취임선서가 먼저 진행된다.

나 송영무는 헌법을 준수하고 국가를 보위하며 조국의 평화적 통일과 국민의 자유와 복리의 증진 및 민족문화의 창달에 노력하여 부통령으로서의 직책을 성실히 수행할 것을 국민 앞에 엄숙히 선서합니다.

그 뒤를 이어 대통령 취임선서가 이루어진다.

나 이주현은 헌법을 준수하고 국가를 보위하며 조국의 평화적 통일과 국민의 자유와 복리의 증진 및 민족문화의 창달에 노력하여 대통령으로서의 직책을 성실히 수행할 것을 국민 앞에 엄숙히 선서합니다.

선서에 뒤이어 신임 대통령의 취임사가 낭독된다.

"천지신명이시여!

오늘 이 성스러운 자리를 빛내 주시기 위해 이처럼 화창한 날씨를 주셔서 감사합니다.

오대양 육대주에서 지금 이 광경을 지켜보고 계시는 동료 지구시민 여러분!

이 자리에 왕림하신 내외귀빈 및 만장하신 참관자 여러분!

저에게 찬성표를 주신 국민 및 반대표를 주신 국민 여러분!

특별히 이 순간을 지켜보고 계시는 북한의 3천만 새 대한민국 시민 여러분!

오늘 저의 대한민국 대통령 취임식을 축하해 주시기 위해 TV를 켜고 시청하고 계시는 해외동포 여러분!

진심으로 감사드립니다.

예부터 한국은 '조용한 아침의 나라'로 불려 왔습니다. 그런데 언제부터인가 한국은 외국군대의 군화에 짓밟히고 성씨까지 빼앗기고 남과 북이 서로 총질하고 남남끼리 욕질하고 보수 진보가 나뉘어 삿대질하는 '시끄러운 나라'로 변해 버리고 말았습니다. 그동안 피도 많이 흘리고 눈물도 많이 흘렸고 피를 말리는 듯한 이산가족의 통한도 경험했습니다. 다행히 요즘에 와서야 좀 조용해지고 남남갈등도 누그러지고 보수 진보의 마찰도 완화되었습니다. 더욱 다행인 것은 남북이 통일이 되어 다시는 피비린내 나는 동족상잔의 전쟁을 안 할 수 있게 된 것입니다. 이제는 더 이상 이 땅에 종북 세력, 종남 세력, 종동 세력, 종서 세력, 보수우파세력, 진보좌파 세력으로 갈리어 싸우는 일이 없을 것입니다. 오직 통일된 대한민국만이 우뚝 서 있을 겁니다.

한국은 또 '동방의 예의 바른 나라'라고 불린 적이 있습니다. 그런데 전쟁이 일어나 도시가 파괴되고 경제가 파탄이 나 헐벗고 굶주리는 시민이 주린 배를 채우지 못해 도둑질도 하고 남을 속이기도 하고 새치기도 하며 살다 보니 예의는 실종되고 도의는 땅에서 짓밟히고 치안과 질서는 무너져 개탄스러운 상태에 이른 적이 있습니다. 이를 지켜본 한 외국 신문기자가 '한국에서 민주주의를 기대하는 것은 쓰레기통에서 장미꽃이 피기를 바라는 것이나 다름없다'라고 비아냥거렸습니다. 여러분! 대한민국 국민은 이런 남의 비평과 멸시와의 귀 거슬리는 소리를 못 들은 체하며 허리띠를 졸라 매고 밤잠을 아껴 자며 있는 힘을 다 쏟아 부어 한강의 기적을 일구어 냈습니다. 민주주의의 장미꽃도 피웠습니다. 원조 받던 나라에서 원조 주는 나라로 탈바꿈 했습니다. 이제 다시는 이 땅에서 동방의 예의 바른 나라의 명성을 잃어버리는 치욕스러운 일은 일어나지 않을 것입니다. 국가가 시민의 인권을 유린하고 학대하며 권력과 재산을 가진 자가 힘없고 가난한 자에 대해 갑질을 하는 일은 없을 겁니다. 특히 북한에서 혹독한 고생을 하신 동포 여러분들을 잘 돌보아 대한민국을 명실공히 예의 바른 나라로 되돌려 놓겠습니다. 북한시민의 생활수준을 남한시민의 생활수준으로 끌어 올리도록 최대한의 노력을 다할 것입니다.

예전에는 우리나라를 일컬어 '금수강산'이라고 했습니다. 두만강, 압록강, 한강, 낙동강, 금강, 섬진강, 영산강, 백두산, 금강산, 설악산, 지리산, 속리산, 한라산이 모두 명산대천이요 봄, 여름, 가을, 겨울이 선명하게 구분되어 있고 철따라 오곡백화가 넘실거리는 들녘을 바라볼 때면 이 땅이 과연 금수강산인 것을 곧 깨닫게 됩니다. 그런데 언제부터인가 북한 지역의 산은 벌거숭이가 되어 양미간을 찌푸리게 되고, 남한의 강과 바다는 쓰레기와 오물이 가득해 악취가 코를 찔러 숨쉬기조차 힘든 지경에 이르게 되었습니다. 악취가 코를 찌르는 것은 명산대천 뿐만이 아닙니다. 우리의 정신과 마음까지 썩어서 썩은 냄새가 강산에 진동합니다. 정계가 썩었고 법조계, 금융계, 교육계, 심지어는 정신생활의 최후보루라고 할 종교계까지 썩어 그 구린 냄새가 천지에 진동합니다. 저는 이 오물강산을 즉시 금수강산으로 되돌려 놓는 일에 착수하고 배달민족의 청렴정신을 다시 불러일으키겠습니다. 한 발 더 나아가 지구 전체가 화학물질과 매연에 오염되어 악취로 가득찬 생활환경을 정화하여 지구 전체를 금수강산으로 만드는 일에 앞장서겠습니다.

역사의 물결은 도도히 흐르고 있습니다. 누구도 그 거센 물결을 제어할 수 없습니다. 오직 그것에 순응하는 것만이 적자생존의 유일한 길이라고 생각합니다. 그 물결은 다름 아닌 변화의 물결입니다. 빈부의 격차를 벌어지게 하는 부조리를 바로잡고 빈부의 격차를 좁혀나가는 평등한 사회로 변화시켜야 할 것입니다. 국토분단의 통한을 일소하고 조국통일의 성업을 영구화하는 방향으로 나아가야 할 것입니다. 국제적 패권주의를 타파하고 평화공존의 국제관계를 수립하는 방향으로 외교역량을 집중시킬 것입니다.

이제 변화는 돌이킬 수 없는 대세입니다. 저는 감히 이 변화의 선봉에 서서 역사적 변화의 선구자, 새 시대 변화의 역군, 지구적 변화의 샛별 역할을 착실히 수행해 나가겠다는 약속을 드리는 바입니다.

옛말에 '친구가 멀리서 찾아오니 얼마나 기쁜가(有朋远来, 不亦乐呼)'
라는 성어가 있습니다. 우리나라는 참 축복 받은 나라입니다. 세계 방
방곡곡에 좋은 친구와 우방국이 있어서 이 땅에 전쟁이 일어났을 때 여
러 우방국들이 불원천리 이 땅에 군대를 파병하여 대한민국을 멸망직전
에서 구하고 우리로 하여금 오늘날 이처럼 경제적 번영을 이루고 민주
적 정치질서를 안착시켜 자유와 풍요를 누릴 수 있게 도와 준 은인이 바
로 여러 우방국 친구들 덕택입니다. 우방국 친구 여러분! 진실로 감사를
드립니다. 부디 앞으로도 우리와 계속 좋은 친구, 우방관계를 유지하고
서로의 유대를 강화해 나가는 절친한 친구로 남아 주시기를 바랍니다.

하나님의 가호가 통일 대한민국의 앞날에 영원히 같이 하시기를 기
원합니다.

감사합니다!"

신임 대통령의 취임사가 끝나자 축하공연이 이어진다. 먼저 소프라
노와 테노 두 젊은 가수가 서울시향의 반주에 맞춰 "목련화"를 부른다.

김봉주는 관중석에 조용히 앉아 대통령취임식 전 과정을 지켜보고
있다가 이 노래가 나오자 노랫가사와 이주현의 순결한 이미지가 잘 어
울린다는 느낌에 감격한다. 감격에 북받친 그는 두 손 모아 눈을 감고

기도 드린다.

"오! 하나님! 저의 소원을 들어주셔서 감사합니다. 아멘!"

그 다음은 서울시향과 전국 대학 음악과 학생들로 구성된 합창단의 "코리아 판타지"가 연주된다.

"뚜루~ 뚜루~ 동해물과 백두산이 마르고 닳도록 하나님이 보우하사 우리나라 만세."

그 장엄하고도 감격스러운 선율이 의사당 광장에 우렁차게 울려 퍼진다. 그 선율은 음파를 타고 평양, 도쿄, 베이징, 뉴욕, 모스크바, 파리, 베를린, 런던, 아프리카의 산골마을, 남미의 어촌 등등, 전 세계 방방곡곡에 빠진 곳 없이 도달하여 울려 퍼진다.

"대한사람 대한으로 길이 보존하세!"

청중은 모두 기립하여 감격과 환희에 가득 찬 모습으로 열띤 환호성과 요란한 박수소리로 화답한다.

축하공연이 끝나자 신임 정부통령은 내외귀빈과 참석자들에게 만면에 웃음을 활짝 머금고 두 손을 흔들어 인사하며 퇴장한다. 국회의사당을 빠져나온 정부통령은 대기하고 있던 방탄 대통령전용차와 부통령전용차에 각기 몸을 싣고 차 퍼레이드를 펼친다. 이주현은 무개차 천장을 열고 상반신을 밖으로 내놓고 도로 양쪽에서 열광하는 시민들에게 두 팔을 활짝 펴 흔들며 일일이 화답하며 청와대를 향해 달려간다.

四十二

통일 대한민국의 초대 대통령에 취임한 이주현은 청와대에 입성하는 첫날부터 이전에 민간인일 때에는 미처 겪어보지 못했던 특이한 경험을 거치며 내심 놀라워한다. 그녀가 복도를 지나갈 때면 사람들의 머리가 마치 바람이 지나가면 들녘에 펴있는 오곡백화가 고개를 숙이듯이 모두 90도 각도로 허리를 구부린다. 이주현 자신이 저명인사이자 큰 회사의 대표이기도 했던 터이므로 처음 경험한 일은 아니지만, 그 절도나 강도 면에서 비교가 안 되는 엄숙한 분위기다. 그녀가 이른 아침에 일어나 목욕을 하고 화장을 하다가 사저에서 쓰던 특정 화장품이 없어 불편해하면 누군가가 교통 경찰력을 총 동원하여 사저에 있던 그 화장품을 20분 안에 가져다가 그녀 손에 쥐어 준다. 그녀가 사적 혹은 공적인 필요에서 어느 누구를 불러 몇 번 심부름을 시키면 그는 일약 문고리 권력의 실세로 떠올라 큰 물의를 일으킨다. "문고리 권력실세"라고 하는 것은 어떤 사람이 대통령의 집무실 문을 열고 수시로 드나들다 보면 자연히 대통령의 귀를 점유하는 기회가 많아 결국 대통령이 그의 말을 잘 들어 그에게 힘이 실린다는 뜻에서 나온 말이다. 그녀가 현안문제로 특정 정부고관과 며칠 연속회의를 하고 나면 그 고관의 몸에는 후광효과(halo effects)가 발생하여 뭇사람들이 그에게 줄을 대려고 안달이다. 그런 후광효과는 비단 정부고관들에게만 발생하는 것이 아니라 그녀 자신의 친인척들에게도 이미 발생하고 있다는 정보를 그녀는 입수하고 있다. 이런 일을 매일 겪다 보니 그녀 자신도 부지불식간에 그런 현상 속으로 빨려 들어가게 되는 것 같고, 일면 그런 생활을 탐닉하게 되기도 하고, 그것이 거추장스러워 짜증이 나기도 한다. 이런 환경 속에 그녀 스스로가 매몰되면 그녀도 결국은 인의 장막에 갇혀 국민에게 소외당하지나 않을지 겁이 난다. 아마 이런 것이 권력의 속성인지도 모른다고 생각하며 그녀는 이런 폐단은 자기 재임 중에 반드시 고쳐놓아야겠다고 결심한다.

그녀가 인상 깊게 체험한 두 번째 경험은 정부행정의 관행이 제도화되어 있지 않고 사람 위주로 행정이 돌아가고 있다는 점이다. 정부조직법에 따라 직위가 설정되어 있어도 그 직위를 누가 담임하느냐에 따라 나타나는 결과는 천양지차다. 어떤 경우에는 있지도 필요하지도 않은 직위를 설정하여 불필요한 사람을 들여 놓는 경우도 적지 않다. 이것을 일컬어 "위인설관"이라고 하지 않던가. 행정제도는 사람 위주에서 제도 위주로 전환되어 효율성을 극대화해야 한다. 객관적인 상황의 요청에 따라 관직을 설치하고 거기에 가장 적합한 인재를 골라 앉혀야 행정이 올바로 돌아가는 것이다. 이렇게 되면 상사가 제멋대로 일을 처리할 수가 없고 또 하급자는 상사의 눈치를 볼 필요도 없는 것이다. 따라서 소위 "기분행정"이나 "눈치행정"의 폐해는 원천적으로 봉쇄되는 것이다.

이처럼 제도화가 안 되면 개인의 독단이나 농단행위가 판을 치게 되기 때문이라고 이주현 대통령은 믿는다. 그녀 생각으로는 독재라는 것은 마치 프로펠러가 하나밖에 없는 단발 비행기에 비유할 수 있다. 단발 비행기는 날아 가다가 프로펠러가 꺼지면 즉시 추락하고 만다. 이에 비해 프로펠러가 여러 개 있는 다발 비행기는 프로펠러 중 하나에 고장이 생기더라도 다른 프로펠러가 작동하기 때문에 다음 비행장까지는 비행을 계속할 수 있는 것이다. 그럼으로 단발 비행기 보다는 쌍발 비행기, 쌍발 비행기 보다는 4발 비행기가 훨씬 더 안전운행을 할 수 있는 것이다. 비행기의 경우와 마찬가지로 행정조직도 여러 방면으로 제도화하여 운행하면 그만큼 안전운행이 가능하다. 제도화가 덜 된 정부조직에 있어서는 공무원이 항상 윗사람, 최종적으로는 대통령 한 사람의 입만 쳐다보고 일을 하게 된다. 세월호사건이나 메르스사건이 그 대표적인 경우가 아니던가. 그렇게 되지 않도록 행정제도와 관행을 제도화하는 것이 급선무라고 그녀는 생각한다.

그녀가 체험한 세 번째 경험은 정부조직 내부에 자율적 행정체제가 전혀 가동되지 않는다는 것이다. 사람으로 치면 인체는 중추신경계통 이외에 자율신경계통의 원활한 작용에 의하여 건강이 유지된다. 즉, 사람이 잠을 잘 때 주추신경계통은 모두 휴면상태에 들어간다고 하더라도 자율신경계통 마저 휴면상태에 들어가 제 기능을 수행하지 못한다면 폐장, 심장, 위장 신장, 간장 같은 내장이 움직이지 않아 결국 인체는 사망선고를 받게 된다. 사람이 잠을 자던 깨어 있던 체내의 장기계통이 움직여줘야 목숨을 유지할 수 있는데, 그것을 가능케 해 주는 것이 자율신경계통인 것이다. 국가조직도 마찬가지다. 국가의 최고책임자인 대통령이 잠을 자든 외국에 순방을 나가든 관계없이 국가의 모든 기능이 24시간 제대로 돌아가려면 자율행정체제가 제대로 작동해야 한다. 그런데 대한민국의 행정체계는 자율행정체계가 제대로 작동하지 않는 경우가 많았다. 되풀이해서 말하지만, 세월호사건이나 메르스사태 같은 사건이 반복하여 발생하는 이유는 자율행정체계가 제 구실을 못하기 때문이다. 그럴 때마다 소관행정부는 우왕좌왕하며 속수무책 상태가 되고 마는 것이다. 비단 행정부뿐만 아니라 입법부, 사법부, 정당, 사회단체 등 모든 부면에 있어서 자율적 판단, 자율적 규제, 자율적 집행이 부족한 것이 현실이라고 이주현은 생각한다.

넷째, 이주현 대통령에게는 새로운 형태의 사회통합 문제가 초미의 관심사로 떠오른다. 통일 대한민국의 출현으로 남남갈등이나 종북 좌파 대 꼴통 보수 간의 긴장과 갈등관계는 눈 녹듯 사라지고 말았지만, 이제 막 대한민국의 품안으로 들어온 3천만 이북 새 시민들과의 공생과 융합의 문제는 첨예한 사회문제로 부각되고 있다. 70여 년 동안 두 지역 간 통신과 문화가 단절돼 있다가 통일한 지금 두 지역은 사회제도, 사고방식, 언어상의 이질화 현상이 엄청나 사실상의 상이한 두 개의 상호 다른 국가와 국민으로 갈라놓는 결과가 나타난다. 이를 하나의 공통된 정치제도, 법률제도, 경제제도, 공통문화권으로 묶어 통합한다는 것이 그렇게 쉬운 일이 아니다.

다섯째, 이주현 대통령은 지금 서울과 세종시로 분할되어 운영되고 있는 행정수도의 통합문제는 한반도의 통일과 더불어 새로운 정치적 쟁점으로 떠오르게 되었다 생각한다. 현행대로 계속 분할운영할 것인가, 세종시로 통합운영할 것인가, 아니면 개성과 같은 기타 도시로 행정수도를 이전하여 운영할 것인가 하는 문제는 시급히 해결해야 할 과제가 되었다. 국회의사당만 하더라도, 국가의 백년대계를 염두에 두고 건축한 것이 아니라 국토분단시절에 임시변통으로 마련한 가건물에 불과한 것이다. 게다가 상하 양원제를 염두에 두고 건축한 것이 아니고 단원제 국회, 그것도 남한 인구만을 기준으로 뽑은 국회의원들만 수용 가능하게 지어놓은 옹색한 건물이다. 이제 새로 생기는 행정수도에다 명실상부한 입법부 본연의 기능과 권위를 두루 갖춘 품위 있는 의사당 건물이 천년 만년 지나도 그 위용을 세계만방에 떳떳이 자랑할 수 있는 국회의사당 건설이 시급하다는 것이 그녀의 생각이다.

여섯째, 이주현 대통령은 일찍이 파멜슨 경(Lord Parmelson)이 "국가 간에는 영원한 동지나 우방은 없다. 오직 영원한 국가이익만 존재할 뿐이다"라고 한 말을 떠올린다. 이런 각도에서 보면 오늘의 한국이 처한 정황을 놓고 10년이나 백년 앞을 예단하기는 어렵다. 특히 통일 대한민국의 인구 규모나 경제력, 국력, 군사력을 놓고 볼 때 그러하다. 그러나 대한민국이 겪어온 역사적 사실과 오늘 처한 지정학적 위치를 놓고 대한민국의 진로를 진단할 때 미국을 떼어 놓고 생각할 수는 없다. 따라서 대한민국은 미국과의 철통 같은 동맹관계를 유지하는 기조에서 국가이익을 추구해 나가야 할 것이라고 믿는다. 그밖에도 이루 다 열거하기 어려운 크고 작은 문제들이 취임초기의 이주현 대통령의 머리를 사로잡았다.

이주현은 통일 대한민국의 초대 대통령으로서 국가발전의 초석을 깔고 후손들에게 좋은 전통과 본받을 만한 선례를 남겨 놓아야 한다는 굳은 신념 하에 "국가건설을 처음부터 다시 시작한다"는 각오로 집무를 시작한다. 그리고 "새 술은 새 부대에 담는다"는 심정으로 취임 직후 "새나라 건설위원회"를 대통령직속으로 설치하고 각계각층의 지도급 인사들을 위원으로 옹립하여 그들의 자문을 받아 가며 국가의 비전을 설정하고 여기에 상응하도록 정부조직을 개편하며 새로운 행정수도를 물색하는 등의 작업을 꾸준히 전개해 간다. 그 결과를 바탕으로 그는 다음과 같은 결정을 내린다.

그녀는 무엇보다도 일인독재가 출현하지 못하도록 민주주의제도가 이 땅에 든든하게 뿌리내리도록 최선을 다해야 한다고 확신한다. 그동안 우리나라가 민주주의제도를 도입하여 70여 년간을 실험해 본 결과 그것이 최선의 제도가 아니라는 점을 발견했고 또 여러 가지 단점과 폐단이 있다는 것도 알게 되었다. 그러나 민주주의 말고는 민주주의를 능가할 만한 훌륭한 정치제도를 발견하지 못한 것 또한 사실이다. 그래서 민주주의 제도의 공고화를 통해서 일인독재와 그것에 그림자처럼 어김없이 따라 다니는 부정부패를 추방하는 것만이 유일한 대안이라고 그녀는 생각한다.

둘째로 그녀는 일인독재의 출현을 방지하려면 행정체계를 제도화해야 한다고 생각한다. 말만의 제도화가 아니라 머리부터 발끝까지, 피부에서 뼛속까지 철저하게 제도화해야 한다. 그래야만 문고리 권력이 출현하지 못하고 대통령의 친인척이 비리를 저지르지 못하게 된다. 뿐만 아니라 모든 공직자들에게는 직위에 걸 맞는 권한과 책임을 주어 윗사람의 눈치 보지 않고 소신 있게 일할 수 있도록 행정 분위기를 조성하고 자율적 행정 구조의 효과적인 가동을 정착시켜야 한다고 그녀는 믿는다.

셋째로 그녀는 시장경제를 더욱 활성화해 그 바탕 위에서 경제성장을 이끌어 내야 한다고 생각한다. 물론 시장경제 제도라고 하는 것이 장점만 있는 것이 아니라 "시장실패"라는 폐단을 불러일으키기도 한다는 점을 그녀는 누구보다도 잘 알고 있다. 이 경우 공공이익에 필요한 재화생산이 어려워지고 빈익빈 부익부현상이 심화된다는 사실을 그녀는 잘 안다. 그러나 그러한 단점은 건실한 복지정책의 실시로 시정할 수 있고, 또 기타 여러 정책적 수단으로 그것을 보완하고 교정할 수 있다고 그녀는 생각한다. 따라서 합리적이고 효율적인 사회복지제도의 실현을 통해서 시장경제제도의 건실한 운영을 도모해야 할 것이라고 그녀는 믿는다.

넷째, 이주현 대통령은 이들 정책목표를 달성하는 수단으로서의 행정력 강화를 위해 대통령 직속으로 예산관리처, 인사관리처, 재난방지처, 질병통제처를 신설하여 그 분야의 전문가를 책임자로 임명하고 그들에게 그 분야의 전결권을 부여해야 한다고 믿는다.

다섯째, 그녀는 새 행정수도를 개성에 건설하여 남북 간의 행정상 원활한 협력과 조정이 이루어지도록 할 것이라고 한다.

여섯째, 이주현 대통령은 8천만 명의 인구와 엄청나게 불어난 경제력을 바탕으로 세계 8대강국으로 진입하며 굳건한 한미동맹을 기축으로 국가이익이 지시하는 방향으로 이웃나라들과의 선인관계를 유지하는 데 외교력을 총 집중할 것이다.

이주현은 위의 여섯 가지 조항만 확실하게 정착시킬 수 있다면 이를 바탕으로 국가발전, 경제성장 및 복지국가의 실현은 확실하게 보장할 수 있다고 믿는다. 또한 그것은 그녀가 아니더라도 자기보다도 더 훌륭하고 유능한 후임 대통령이 나와 얼마든지 잘 이루어 낼 수 있을 것이라고 믿는다. 따라서 그녀가 재임기간 해야 할 일은 바로 그러한 정책목표의 달성을 가능케 하는 터전을 든든하게 닦아 놓는 데 있다고 그녀는 확신한다. 그것으로 그녀는 초대 통일 대한민국 대통령으로서의 사명은 완수하는 것이라고 믿는다. 이주현은 그러한 국정보고서를 갖고 연두 국회 상하양원 합동회의에 출석하여 그 내용을 발표하고 다음과 같이 그녀의 시정연설을 마무리한다.

"본인은 저의 제1차 임기 내에 이들 정책목표를 반드시 완수할 것이며, 제2차 임기를 위한 대통령선거전에는 차기 대통령후보로 출마하지 않을 것을 존경하는 국민 여러분과 의원 여러분들 앞에서, 오늘 이 자리에서 분명히 밝히는 바입니다. 감사합니다."

이주현은 의사당이 떠나갈 듯한 의원들의 열렬한 기립박수를 받으며 의사당 문을 나선다. 그녀는 몹시 만족스럽고 홀가분한 기분이 되어 마음속으로 중얼거린다. "누군가 등산의 백미는 정상에 오르는 데 있는 것이 아니라 하산할 때 무사히 내려오는 데 있다고 말하지 않았던 가. 나도 이만하면 안전하산 한 것이겠지?" 이렇게 하여 이주현은 통일 대한민국 초대대통령으로서 자손만대에 전수할 좋은 선례 하나를 남긴다.

˚四十三

달춘추 전대통령은 부인 문정희 여사와 같이 스위스로 날아간다. 연개소문의 병문안을 하기 위해서다. 연개소문이 입원하고 있는 병원에 도착한 이들은 곧바로 입원실로 들어가 연개소문 내외와 미리 와 기다리던 연개여성과 반갑게 만난다. 서로 껴안고 두 뺨을 번갈아 가며 비비고 난 이들은 의자에 좌정하여 담소를 나눈다.

연개소문 아, 이것이 누굽네까. 이렇게 먼 곳까지 찾아 주셔서 몸둘
　　　　　바를 모르겠습네다.

달춘추　참 반갑습니다. 건강도 많이 회복되셨군요.

연개소문　예, 이전보다는 많이 나아졌습네다. 자주 외부로 산보도 나가구요.

달춘추　연개여성 후보님, 이번 선거 중 남한서 인기가 대단한 데 놀랐습니다.

연개여성　상대방 후보의 벽이 너무나 높았던 것 같습네다.

달춘추　잘 가다듬어 다시 한 번 도전해 보시지요.

연개여성　감사합니다. 이젠 후배에게 양보해야디요.

달춘추　위원장님, 건강을 회복하신 걸 보니 참으로 기쁩니다. 나는 평양방문 때 일만 생각하면 아직도 흥분됩니다. 특히 백두산에서의 일화는 꿈속에서도 자주 반복하여 되새기게 됩니다.

연개소문　저 역시 그 감동은 잊지를 못하고 있습네다.

달춘추　나는 평양에서의 우리의 비공식 대화 도중 위원장님께서 말씀하신 고르바초프식 개혁(글라스노스트)과 개방(페레스트로이카)에 관한 말씀을 듣고 참으로 감동했습니다.

연개소문　예, 사실은 제가 꿀벌당이 어딘가 무기력해지고 부패와 부조리가 너무 많은 것 같아서 이를 일소하고, 당내 주요 인사들은 경선을 통해 선출하는 소위 고르바초프식 페레스트로이카(개혁)를 실시하려고 했습네다. 또 정부와 당의 의사결정과정을 공개하여 인민의 심판을 받게 하는 공개행정제도를 채택하고 서구사회에서 자주 요구하는 정치범 석방도 단행하고 될수록 정치사찰을 완화하는 방향으로 나가는 소련식 글라스노스트(개방)를 추진해 나가려고 하던 참입네다. 또 낙후된 농업분야를 개혁하고 선진화하며 해외무역도 확대하고 기업운영의 대대적인 혁신도 구상하고 있었습네다. 궁극적으로는 개인의 소유제도를 인정하구요. 뿐만 아니라 기존의 외교노선에 일대 혁신을 일으켜 서방사회와 대대적인 교류도 실시하려던 참이었습네다.

달춘추 아, 그거야말로 코페르니쿠스적 일대 전환이라고 아니할 수 없는 개혁개방 정책이었군요. 그런데 실제로는 그 반대로 군사우선정책을 채택하고 핵개발에만 열중하지 않았습니까?

연개소문 그거 말씀입네까. 그것은 선대에서 이미 정해지고 유훈으로 꽉 묶어놓은 정책로선인지라 저로서는 어찌할 도리가 없었디요. 그래서 우선 핵개발을 날래 완성해 놓고 난 다음 개혁개방을 강력히 밀고 나가려든 참입네다. 이제 우리는 핵개발을 완성했겠다, 슬슬 개혁개방에 시동을 걸어 보자 하던 참입네다.

달춘추 그런 개혁개방을 추진할 경우 반대가 만만치 않았을 텐데요?

연개소문 물론이디요. 군부에서 많이 술렁거렸습네다. 그보다도 남조선 보수우파를 비롯해서 미국의 극단주의자들이 저의 개혁개방 의지를 의심하고 곡해하여 헐뜯는 것이 무엇보다도 제 마음을 아프게 했습네다. 물론 그들이 그렇게 나오는 책임의 일정부분은 제에게도 있다고 생각합네다. 그래서 달 대통령께서 그 오해를 풀어 주시느라고 중간에서 많이 애쓰지 않으셨습네까.

달춘추   과찬이십니다. 결국 개혁개방 시도가 위원장님을 실각시키
고 조선민주주의인민공화국의 몰락을 가져왔다고 생각 안
하십니까?

연개소문   물론 저의 실각의 직접적인 원인은 저에게 발생한 뜻밖의
변고가 원인이요. 그러나 나의 개혁개방 노력이 전혀 부
작용이 없었다고 말하기는 어렵요. 사실말이디 달 대통
령과 박카스 대통령을 만나고나니까 북조선 내부에서 일종
의 눈사태현상이 일어나드라구요. 개혁개방의 시동으로 오
래 닫혔던 문빗장이 풀리고 나니까 자유주의 사상이라고
하는 눈사태가 일어나는데, 그것은 어찌나 강한 바람인지
뒤돌아서서 저지할 방도는 없고 그저 앞만 보고 도망치듯
달리는 도리밖에 다른 길은 없었요. 마치 호랑이 등에 업
힌 격이라고나 할까. 계속 업혀있자니 떨어질 것 같고, 그
렇다고 내릴수 있는 처지도 아니고. 죽을 것 같은 심정이었
습네다.

달춘추   아, 그러셨군요. 이제 호랑이 등에서 무사히 내려오셨으니
홀가분하시겠습니다.

연개소문   홀가분하기도 하고 아쉽기도 한 심정입네다. 사실 제가 북
한사회를 과감하게 혁신하고 개방해서 싱가포르 정도의 잘
사는 나라로 만들고 싶었는데, 백일몽으로 끝난 점은 아쉽
습네다. 그러나 지금 이렇게 멀찌감치에서 우리 후배들이
일치단결하여 별 실수 없이 통일된 조국을 멋있게 이끌어

가는 것을 바라보는 재미 또한 쏠쏠합니다. 머지않아 통일 조선반도가 일등국가로 발돋움할 것이라고 확신합네다.

이때 연개소문의 부인 한설옥 여사가 말참견을 하며 끼어든다.

한설옥   두 분 어른, 해도 해도 너무하십니다레. 모처럼 만나시기가 무섭게 딱딱한 정치 얘기만 하고 계시니 좀 답답합네다. 옆에 있는 사람들의 사정도 좀 봐 주시라요.

달춘추   대단히 죄송하게 됐습니다. 더 이상 정치 얘기 안 하겠습니다. 여사님께서는 건강관리를 참 멋지게 잘하시는 것 같습니다.

한설옥   예, 스위스에 와서는 우리 둘이 건강관리 하는 것 외에 다른 것은 모릅네다. 여기는 기후도 좋고 경치도 빼어나 건강관리에는 최적의 장소라고 생각합네다. 달 대통령께서는 퇴임 이후 건강이 더 좋아진 것 같습네다. 참 얄밉습네다.

문정희   아, 건강 얘기 나온 김에 한 말씀 드리고 싶은데, 우리 내일 알프스 등산하는 거 어떻습니까. 정상까지 다 올라갈 생각은 마시고, 올라갈 수 있는 데까지만 올라갔다 시원한 공기 마시고 돌아오면 되지 않습니까.

연개소문 그것 참 굿아이디어입네다. 나도 요즘 건강이 어느 정도 회복되고 나니 산행 같은 것이 생각납네다. 그건 그렇구, 이제부터는 대통령이다, 위원장이다, 그런 거추장스런 말은 빼고 우리 호형호제하는 것이 어떻겠습네까?

달춘추 　대찬성입니다. 그것이야말로 굿아이디어입니다. 즉시 실행
　　　　하도록 하지요.

연개소문 　춘추 형, 거, 도날드 형에게 연락해서 미국에서 우리 셋이
　　　　서 골프 몇 라운드 치게 주선해 보시라요.

달춘추 　소문 아우, 그런 문제는 내게 맡기십시오, 내 곧 성사시키
　　　　리다.

옆에 앉은 연개여성은 이들의 대화가 흥미진진하고 비범한 내용이
많아서 정신없이 물끄러미 바라보며 미소만 지으며 듣고 있다. 그후 알
려진 바로는 연개소문과 달춘추는 도날드 박카스와 더불어 노벨평화상
의 유력한 공동후보로 추천되었다고 한다.

° 四十四

김봉주의 휴대전화 벨이 요란하게 울린다. 벨소리에 낮잠을 깬 김봉
주는 "참 기분 좋은 장면이었는데, 결국 한여름의 개꿈을 꾸고 말았구
나. 참 진실 같고 현실 같은 한반도 통일과 대통령 취임장면이었는데.
한반도가 꿈처럼 그렇게 통일된다면 가장 비용이 적게 드는 통일이었

을 텐데."라고 중얼거리며 몹시 아쉬워하며 전화를 받는다. 이주현에게 걸려 온 전화다.

김봉주   여보세요.

이주현   안녕하세요. 한동안 적적하게 지냈습니다. 건강하시지요?

김봉주   네, 덕택에 잘 지내고 있습니다. 미국에서 언제 돌아오셨습니까?

이주현   지난주 말에 돌아왔습니다. 시간이 나시면 저녁식사에 모시고 싶은데요.

김봉주   고맙습니다. 그런데 요즘 몸 컨디션이 안 좋아 다음 기회로 미루는 것이 좋을 듯합니다.
          미국의 애들은 다 잘 있겠죠?

이주현   그럼요. 애들이 교수님을 얼마나 많이 생각하는데요.

김봉주   고맙습니다. 전화 주셔서 감사합니다.

이주현   멀지않은 장래에 다시 뵙도록 하겠습니다.

김봉주는 "당신이 있어서 내 한평생의 후반부가 얼마나 즐겁고 행복했는지 모릅니다. 한반도의 통일과 히말라야 정복 작전의 완성을 보지 못하고 가는 것이 몹시 아쉽습니다. 그러나 그 꿈은 절대로 버리지 말기 바랍니다."라고 하는 말이 목구멍에서 맴도는 것을 꾹 참고 전화를 끊는다.

그는 천근 같이 무겁고 불편한 자신의 몸을 끙끙대며 간신히 일으킨다. 그러더니 걸음마를 배우는 어린애 모양으로 뒤뚱거리며 화장실로 가 양치질을 깨끗이 하고 잠옷으로 갈아입고 책상으로 가 단정하게 앉는다. 이어 지금까지 쓰던 자서전의 마지막 문장을 마무리 짓는다. "노 교수는 죽지 않고 사라질 뿐이다"라고. 그러고는 두 손 모아 눈감고 기도드린다.

"하나님! 이 세상에 와서 여지까지 남에게 폐 끼치지 않고 건강하고 즐겁게 잘살 수 있게 해 주신 은혜를 감사 드립니다. 이제는 제가 이 세상에서 천수를 다하며 사용해온 이 낡고 헐어빠진 번데기를 벗고 여한 없이 공중으로 날아 올라 영원한 본향으로 돌아갈 시간이 된 것 같습니다. 이제부터는 영원무궁한 하나님 나라로 돌아가 하나님 곁에서 새로운 차원의 삶을 시작해 볼까 합니다. 거기서 다시 뵙겠습니다. 아멘!"

김봉주는 mp3에 수록된 애창곡 중에서 스텔라의 "멍청이(fool)"를 골라 틀어 놓고 평소 애용하던 소파에 반드시 누워 이 세상에서 공짜로 제공되는 시원한 공기를 마지막 한 모금 크게 들이 마시고 눈을 감는다. 적막감이 감도는 오피스텔에는 스텔라의 "멍청이"만이 은은하게 흐른다.

나는 너만 보는, 너만 아는 그냥 너바라기여서 멍청이라는 스텔라의 "멍청이"가 울려 퍼지는 동안 호랑나비 한 마리가 김봉주의 오피스텔 창문을 빠져나와 힘차게 날개 짓을 하며 푸른 창공으로 날아 올라간다.